復貴盈門

7 完

雲霓 著

風文創 072

目錄

名門醫女
6
雲霓 著
062
love.doghouse.com.tw
威廉◎繪

復盤貴門
3
雲霓 著
威廉◎繪
love.doghouse.com.tw
056

第二百七十九章

鞏嬤嬤低聲問道：「怎麼樣了？」

琳怡搖搖頭。「姻老太爺情形不大好，城外更是缺藥。」說著將信中附的單子遞給鞏嬤嬤。「將草藥籌全了儘快送出去，還有我屋裡內務府送上來保命的秘藥也拿兩盒過去。」送保命的秘藥，那就是十分嚴重了。鞏嬤嬤不敢怠慢，忙帶了橘紅去準備東西。

到了下衙的時辰，周十九沒有回府，桐寧送信道：「郡王爺在衙門裡忙公務，讓郡王妃不要等了。」

周十九這些日子一直在府中，第一天上衙定然有許多公事要處理。琳怡吩咐橘紅擺箸，吃過了飯，又看了會兒書，就在暖閣裡歇下。

周十九在家中這幾日她已經漸漸習慣了，有個人總在身邊同行共息，也不會覺得冷清，尤其是周十九每日裡都要動墨，她懷孕之後很喜歡聞老墨的味道，鞏嬤嬤因此笑說將來這孩子定有出息。

只不過是孕中的怪癖罷了，卻都被說成是吉兆，雖然明知道如此，心裡還是很高興。這孩子還要足足九個月才能和她見面，也不知道到底長得像誰。琳怡握著暖爐，閉上眼睛慢慢睡著了，再醒過來，看到門口有一盞燈晃動，周十九輕手輕腳地走進屋，吹滅了燈，脫掉衣服拉開被子躺了過來。

琳怡本還覺得裝作睡著了有些好笑，卻又不能說話，只要一開口，兩個人誰也不要睡了，周十九一早還要上朝……卻發現多了個人，被子裡越來越暖和，很快又沈沈睡去。

等到周十九起身，琳怡才醒過來，橘紅幾個已經打了水跟著周十九去套間裡梳洗。

琳怡習慣性地穿鞋下床去拿周十九的官袍，等到周十九從套間裡出來，看到站在地上的琳怡，手上的玉帶不小心滑落下來，多虧橘紅手快接住。

「這是做什麼？」周十九上前將琳怡抱起來。「御醫不是說了要臥床歇著。」

「哪裡能躺上幾個月。」琳怡看向橘紅幾個，丫頭們都低著頭裝作沒有看見。「偶爾也要接接地氣才好。」

周十九露出柔和的笑容，低聲道：「我忘了，元元還會看脈。」

是笑話她連懷孕了都不知曉，不過再怎麼樣，她還沒到腳沾地就要落胎的地步。她自己心裡知曉，可是周十九卻篤信程御醫，她辯駁不過，只得哭笑不得地重新躺回床上。

白芍吩咐廚房擺飯，周十九坐在琳怡床邊。「皇上聽了御史的諫言，將常光文的刑罰改為徒刑三千里。」

判死刑也是經過皇上的，皇上能推翻自己的判罰，那是要給五王爺一個教訓。聖心不可測就是這個道理，也是告誡五王爺一黨，大周朝掌權的只能是皇上。

「皇上還問起大哥的案子，問信親王是否有丟了屍格之事，在官府衙役看護下屍身竟然少了頭顱，大周朝可是從來沒有過這種事。」

「這下要看信親王如何圓此案。」琳怡說著看周十九。「郡王爺的事呢？皇上怎麼說？」

周十九聲音微低。「皇上只是復了我的職，什麼也沒問。」

皇上對道士的事還是有疑心，這始終都是個禍患。篤信讖言當今皇上不是第一人，各朝各代都有皇帝養道士解讖，其中不乏明君聖主，也就無法從德行上勸諫皇上，常光文再膽大不過只是提了一句讓皇上遠離道士，不敢明言讖書誤國。

「這幾日又有道士說，讖書中提到皇上在位時大周朝有災禍，還沒有解出禍在於誰，只有平此禍才能迎來盛世。」

道士說的災禍……琳怡忽然想起前世皇后娘娘和二王爺叛亂的事來。叛軍到處殺人，大周朝政局不穩，武將文官成兩派，皇上那時病重不能主事，是實實在在的災禍。

看著琳怡皺著眉頭出神，周十九目光微深，等到琳怡抬起頭來，卻又變得閒適、溫和。「在想什麼？」

琳怡道：「在想道士說的災禍，現在的時疫會不會被解成災禍的前兆？」說著提起姻語秋送來的信函。「姻先生說，張風子這幾日音信全無，求郡王爺幫忙打聽。」

熱河的駐軍都要聽董長茂的，有董家和陳家長房的關係，陳家摻和進去不但幫不上忙，反而可能會壞事，於是姻語秋先生沒有送信去廣平侯府。琳怡心中隱隱浮起一絲不安。「我總覺得這時疫來得也太及時了，就像早就安排好的一樣。」

熱河有了時疫，而且還出現在駐守的軍營周圍，要知道那邊不是人口來往密集之地，怎麼可能會在那裡傳開來？若是換一種想法，時疫彷彿都在董長茂的職能範圍之內，京裡的時疫大多都是以訛傳訛，真的有時疫嗎？誰也不知道。若真的是時疫，為什麼皇上讓粥棚重新搭起來？

看著琳怡清亮的眼睛，周十九並不意外而且十分贊同。「已經讓人想法子去查，卻未必能查出什麼來。熱河離京城近，誰患了時疫會立即被處置，不會留著等我們弄清楚。」

也就是說，如果董長茂要遮掩，讓誰去查都一樣，張風子很有可能是因查了時疫才沒有下落。

周十九道：「皇上要派人去熱河，文武百官現在正推選合適的人。」去的一定是文官，若是五王爺那邊的人自然查不清楚。

「元元別想這個，」周十九將琳怡攬在懷裡。「再怎麼樣，五王爺也不會讓岳父去熱河。陳家兩房不和，想必皇上也有所耳聞。」

時疫不一定能查清楚，琳怡看向周十九。「郡王爺有什麼好法子？」

周十九笑道：「不可能一下子抓住五王爺，不過現在五王爺沒有被立為儲君，已經官居二品的董長茂，應該不會冒太大的風險。」

那就讓董家知曉這個消息，這樣一來董長茂為了自保，就不會讓時疫接著蔓延下去，這樣對誰都有好處。不可能一下子抓住五王爺，就要想法子從中獲取最大的利益。「張風子要怎麼辦？」

周十九道：「妳給姻先生回信，就說我讓人去熱河悄悄去查。」

琳怡明白周十九的意思，不能大張旗鼓，否則張風子的處境就會更危險。

周十九去上朝，琳怡給姻語秋回了封信，讓陳漢妥當地送出了城。

橘紅將新做好的鵝黃色芙蓉花褙子拿來給琳怡試穿，鞏嬤嬤也來幫忙。「姻先生一定急壞了，在城外也沒有人幫忙。」

琳怡遞了帖子請御醫去看了，只是御醫對姻老太爺的病症也束手無策。論起脈息，姻家認識的郎中比御醫還要強些。

琳怡想到這裡。雖然在她家中養著，說不得也能幫上姻先生。

鞏嬤嬤才讓婆子端了盤子出去，就聽門房來報。「廣平侯府老太太和夫人來了，還有郡王妃娘家的姑奶奶。」

鞏嬤嬤露出笑容，忙告訴了琳怡。「準是放心不下郡王妃。」

琳怡忙起身，鞏嬤嬤道：「您就好生躺著吧，老太太要是看您因此下了炕，定會不高興的。」

琳怡這才又躺下。

一會兒工夫，門簾掀開，小蕭氏攙扶著長房老太太走進門。

長房老太太的視線落在琳怡臉上，見琳怡臉色紅潤，嘴唇也比之前有了些顏色，笑容更深了些。「氣色不錯，程御醫果然是好脈息。」

琳怡向旁邊讓了些，讓長房老太太坐下，鞏嬤嬤忙搬來錦杌讓小蕭氏坐，跟在小蕭氏身後的是琳芳。

琳芳穿著藍色素花褙子，梳著圓髻，戴了兩支琥珀簪子，只施了薄薄一層脂粉，整個人異常素淨。琳芳在閨中時最好穿得鮮豔，頭上戴的、腳上踩的都要強過旁人，梳髻也最好高髻，這樣的圓髻是很少見的。現在這般打扮，讓人覺得和二太太田氏倒十分相像了，難不成琳芳也要學著田氏供奉佛祖？

琳芳上前行了禮，旁邊坐了，琳怡看到琳芳手腕上的佛珠。

看來是真的，田氏可沒有年紀輕輕就這樣四處講佛偈，要知道現在琳芳還沒有為林家生下一男半女，該是先想方設法在林家站穩，而不是佛前唸經燒香。

琳芳目光中不見有委屈，反倒是十分樂於如此似的，顯然是被林家教唆。林家為了達到目的無所不用其極，就不知將來利用完會如何。

長房老太太看著琳怡。「現在想吃什麼就讓大廚房做來，不能虧了肚子裡的孩子。」

琳怡拉著長房老太太的手笑了。「有程御醫和姻先生請來的郎中照應，祖母就放心吧！」

小蕭氏道：「外面時疫鬧得厲害，府裡有沒有出去施粥的下人，要在意些。」

大家說了會兒話，周老夫人來請長房老太太過去說話，長房老太太帶著小蕭氏去了第三進院子，琳芳留下來和琳怡話家常。

「四姊怎麼穿得這樣素淨？」琳怡喝著茶問琳芳。

琳芳臉上一閃得意。「廣濟寺的師太說我有善緣，多唸些佛經有益家中平安。這些日子託我抄寫佛經的夫人不少，侍奉佛祖自然不能穿得太鮮豔。」

琳芳是那種被身邊人一捧就飄飄然的人，現在穿得這樣素淨每日又抄寫佛經還能甘之如飴，這樣辛辛苦苦讓林家從五王妃那裡得了利益，卻不知將來林家能給她什麼？幾年之內不能生下孩子，林正青焉能不納妾？

第二百八十章

琳芳湊過來低聲道：「六妹妹，外面有些傳言妳知不知曉？」

琳怡抬起眼睛看琳芳。「什麼傳言？」

「都說只有郡王爺才知曉那解讖的道士下落。」琳芳說著頓了頓。「郡王爺有沒有和六妹妹說過那道士的事？」

琳怡道：「郡王爺從不說政事。」

琳芳似笑非笑地看琳怡。「六妹妹心裡知道就好，現在任誰找到那道士，皇上都會獎賞，將來加官晉爵指日可待。」

琳芳是故意替林正青來探她口風。

見琳怡不說話，琳芳驚訝地道：「莫不是郡王爺真的沒跟六妹妹說？六妹妹也別心眼太實，郡王爺那邊的事也該時常聽著些，別到頭來什麼也不知曉。」

琳芳這話是林正青的口氣，林正青是告訴她那道士沒死？

琳怡淡淡地看向琳芳。「四姊夫將朝堂上的事都講給四姊聽？」

琳芳微微一怔，立即挪開目光。「我……當然……」

琳怡看著琳芳就笑起來，倒將琳芳笑得眉毛漸漸皺起。「六妹妹笑什麼？」

琳怡垂下眼睛喝了口茶，抬起臉，笑容明豔。「我是笑，四姊這樣通政事，將來還要做朝堂上的女大夫不成？」

不管林正青打了什麼主意，前世是前世，今生是今生，就算前世周十九殺了她，這一世已經是她夫君，她就算對周十九不能完全信任，也不會幫著旁人對付周十九。林正青也太小看她了。

琳芳臉上一紅，頓時帶了些怒氣。「我是好心來提醒六妹妹，六妹妹不但不領情還處處擠兌我，早知道我就不來了。」

琳怡收起笑容。「我不說四姊了就是，有件事倒是想要求四姊幫忙。」

琳芳看向琳怡。

琳怡將手裡的佛經遞給琳芳。「我想請四姊幫忙抄些藥王經，我們正籌備藥材，請些民間擅時疫的郎中去熱河。」

熱河。「那不是……」琳芳皺起眉頭。「熱河到處都是疫症，大家躲還來不及，誰這時候會過去？」

「四姊不用管，自然有人去就是了。」說著看向琳芳手裡的佛珠。「菩薩救人於危難，行醫之人也有善心，郎中已經尋好了，現下我們就是多籌備些藥材和財物。」琳怡接著道：「四姊不會不幫忙吧？」

琳芳目光一閃。「藥王經我那裡還有些，這幾日我再幫妳湊些就是。」

琳怡笑道：「那就煩勞四姊了。」

說著話，長房老太太和小蕭氏回來琳怡屋裡，大家坐了一會兒，琳芳先起身告辭，琳怡笑著留琳芳。「吃了飯再走。」

琳芳執意不肯。「回去還有事。」帶著丫鬟出了門。

長房老太太看著琳芳就嘆氣。「也不知道是真的和她娘一起唸佛經入了迷，還是聽了誰的花言巧語，好好的年紀偏打扮得這樣素起來，整日裡就和那些道婆在一起，田氏好歹還將二老太太哄住了……林家是將琳芳哄住了，如今家中誰勸她都不聽，一心一意要這樣。」

田氏大概也沒想到女兒會這麼早就被她帶上這樣一條路。

撇開琳芳不提，琳怡就將剛才和琳芳要藥王經的事說給長房老太太和小蕭氏。

小蕭氏聽了就驚訝起來。「御醫不是讓妳好好靜養，朝廷不是已經派了御醫過去，妳跟著操什麼心，這籌備草藥和財物哪個不要費神，萬一做不好，將來──」

「好了，」長房老太太打斷小蕭氏。「聽琳怡將話說完。」

琳怡看看鞏嬤嬤，鞏嬤嬤將丫鬟都遣了下去，她這才笑道：「我也是今天才想到的，哪裡籌備了草藥和財物，去熱河的郎中還沒尋到一個，不過就是唬四姊。」她是要讓琳芳將消息傳給二老太太董氏。

讓董氏知曉，萬一真的讓她籌備出草藥和銀錢去了熱河，熱河那邊的情形總會被人知曉一些。熱河到底有沒有時疫董家最清楚，她不過就是試探試探，說不定這一塊石頭下去，真的會有什麼波瀾。

小蕭氏驚訝地看著琳怡。「要是人家真信了，和妳要草藥、財物，看妳怎麼辦。」

君子一言駟馬難追，她又不是君子，不過是內宅的婦人罷了，她沒有，別人還會來搶不成？

琳芳從康郡王府出來，直接回到陳家二房，將琳怡的話說給二老太太董氏聽。「您說，琳怡說的是不是真的？」

二老太太董氏摩挲著身邊的把件。「倒像是他們做出的事。廣平侯府向來會從表面上下功夫，這次廣平侯就抓住了粥棚的米糧太少、餓死饑民上了血書。」之前他們還以為科道的血書會逼迫皇上立儲，五王府也是聽到了這樣的消息，才從中促成沒有阻攔，沒想到上了朝，廣平侯遞上的血書，內容就變成了京中的達官顯貴將買米糧開粥棚的銀錢拿出來建佛塔。

廣平侯這場戲演得真是好，之前他們竟然都沒發現。琳怡也詭計多端，因娘家的事和康郡王鬧起來，讓康郡王追出了府，讓人因此覺得康郡王府和廣平侯府因儲位之爭不和。

琳芳道：「我就覺得奇怪，康郡王不是和國姓爺交情好，怎麼會不依著太后娘娘的意思，真的就依了琳怡的意思幫起廣平侯府來，虧得還是宗室，怎麼就被琳怡拿捏住了？真是沒出息，祖母還說康郡王有多聰明，依我看連正青也比不上。」

二老太太董氏看向琳芳。「讓妳過去瞧瞧，妳倒是看出了什麼？琳怡果然是有喜了？」

琳怡躺在床上養得面目紅潤，前前後後都圍著人伺候，長房老太太還嫌這樣不夠，交代這個那個。

「看樣子是。」就算是懷了也沒什麼稀奇，誰還能生不出來？

二老太太董氏喝了口茶，有些出神。琳怡有姻家幫忙，會尋到郎中也不足為奇，只要有郎中願意去熱河，銀錢和藥材都是能湊到的，不管這事是不是真的都應該向熱河通個消息，萬一這邊真的大張旗鼓地去了，熱河也好有個準備。

祖孫兩個說到這裡，二太太田氏進了門，看到琳芳一身素淡，微微蹙了蹙眉頭。時辰不早了，琳芳要回去林家，田氏將琳芳送出門，兩個人走到抄手走廊，琳芳想起田氏手裡的佛經。「再給我幾本，我抄些好給五王妃送去。」

田氏頓時皺起眉頭。「妳整日裡總是抄寫佛經，家中的中饋可學了些？」

琳芳笑著。「婆婆說了等這陣子過了，就將家交到我手裡，我說我不會管家，婆婆還說要手把手地教我呢。」

田氏側頭看著琳芳。「林大太太是真心這樣說？」

「那還有假？」琳芳道。「待我是薄是厚，我分得清。」

田氏仍舊不放心。「姑爺呢？」

琳芳臉上一紅。「也待我好，前幾日婆婆要將身邊的丫鬟給過來，他也不要呢，我身邊的丫鬟他更是正眼也不瞧。」

每次問琳芳，琳芳都是這樣說。

田氏道：「不要光看這個，要知道他是不是真心對妳好。他心裡都想什麼妳可知曉？」

琳芳拉起田氏的手。「母親安心吧，我怎麼不知道，我說什麼他都肯聽呢。」

琳芳說到這裡，田氏抽出手給琳芳抿好鬢角。「妳啊，年紀輕輕要多打扮些，將姑爺好好留在房裡，快些生下孩子。琳婉、琳怡都有了身孕，妳也嫁過去有陣子了，再不想想法子，將來要落人口實。」

琳芳低頭看看自己身上素淡的衣裙，心中油然一酸，又想到林正青溫柔的目光，讓她先受些委屈，心裡又暖和起來。「您就放心吧，這些我都知道。」

林正青下衙回來，琳芳將去康郡王府說的話一字不漏地說給林正青。

「要我看，我那六妹妹可是很信康郡王呢。」

林正青道：「妳又說了些什麼？」

琳芳低頭。「我還能怎麼說，反正這些都是她的事。依我看這樣也好，廣平侯府被康郡王利用，將來也省了我們的事。」

琳芳將手裡的經書放在桌上，抬起頭時彷彿看到林正青嘴角的冷笑，她只覺得寒毛都豎立起來。

轉眼之間，林正青就笑起來。「她可是妳妹妹。」

琳芳睜著大大的眼睛。「她算哪門子妹妹？在窮鄉僻壤長大的還要裝作大家閨秀，總是一副趾高氣揚的樣子，實在讓人討厭，還不是哄住了長房老太太，才能嫁去康郡王府。我祖母對她一家也是不錯，他們卻表面一套背地一套，外面養的狗，不和我們一條心。」說完看向林正青。

「我說錯了嗎？」

「沒錯。」林正青低下頭，笑容如陽光般燦爛。「妳恭儉賢良，哪裡有半點錯處？」說著將矮桌上的佛經拿來送到琳芳手裡。「又要來佛經要抄給五王妃？」

琳芳頷首，五王妃很喜歡她的楷書。

林正青笑道：「快去吧，我還有公文要看。」

林正青溫和的聲音讓琳芳有些臉紅。「我這就過去。」

林正青拉起琳芳的手，那雙眼睛炫著光芒。「不但要抄，還要明白其中的深意。五王妃可不是那麼好糊弄的人，她讓妳在人前說佛法，妳豈不是要尷尬？」

什麼都為她想好了，琳芳心裡一喜。「我聽母親說過一些，再請廣濟寺的師太多給我講講。」

林正青笑容又深了些。「那我就安心了。」

林正青笑咪咪地伸手去給琳芳整理領扣，手指畫過琳芳的喉嚨。「現在準備好了，假以時日才能水到渠成。有恩的報恩，有仇的報仇，不是很好嗎？」

琳芳輕輕頷首。

林正青轉過頭，臉上露出譏誚的笑容。

第二百八十一章

康郡王府內，周老夫人手纏唸珠靠在軟榻上，不時地看向門口。

外面傳來一陣腳步聲，申嬤嬤走進來。

周老夫人抬起頭。「怎麼樣？」

申嬤嬤臉色難看。「信親王妃說，皇上將甄家的奏疏讓信親王爺看了一遍，就讓信親王在養心殿外候著。信親王爺在養心殿外足足站了三個時辰，內侍才傳信讓信親王爺出宮。」

這樣的天氣，在養心殿外站了三個時辰，已經是有意責罰。

周老夫人迎著燈光更顯得臉色蒼白。「有沒有跟信親王妃說，打板子不要緊，只要能保住性命，若是徒刑哪怕是時間短些……」

「說了、說了。」申嬤嬤說著看看周圍，屋子裡靜悄悄的沒有旁人，她這才從袖子裡將魚鱗冊拿出來遞給周老夫人。「信親王妃說一定會幫忙，只是讓奴婢將這東西交還給老夫人。」

為了元景的事，她送給信親王妃的幾百畝良田，現在信親王妃連魚鱗冊也還回來，就是不想再幫襯。周老夫人喉頭一熱，握著魚鱗冊咳嗽了兩聲。

申嬤嬤忙上前拍撫。「您別急、別急，說不得會有轉機。甄家牢牢地抓住把柄，非說有人為了替大老爺開脫，將大太太的頭顱割去了，若是這件事能查證清楚，說不得還有轉機。」

周老夫人抬頭看申嬤嬤。「妳怎麼說？」

申嬤嬤道：「奴婢就請信親王妃多多費心。」

周老夫人臉上浮起一絲冷笑。「信親王妃是在試探妳，看是不是我們買通了人做下這件事。」

申嬤嬤慌張起來。「那怎麼會呢？我們哪裡會做出這樣的事……」

周老夫人面色凝重。「這時候人人自保，若是能推到我們身上，信親王在皇上那裡也能交代。」

申嬤嬤睜大眼睛。「到底是誰要陷害我們……」是誰這麼狠的心腸，連死人也不放過？

周老夫人看著跳躍的燈火。「還能有誰。」

不是甄家，就是想對付她的人。

「那……」申嬤嬤端來熱茶給周老夫人。「既然沒有了屍格，至少這案子不會輕易就斷下來。」

沒有了屍格，卻還有人證。之前驗屍的仵作也可以作證。

周老夫人連著兩夜沒睡好，眼睛酸澀，眨眨眼睛就要流淚。

申嬤嬤小聲勸著。「您還是多歇歇，您萬一垮了，誰來幫大老爺呢？」

周老夫人半晌才點頭。

申嬤嬤忙讓人去鋪了床，服侍周老夫人躺下。

丫鬟端走了燈，屋子裡慢慢暗下來，周老夫人胸口如同有一壺燒得滾燙的水，讓她喘息都覺得灼熱，好不容易才迷迷糊糊瞇了一會兒，外面忽然傳來一聲慘叫。

周老夫人睜開眼睛，心慌跳個不停。

「誰？」周老夫人在黑暗裡喊了一聲，仍舊沒有人端燈進門，倒是外面傳來窸窸窣窣的聲音。

周老夫人一手壓住胸口，大聲喊：「是誰在那裡？」

彷彿過了好久，才有一盞燈亮起來，外面值夜的丁香慌慌張張地進門。

看到燈光，周老夫人才感覺到衣衫已經被冷汗濕透了。「怎麼回事？」周老夫人聲音沙啞。

丁香忙道：「是內室裡，老太爺那邊，奴婢還沒去問。」

周老夫人坐起來，丁香拿來衣服服侍周老夫人穿了，攙扶著周老夫人去內室裡。

內室裡也亮了幾盞燈，兩個小丫鬟嚇得面無血色，現在還沒緩過神來。

正有嬤嬤在一旁斥責。

下人們看到周老夫人，忙上前行禮。

周老夫人皺起眉頭問道：「怎麼回事？剛才是誰在叫？」

旁邊兩個丫鬟就跪下來，其中一個顫巍巍地道：「是奴婢。老太爺……老太爺突然起身了，奴婢嚇了一跳。」

老太爺多少年都癱瘓在床，怎麼會突然起身？

周老夫人皺起眉頭，進內室探看。

蔥綠色的帳幔被拉開，屋子裡點了三盞明燈，三、兩個丫鬟站在旁邊不時地向床上看。

周老太爺無聲無息地躺在床上，和往常沒什麼兩樣。

周老夫人看向身後的丫鬟。「老太爺什麼時候起身了？」

那丫鬟瞪圓了眼睛，半晌霍然跪下來。「奴婢真的瞧見了，奴婢和銀釧在旁邊說話，我突然就看到老太爺起身了，還用手抓住了銀釧。」

聽到金釧這話，銀釧跪下來。「是真的……是真的，奴婢真的感覺到有人抓了奴婢……不是……是老太爺抓了奴婢。」

兩個丫鬟說得含含糊糊，周老夫人向前走幾步在床邊坐下來。床上的周老太爺似是睜開了眼睛，周老夫人讓丁香拿盞燈過來。「照著，我看看。」

丁香將燈湊了過去。

周老夫人拂開擋著的帳幔，俯身去看。

周老太爺果然睜著眼睛，卻不見有別的異樣。

丁香道：「老太爺定是被吵醒了。」郎中治了那麼長時間，老太爺的病都不見有起色……怎麼會在深更半夜裡突然起身，八成兩個丫鬟看錯了。

周老太爺嘴嚅動著，像是有話要說。

周老夫人看著那哆嗦的嘴唇，慢慢俯身湊過去，這時候，不知道從哪裡伸出來的手牢牢地卡住了她的脖子。

那手如枯枝般，彷彿能勒進她的皮肉。周老夫人只覺得翻騰的氣血一下子都湧上來，身邊傳來丁香大喊大叫的聲音。

「快……老太爺……您快放開老夫人……」

周老太爺瞪大的眼睛裡面滿是紅血絲，直勾勾地看著周老夫人，目眥盡裂，手上更是用盡了力氣，嘴巴大大地張開，不停地往外噴著熱氣，苦臭的草藥味直噴向周老夫人臉上，周老夫人只覺得那氣息又涼又膩，和那緊緊卡在她脖子上的手一樣，讓她喘不過氣來。

「妳……這個……毒婦……」那聲音變著腔調，嘶啞又扭曲。

整個屋裡立即亂起來。

丫鬟想要拉開周老太爺的手卻又不敢用力，周老夫人和周老太爺廝打著，周老太爺不知道哪裡來的力氣，那雙手就是不肯放開，整個人也隨著周老夫人的身體坐了起來，燈光下面目猙獰如同鬼魅，丫鬟嚇得流了眼淚，周老夫人拚命地掙扎，長長的指甲摳進周老太爺的手背裡，眼睛死死地看向身邊的丁香。

丁香渾身出了冷汗，終於鼓起力氣去掰周老太爺的手。

婆子也跟上前來。

下人們在床邊擠成一團，喊著、叫著、伸手拉扯著。周老夫人正覺得頭就要炸開，周老太爺的手鬆開了，整個人也癱了下去。

丫鬟忙上前攙扶起周老夫人，周老夫人腳下一軟，頓時從床上摔到地上。

申嬤嬤聽到消息趕過來，見到這種情形怔愣了片刻，忙打發人去請郎中。「快……快……別耽擱了。」

第二天天未亮，第三進院子就傳出話來。

周十九梳洗完，坐在琳怡床邊，兩個人聽了昨晚的事。

白芍道：「郎中進府的時候老太爺已經昏厥過去，老夫人還好，只是傷了喉嚨，聲音嘶啞。」

琳怡看向周十九。「郡王爺該去看看老太爺。」昨晚沒有人來稟告，現在知曉了總要去問問。

周十九頷首。「我過去瞧瞧。」說著去摸琳怡的手，覺得琳怡掌心暖和這才鬆開，抬起頭看著她緩緩一笑。「一會兒讓人拿了帖子請御醫過來給叔叔、嬸嬸診治。」

琳怡知曉周十九的意思。上次她懷了身孕，周老夫人何嘗不是大張旗鼓地喊了郎中和御醫來看？

周十九在政途上似是胸襟開闊，可有時卻十分小氣，不過論起睚眥必報，正和她想到一處去了。

周十九看過周老太爺、周老夫人後徑直上朝去了，鞏嬤嬤仔細將消息打聽了一遍，悄悄回琳怡。

「聽說是昨晚老太爺突然從床上坐起來，將值夜的丫鬟嚇了一跳，這才驚動了老夫人。老夫人端燈過去查看，這時候老太爺伸出手來掐住了老夫人的脖子，還罵老夫人是毒婦。」

琳怡拿起茶盅來喝棗茶。「值夜的丫鬟怎麼說？老太爺怎麼會突然坐起來？」

鞏嬤嬤低聲道：「金釧和銀釧正說大太太的事，金釧看到帳幔裡的影子嚇了一跳，以為是大太太的鬼魅，銀釧就感覺到手腕被人捉住，兩個丫鬟大驚小怪地叫起來，後來才反應過來是老太爺。」

老太爺躺在床上不能動彈，平日裡吃喝都是撬開嘴來餵，誰能想到會忽然能坐起來，還伸手來拉人，怪不得兩個丫鬟嚇得大叫。

老太爺罵老夫人是毒婦，大約和兩個丫鬟談論甄氏有關。這下子定要鬧得人盡皆知，老夫人和甄氏的事是脫不開干係了。

鞏嬤嬤道：「您沒瞧見，老夫人將老太爺的手就抓得血肉模糊。」能讓一個久病之人如此，可見老太爺恨老夫人入骨，若是老太爺沒癱，說不得老夫人早就做了下堂妻。

琳怡看向鞏嬤嬤。「嬤嬤讓人去趟祖宅，將老太爺、老夫人病了的事說給二太太。」

鞏嬤嬤一怔。「老夫人定會讓人去祖宅知會……」

琳怡笑道：「那不一樣，二太太是老夫人的兒媳，也是我的嫂子，我們過去說一聲沒什麼壞處。」

鞏嬤嬤下去安排，鞏二媳婦來給琳怡梳頭髮。

一會兒工夫，御醫去給老太爺、老夫人診脈。

待到御醫開了方子，鞏嬤嬤來稟告。「老太爺是痰壅氣逆之症，很是凶險，要及時診治才好。老夫人只是受了驚嚇，御醫只開了安神的藥劑。」說著頓了頓。「申嬤嬤還追出來問老夫人是不是要安心將養。」

申嬤嬤是想讓御醫將老夫人的病說得重些，這樣一來大家會同情老夫人，而且整件事在人前還好交代。

琳怡道：「向御醫說，無論老太爺要用什麼藥，我們都想法子湊來。」

第二百八十二章

御醫開出藥方，要用到內務府送來的秘藥，有些府裡湊不起來，琳怡讓人將藥方送給周十九。「問問郡王爺能不能想法子去和內務府要來。」

過了一會兒，二太太郭氏從老宅趕過來。

郭氏大大的肚子將身上的衣服高高頂起來，從前細嫩的臉上長滿了黑斑，如同糊了一臉的風沙沒有洗乾淨似的，讓兩個丫鬟攙扶著慢慢走路，先進了第二進院子。

見到東暖閣裡的琳怡，郭氏上前行禮。

琳怡忙讓鞏嬷嬷將郭氏扶起來。

郭氏一臉焦急。「御醫怎麼說？」

琳怡看向鞏嬷嬷，鞏嬷嬷就將御醫的原話說了一遍。

郭氏抿起嘴唇，半晌才道：「那要怎麼辦才好……」

郭氏是問她整件事的解決法子，琳怡故意只提病症。

琳怡讓人添了手爐給郭氏。「讓人將藥方給郡王爺送去了，家裡湊不齊的藥好向內務府要來。」

郭氏沒有驚訝，安靜地頷首。「我和元貴說過了，元貴想要進府床前侍奉。」

周元貴侍奉是好事，她也不能阻攔。琳怡點頭道：「我讓人將第三進院子的西園子收拾出來。」

郭氏忙擺手。「不用、不用，只要住在老太爺房裡就是了。」

周元貴夫妻看起來是一心想要孝順長輩，不像周元景和大太太只算計著撈好處。

郭氏和琳怡說到這裡就起身。「我去老太爺、老夫人屋裡。」

郭氏一句也沒有提大太太甄氏的事，這就是聰明的人，能避開就避開。

鞏嬤嬤將郭氏送出去。

郭氏才走一會兒，第三進院子裡就傳出消息。「老太爺的嘴歪了，御醫說是中風的徵兆，已經讓人餵了藥，過一會兒御醫還要施針。」

琳怡看向鞏嬤嬤。「我還是去看看，讓人抬肩輿來送我過去。」

中風。老太爺已經病成這樣，再中風豈不是雪上加霜，就算治得及時也不一定能撐過去。

鞏嬤嬤有些擔心。「這……萬一出了差錯可怎麼好？再說那邊亂成一團，郡王妃真過去就怕照應不到。」

琳怡搖頭。「沒事，我的身子好多了，御醫開藥之前我還下床走動，養了這麼多天還不如從前不成？」

鞏嬤嬤擔心，白芍也覺得不妥。

琳怡道：「多帶幾個人在身邊，有什麼事都能攔下。」

鞏嬤嬤看勸不過，這才讓人去準備肩輿，白芍帶著橘紅、玲瓏兩個將琳怡的氅衣拿出來服侍琳怡穿好。

片刻工夫，肩輿已經到了門口，鞏嬤嬤乾脆指揮婆子抬進來，然後攙扶著琳怡坐上去。「穩著些，慢點走。」鞏嬤嬤跟著囑咐。

橘紅幾個也是一臉緊張。

兩個院子離得不遠，只要過了月亮門走抄手走廊很快就到了。郭氏和申嬤嬤聽說琳怡要過來，一早就等在門口。

鞏嬤嬤張羅著將琳怡的肩輿抬到了屋子裡才停下，又問了御醫有沒有有礙胎氣的藥物，然後扶著琳怡去了內室看老太爺。

老太爺半睜著眼睛，目光渙散，張大嘴巴偶爾「嗚嗚」兩聲，瘦骨嶙峋的身體陷在床鋪中一下也動彈不得。難怪丫鬟看到老太爺起身會以為是鬼魅，病成這樣怎麼可能自己坐起來。

鞏嬤嬤拿來軟座讓琳怡坐下。

「怎麼樣？」琳怡問御醫。「有沒有好轉？」

御醫搖頭。「老太爺的舊疾本就耗氣血，如今又發急症……只能盡力而為，能拖一日是一日，若是撐過來年春天，說不得還能平穩下來。」

琳怡又看向老太爺，床邊的丫鬟不停地拿帕子擦拭老太爺嘴角流下的涎水。

御醫接著道：「府裡也該有些準備，老太爺身邊離不開人了，不如請府裡的郎中留在屋裡，有不好的情形也好提前知會。」

琳怡頷首，吩咐鞏嬤嬤。「就照御醫說的辦，將從前給老太爺看脈的郎中請進府。」說完又轉頭問御醫。「老夫人的病如何？」

御醫低頭道：「不礙事，要好好將養，不要過度操勞。」

哪家的長輩不是要這樣養著？

琳怡和郭氏一起去東暖閣裡看了老夫人。

老夫人躺在床上，臉色難看，正要起身去看老太爺，申嬤嬤在旁邊勸著。「就算過去看也要等一等，御醫說這藥吃了，安穩兩個時辰才能動呢。」

老夫人髮髻有些散亂，臉上沒有半點修飾，好像一下子老了十幾歲。郭氏也上前勸說，琳怡坐下來。「嬸娘先歇著，叔父那邊有御醫照應。」

老夫人眼淚沿著臉上深深的皺摺流下來，眼睛裡滿是悲傷。「妳們不該攔著，就讓我們一起去了也好，若是他先走了，我活著也是受罪罷了……」說著起身下地。「我留在屋裡就能安生不成？倒不如就到他床前去。」

那邊郭氏和申嬤嬤仍舊苦口婆心地相勸，琳怡不說話，被鞏嬤嬤和橘紅兩個一左一右夾在中間護著。

老夫人最終還是起身去了內室。

老太爺神智不清，分不出身邊是誰，任老夫人如何說話，都沒有半點反應。就是因此申嬤嬤才敢讓老夫人上前，否則眾目睽睽之下演出昨晚那一場，老夫人真是沒有了臉面。

鞏嬤嬤怕琳怡吃不消，上前道：「不如咱們回去吧，這樣守著也不是辦法。」

琳怡又走到老太爺床前看了看，老太爺的氣息彷彿又弱了些，老夫人緊緊攥著老太爺的手。

「這手好像暖和了些，是不是好轉了？」

十分盼望老太爺的病會有起色的樣子。

琳怡走到隔間的貴妃榻上半躺下來，吩咐橘紅。「將我要吃的藥和湯都送來這邊。」現在不是能走的時候。

雖然周十九沒怎麼在她面前提起周老太爺，她卻很清楚周老太爺在周十九心中的位置，關鍵時刻她不能撒手不聞不問。

琳怡仔細囑咐鞏嬤嬤。「讓婆子仔細看著，有什麼不對就遣人去衙門裡尋郡王爺回來。老太爺對郡王爺有養育之恩，郡王爺定要盡這個孝道。」

鞏嬤嬤明白了琳怡的意思。「郡王妃是顧著郡王爺才會如此，奴婢還沒有郡王妃看得清楚。」

鞏嬤嬤是一心顧著她和肚子裡的孩子，所以就萬事她為先，生怕她在老夫人屋裡有了閃失。「郡王妃過來，老夫人早該安排出一間暖閣讓郡王妃歇著。」

「嬤嬤不放心，就讓胡桃在屋裡守著，剩下的丫頭都過來伺候就是。」這裡雖是老太爺、老夫人住的，可也是康郡王府，無論老夫人安不安排，她都有留下來的權力，再說老夫人現在自保都來不及，怎麼會想這些？

除了換了個地方，身邊用的都是自己的親信，琳怡倒覺得很安心，吃過藥過了一會兒，又喝了補益的湯。

琳怡接過白芍遞過來的手爐，鞏嬤嬤就趕過來。「恐怕是不好了。」

琳怡撐起身子。「讓人去尋郡王爺回來。」

翬嬤嬤頷首。「奴婢這就去。」

安排好了人去通稟，翬嬤嬤安撫琳怡。「您放心，肯定來得及，家裡還有保命的藥丸，已經餵著吃了。」

這幾年老太爺前前後後有幾次危險，都吃了保命的藥，因此那藥丸別人吃了有用，老太爺卻未必。

琳怡讓翬嬤嬤扶著起身，去了老太爺床前。

老夫人坐在那裡片刻不離。

琳怡看向郭氏，郭氏為難地搖頭。

現在不是推諉的時候，難不成老夫人為了挽回昨晚的名聲，連老太爺的裝殮衣服也不肯拿出來？

「嬸娘，」琳怡低聲道。「要不要將叔父的衣衫拿出來換上？」

周老夫人紅著眼睛，嗓子沙啞。「沒事的，多少次都挺過來了，這次肯定也會沒事的。」

申嬤嬤躬身道：「還是拿出來吧，有些準備總是好的。」

這話如同戳到周老夫人傷心處，哽咽地半天說不出話來，只是微微點頭。

申嬤嬤鬆口氣立即讓人去安排。

第二百八十三章

大家在床邊守了一會兒，犟嬤嬤低聲在琳怡耳邊道：「郡王爺進宮去了，桐寧在宮外候著，只要郡王爺出宮就會回府裡。」

琳怡聽著這話看向床上的老太爺。但願如大家想的那樣，老太爺還能多撐幾日。

內室的簾子一掀，周元貴快走幾步跪在床前，抽抽噎噎地哭起來。

老夫人幾乎說不出話來，伸出手來緊緊地捏著兒子的肩膀，半晌才擠出幾個字。「去……去看看板子掛裡子沒有。」

周元貴應了一聲，剛要起身，床上的周老太爺整個人卻是一動，眼睛睜大了些。

大家看到這種情景，怕是迴光返照，都靜靜地往床上看著，不敢挪動半步。

老夫人忙拉扯元貴。「快……快跟你父親說話，快……快說。」

周元貴張大了嘴，一時不知道說什麼才好。

老太爺灰白的臉色彷彿轉好了些，眼睛茫然地四處看著。

老夫人先喊了一聲。「周兆佑，你看看，兒子在你身邊呢，你有什麼要說的快和兒子說吧！」

周元貴被老夫人推上前，跪坐在腳踏上，哆哆嗦嗦握住老太爺的手，正好將老夫人擋在身後。

琳怡看了眼老夫人。同床共枕幾十年的夫妻到了這步田地，連臨終也不敢再上前說話，老夫人是輸到底了尚不自知。

周元貴覺得頭頂被母親按得生疼，一下子就磕在床邊，耳邊更是母親催促的聲音。「快……快……快啊！」

周元貴心裡只想默默地這樣看著父親，就這樣等著他嚥下最後一口氣。父親多少年重病在床，他心中對這一幕早已經想過無數次，可是真的發生了，卻只是四目相對，什麼都說不出來。母親大張旗鼓地喊叫，讓他心中生出一股牴觸，怎麼也張不開嘴。

老太爺看著周元貴，彷彿有許多話要說，最終只是將顫巍巍的手指輕合上，握了周元貴兩下。周元貴的眼淚這時候湧出來，一發不可收拾，也哽咽地說出聲：「父親……您別……您別……您還沒看到孫子呢……」

琳怡眼看著周元貴哭得癱坐在一旁，周老太爺眼角也流出眼淚來，努力地想張開嘴說話，喉嚨裡只發出難聽的聲音。這樣堅持了一會兒，周老太爺臉上浮起一片紅潮來。

申嬤嬤伸手去拉老夫人，老夫人悲聲道：「快去拿衣服來，讓元貴給老太爺換上吧！」

琳怡和郭氏退到一旁，下人們打來水給周老太爺簡單擦洗，周元貴服侍著將衣服穿好。

琳怡不停地看向門口。周十九還沒有趕回來。

衣服都穿妥當，地上婆子們將床安設停當，琳怡和郭氏鋪了被褥。

床上的周老太爺「哼」了兩聲，琳怡看向鞏嬤嬤，鞏嬤嬤立即上前攙扶了琳怡到床邊，周老太爺眼見氣息十分微弱，眼睛卻還在不停地尋著。

周元貴悲聲道：「父親，您是在找大哥？大哥出城了不在京裡，您別尋他了。」

周老太爺聽了這話眼睛微閉，卻還在尋看著床邊眾人，琳怡走上前，低聲道：「老太爺，您是不是在找周元澈？」

周老太爺的目光停滯了，周元貴轉頭看琳怡，琳怡點點頭，周元貴忙起身退後幾步讓她上前。

周元貴這樣一退，立即感覺到胳膊生疼，轉頭一看，周老夫人狠狠地擰在他臂膀上。周元貴也顧不得許多，重新將目光落在周老太爺臉上。

琳怡慢慢跪在腳踏上，伸手去拉周老太爺的手。「叔父，家人已經去找元澈回來，只是元澈入了宮，您再等等。」

周老太爺看著琳怡，琳怡道：「我是元澈媳婦陳氏。」雖然她經常來看老太爺，可是老太爺這時候難免神智不清。

老太爺眼睛裡露出慈祥的目光。

「元澈也牽掛著叔父，今天早晨也是看過叔父才走的，都是這些時日政務繁忙……」

周老太爺聽到琳怡提起周十九，眼睛中露出幾分不捨還夾雜著虧欠，深深地看了周元貴，又重新落在琳怡臉上。

琳怡頷首。「叔父您放心，我會和郡王爺說。」

周老太爺的目光不再挪開，全哥讓奶媽領過來，老太爺也沒看一眼，只是盯著琳怡。

琳怡也對視過去。「您安心吧！」

老太爺這才用盡力氣點頭，嘴唇又開合了幾次，終究半個字也說不出來。

琳怡的眼淚不知不覺地落下來。周十九還是錯過了，老天真是待他不公，偏要在這個時候將他留在宮中。

琳怡看向鞏嬤嬤。「參片還有沒有？拿一塊來。」

話音剛落，旁邊立即投來一抹淩厲的視線，琳怡不躲不避地迎上去。

周老夫人的目光一變，十分哀傷起來。「這時候了，讓老太爺安穩地去吧！」

鞏嬤嬤將參片和參湯拿過來，申嬤嬤要過去接。「老太爺的嘴已經閉死了，怎麼餵呢？這時候也該停床了，別耽擱了時辰。」

「郡王爺還沒回來。」琳怡起身，伸出手來和鞏嬤嬤要參湯。「老太爺想要見郡王爺一面，我們該想法子替老太爺捱一捱，總要全了父子的情義。」琳怡說著去看周元貴。

周元貴沒有想別的，只覺得琳怡說得有道理。「要不然就試試，父親走了也是遺憾。」

申嬤嬤知曉周老夫人的意思。老太爺護著郡王爺這麼多年，到臨死之前連孫兒也不留戀，偏要撐著見郡王爺，任誰站在老夫人立場上都會吞不下這口氣。

申嬤嬤攙扶著老夫人，守在旁邊，鞏嬤嬤幫琳怡給老太爺餵了參湯，老太爺喉結未動，也不知道喝沒喝進去，只是最後一口氣似是還停在胸腔裡，不再進去也未曾出來。

琳怡親手將參片推到老太爺舌下，周元貴接過去扶著換了最後一層衣服，將要上板，聽到外面傳來腳步聲。

琳怡看到雲面的官靴踏進來，頓時吁了口氣。

眨眼間，周十九已經走到床邊。

琳怡看著周老太爺。「叔父，元澈回來了，您睜開眼睛看看。」

周十九走過來靜靜地站在那裡，臉上看不出有什麼情緒，目光十分平和，沒有絲毫波瀾似的。琳怡輕扯周十九的手。「叔父一直在等你。」

周十九慢慢跪下來，手攥上老太爺枯瘦的手指。

老太爺眼皮輕動了動，最後一口氣就吐了出來，似是長嘆，如此之後再無聲息。周十九似是僵在那裡半天沒動，琳怡也沒有將死訊傳下去，直到周十九回過神叫周元貴一起停床，琳怡才吩咐鞏嬤嬤。「讓管事的將府裡的門扇打開，一色淨白紙糊了，大家成服，家人四處去報喪。」

鞏嬤嬤答應下來。

琳怡將腰間對牌遞給鞏嬤嬤，讓鞏嬤嬤吩咐家人去辦事，再讓人將獻郡王妃、元祈媳婦蔣氏和幾位宗室婦人請來幫襯。

大門前的牌樓豎起，家中上下人等都換了孝，孝棚也高高搭起來。琳怡安排好了守靈，這才覺得腿腳發疼起來，忙讓鞏嬤嬤叫來肩輿去第二進院子暖閣裡歇著。

過了大約一個時辰，宗室營來了許多人來探喪，晚輩們穿好孝服守靈，禮部奏請皇上，按照宗室大喪，由禮部主祭。

蔣氏在垂花門換了孝服，來到琳怡房中。

琳怡正靠在軟榻上休息。

蔣氏道：「聽說是妳安排的喪事。」

琳怡頷首。

蔣氏拉起琳怡的手。「妳怎麼敢……胎氣不穩還……」

大家都認為喪事會沖掉肚子裡的孩子，何況她的胎氣不穩，還沒出三個月。「沒事。」琳怡道。「我們老太爺年紀大了，是喜喪。」

蔣氏嘆氣。「我不是篤信鬼神，我是說妳的身子太弱，不該這樣操勞。」

琳怡笑著看蔣氏。「所以才請妳過來幫忙。我們老太爺輩分大，宗室營不少晚輩都會來弔唁，宗室營還會有下人過來幫忙，我在屋裡終究會照應不到。」

蔣氏將手伸到白狐皮毛護手裡。「妳放心，我盡力辦就是。」

蔣家是大族，蔣氏見過這樣的場面，定能幫忙照管裡面的事。說著話，管事的來報，信親王府送來了男僕和女僕供差遣，管事的先來琳怡房裡將名單遞了上去，琳怡和蔣氏簡單地安排了各人職司。

等管事的都下去，蔣氏低聲道：「信親王府的管事來見妳而不是老夫人。」

老太爺一死，昨晚發生了什麼，大家就更清楚了。

蔣氏道：「聽說兩個丫鬟先以為是大太太甄氏回來了，這才害怕地大喊大叫起來。」

琳怡沒有打斷蔣氏的話。

蔣氏有些驚訝。「這麼說，真是老太爺聽說甄氏的死因，這才氣得中風。」

大約是這樣，兩個值夜的丫鬟說悄悄話，沒想到床上的老太爺能聽到。現在所有人都相信老夫人為了救周元景，僱人將大太太甄氏的頭顱割了下來。

所以老太爺才會大喊老夫人毒婦。

蔣氏看向窗外。「這下她再也不能為難妳了。」雖然所有媳婦都知曉侍奉長輩不容易，可是討好血親畢竟還簡單些，若是身邊有一個時時監視的人，才真是可怕。

現在老夫人要想法子保全自己，說服甄氏的事與她無關，老太爺更不是因此被氣死。

蔣氏起身出去照應。

琳怡和府裡管事嬤嬤將要花的銀項核對一遍，讓鞏嬤嬤拿對牌取用。

鞏嬤嬤道：「二太太也拿出了銀子，說是之前就給老太爺準備好的，老夫人房裡也有一些，這樣都加起來應該夠了。」

琳怡道：「府裡下人多都要打賞，現在宗室營送來的銀子也只是先掛帳，若是銀子不能送上去，就先拿物件當出些現銀來，等到事過之後再補上。」

鞏嬤嬤聽得琳怡的意思，這是要儘量操辦。

琳怡抬起頭看向鞏嬤嬤。「雖然說悲戚為孝，當年叔父盡全力幫助郡王爺一家，又將郡王爺養大。叔父病著的時候我們束手無策，現在叔父沒了，我們要盡可能辦得體體面面，就像是對長輩一樣。」

郡王妃的意思是像對康郡王爺的父親一樣。自從嫁到郡王府，郡王妃就很在意老太爺的病，御醫每次進府診脈，郡王妃都會讓她去問清楚。

鞏嬤嬤道：「勢派是錯不得的，您就安心吧！」

不是為了做勢派給別人看，而是要全了周十九和老太爺父子的情分。

第二百八十四章

鞏嬤嬤躬身退了下去，琳怡翻開手裡的單子，看看有沒有遺漏。門口的橘紅恭敬地屈膝行禮。「郡王爺。」

琳怡抬起頭，看到周十九走進門。

周十九神情依舊平靜，看不出有什麼異樣。

「有沒有覺得哪裡不舒服？」周十九坐在暖炕上，目光溫和關切。

琳怡搖頭。「我沒事。」她不過是費神安排各種事宜，情感上雖然難過，卻沒有太大的波動，畢竟她嫁過來時周老太爺就病在床上。

「好好歇著，我已經向朝廷遞了奏摺，這幾日就在家裡，外面的事有我呢。」周十九笑容越發親切，眼睛更加清亮，如雨後的天空般，湛藍中夾著些許潮濕，不仔細凝望永遠也不會察覺。

琳怡輕輕地靠在周十九肩膀上。「總算是見上了最後一面，叔父走得也很安心。」

周十九沒有說話，嶄新的斬衰貼在她臉上，不知怎麼地，竟扎得她心裡有些酸。深深吸一口氣，鼻子裡都是陌生的煙燻味道。

「不好聞，剛燒完落地紙。我過來看看妳，一會兒我還要過去。」周十九伸出手來拿過引枕讓琳怡靠在上面。

外面管事來喚，周十九大步出了門。

琳怡將鞏嬤嬤叫過來。「那邊如何？老夫人怎麼樣？」

鞏嬤嬤低聲道：「正拉著族裡的女眷哭呢，說老太爺的手還是熱的，要二老爺再去內務府求藥來，更不讓封材。」

琳怡想起周十九剛才平靜的神情，吩咐鞏嬤嬤。「再去聽著，有什麼事就來告訴我。」

到了下午，蔣氏過來說話。「都安排好了，內外都有人照應著，只是來往人多，前面擺的宴席飯菜一會兒就涼了，下人端盤去熱也照應不到。」

琳怡最擔心的就是這個，流水宴不能斷了。「讓人將兩個小廚房也開了，再在花廳裡多準備些炭火。」

蔣氏頷首。「也只能如此了。」

話說到這裡，蔣氏道：「老夫人這次是拚了老命，在主屋哭得聲音都沙啞了，不停地提起老康郡王一家，說老太爺現在去了那邊，獨將她一人扔在這裡……怪都怪她將這個家照顧不周，現在周元景也沒能回來送終，老太爺這輩子辛辛苦苦，到最後身邊兒女都不齊全。」

老夫人這話不是說給宗室營的女眷，而是說給周十九聽。老太爺因聽說甄氏的事被氣得中風，固然是周元景殺妻在先，甄氏的頭顱被割，卻是陷害給周老夫人的，周老夫人心中大概也想到了，這裡定然有周十九安排。

老太爺幫周十九一家又撫養周十九長大，卻什麼福也沒享到，反而少了兒子送終。老夫人藉著甄氏屍身的事將這一筆筆的帳全都算在周十九頭上，別人聽不出這弦外之音，周十九卻能聽明白。周十九不在意老夫人，卻很在意老太爺這個叔父。周老夫人知道怎麼才能讓別人不好過。

蔣氏幾個忙到很晚才離府，孝堂裡只留了孝子賢孫守夜，整個康郡王府一下子安靜下來，廊上掛著一片白燈籠，讓整個府中的氣氛十分悲涼。

周十九很晚才又回來換衣梳洗。

頭上除了冠，穿著孝服，燈光閃爍下照著他的影子，略顯得有些冰冷蒼白。

周十九梳洗完在琳怡暖炕邊坐了。「一會兒去內室裡睡，我還要守夜。」

琳怡搖搖頭。「府裡還有幾個女眷，一會兒說好了過來說話，就算我不能去孝棚守著，也要在這裡盡盡孝道。」哪裡就能不管不顧地大吃大睡。

周十九道：「有沒有吃點東西？」

琳怡搖頭。「郡王爺和我一起吃些粥吧！」

丫鬟來支了炕桌，周十九和琳怡簡單吃了些粥。

下人撤了碗筷，緊湊的小碎步漸漸遠去，橘紅伸手關上隔扇，屋子裡一下子安靜下來。

下人機敏知道她有話要和周十九說，周十九心中自然也明白，只是表面上眉目疏朗，沒有要和她深談的意思。

琳怡還是將周十九不在家時的情形說了。「御醫說了，老太爺的病拖了這麼長時間已經是油盡燈枯，就算沒有昨晚，恐也熬不過這幾日。昨晚老太爺氣逆也是因聽說了大伯殺了大嫂，老夫人屋裡一直瞞著這件事。」

琳怡聲音溫和，仰頭看著他緩緩說著，儘量將所有事都說得清楚……是在安慰他。叔父是因周元景殺妻氣得中風，不是聽了甄氏頭顱被砍才一下子氣逆。

甄氏屍身的事是他在背後推波助瀾，甄家才打通關節僱人割了甄氏的頭顱。這樣一來，叔父的死和他也脫不開干係。

「我知道，」周十九輕拍琳怡的肩膀。「我都知道。」

說是知道，臉上卻仍舊是溫和的笑容，就似錦袍上精美的繡樣，神采氣度太過優雅，卻將千瘡百孔都藏在那紋飾之下。

琳怡接著道：「叔父覺得虧欠郡王爺，在叔父心裡待郡王爺和大哥、二哥沒什麼不同，可這些年卻力不從心，只能眼看著嬸娘薄待郡王爺。若是郡王爺被嬸娘算計吃了虧，叔父走的時候才更不能安心。」

周十九的眼睛微黯。

琳怡露出一個溫暖的笑容，安慰周十九。「叔父只是想臨終前等到郡王爺，郡王爺趕了回來，至少在叔父心裡，這份父子情義已經有了始終。」

周十九看著琳怡。「叔父待我如子？」

琳怡沒有避開周十九的目光，頷首。「妾身提起郡王爺，叔父的神情是對郡王爺有欠缺，而不是心中不安的歉疚。

「對自己的孩子通常都會覺得給予得不足，所以心中虧欠，對外人更多的才是心中不安歉疚。」琳怡說著頓了頓。「至少妾身是這樣想，叔父是將郡王爺當作是自己的孩子看待。」

琳怡想起府裡的傳言，都說周十九就是老太爺外室所生，後來送與老康郡王爺為子嗣，所以老太爺才會想方設法將周十九帶回來撫養，又百般偏袒。現在老康郡王和老太爺都不在了，誰也說不清到底是怎麼回事，可至少在老太爺心裡，周十九就是他的兒子。

「叔父一直待我極好，只要他在家中，大哥、二哥沒有的也會給我。」周十九眼睛明亮，微微笑著。「不是表面上說說罷了，是真的常常去我屋裡坐下，親自過問這些事，不是因我父母雙亡所以可憐我，是真心想對我好。只可惜這樣的日子不長，許多話我也沒來得及問清楚。」

周十九停頓了一會兒。「這大約也是嬸娘最想知曉的。」

琳怡點頭。

「這些年，嬸娘沒少利用叔父的病家中外面爭長短，叔父現在也算是能安靜地歇下了。」

周十九喉結輕輕滑動，伸手將琳怡抱在懷裡，長長地吁了口氣。「多虧了妳才能讓我床前送終——」

第二百八十五章

周老太爺的孝堂擺了七七四十九天，道士唸經做七，一切圓滿了之後才出殯。

周老太爺出殯那日，周十九等著遞上的奏摺發下來，然後將消息送去了老夫人屋裡。周十九求請將周元景暫時放出來扶棺送葬，皇上卻批了不准。

周老夫人聽到這個消息立時變了臉色。

等到圓墳之後，周十九正式穿上官袍去了衙門。

琳怡這邊也眼見出了三個月，每日晨吐少了，胃口也逐漸好起來，程御醫進府開了藥劑，囑咐琳怡可以下床走路，只是時間不可過長。

琳怡讓橘紅扶著走出屋門，長長吸一口氣，一下子覺得通透了許多。

鞏嬤嬤就在旁邊笑。「還有七個月呢，不過胎氣穩了，接下來就好過多了。」

不知是不是眼見就要過年了，這樣一忙活起來，日子就過得飛快，彷彿眨眼工夫就進了臘月，過年的喜氣是越來越濃，皇上的病也漸漸好起來。

琳怡和姻語秋通了幾封信，姻老太爺的病這些日子有了起色，已經上報管治時疫的衙門，準備這幾日就回到京裡。

熱河那邊的時疫兩個月前就開始好轉，如今也上報朝廷確定再無人染病。這樣的消息進京，整個京城都鬆了口氣，街面上又重新繁華起來，女眷們在府裡憋了幾個月，總算能開始走動，京裡的戲班也開始緊俏，短短三日，琳怡就已經收到了十幾封宴請的帖子，因有孝在身，琳怡都婉拒了。

民間活絡起來，天子的精力漸漸旺盛，又如從前一樣每日在養心殿親批奏摺，重病期間許多奏摺都被重新批閱，協理朝政的幾位王爺輪流進宮聽訓，周元景殺妻的案子這時候被提起來，責令宗人府儘快結案。

姻家安穩地搬回京裡，琳怡下帖子請了姻語秋、鄭七小姐、獻郡王妃、蔣氏和前幾日在府中幫襯的女眷們進府中坐一坐。因還在孝期，大家只是坐在一起說了說話，琳怡謝了獻郡王妃、蔣氏幾個。「要不是妳們，我還不知道要怎麼辦。」

獻郡王妃道：「都是自家人，有什麼好謝的，只要能幫上忙就好。」

蔣氏問起周老夫人。

琳怡道：「一直病著，連門也不曾出了。」

這時候也只能低調養病。要知道外面的議論已經不少，已經有人勸琳怡，讓琳怡在周老夫人面前多說說，別因周元景再鬧出什麼事來。

讓一個晚輩勸長輩，至少在外面人心裡已經是很嚴重的事。

琳怡笑笑不可置否。周老夫人是不會讓她有機會勸說的。

蔣氏喝口茶。「如今老太爺沒了，康郡王府上下都戴重孝，孝棚也搭在這邊，妳不知曉祖宅那邊被人怎麼議論呢，送終的不是兒子反而是姪兒，可真是奇怪。」

獻郡王妃道：「上次遇到二太太，二太太想將老夫人接回祖宅。」說著看向琳怡。「有沒有和妳提起？」

郭氏？還沒和她說過這些。

說著話，鄭七小姐和姻語秋端了茶果進屋。

琳怡看著鄭七小姐就笑。「可學到了些？」姻語秋先生拿了不少平日裡自己做的茶果，鄭七小姐覺得好奇，就一個個問過去。

鄭七小姐數著盤子裡各種茶果。「就是照貓畫虎罷了，這裡用了許多藥材，都是我不懂的，不過先生要將四季茶果的做法都教我，日後再也不用向妳要糕點了。」

琳怡就笑起來，屋子裡的人誰都沒有鄭七小姐隨興，每次只要看到她，就會覺得心情好許多。

大家吃了些茶果，姻語秋到內室裡給琳怡診脈。

姻語秋臉上的笑容漸深。「胎脈穩了，那些補益的藥倒可以少吃一些，保胎藥吃多了也是不好的，將來足月了不好生產。」

還有這樣的說法，程御醫倒讓她一直吃藥。

姻語秋笑著看琳怡。「妳可知郡王爺送了不少年禮給我？」

琳怡有些驚訝。給姻先生準備的年禮她還沒送過去。

姻語秋道：「別說我們家不在這邊，就算家中老小都搬過來，那些東西也是吃不完的。郡王爺怕妳操勞，這些事都替妳安排好了，收了這樣一份大禮，我豈能怠慢？要好好給妳診脈才是。」

琳怡看著姻語秋頗有深意的目光，忍不住臉上發熱。

姻語秋道：「程御醫的藥就別吃了，保胎的藥分太重，太醫院都是這樣的方子，在宮中任職久了，難免養下這樣的習慣。」

琳怡隱約有些聽明白。

姻語秋就將話說得更透澈些。「在宮中是龍胎最重要，太醫院要想盡法子將龍胎足月生產，至於別的都是次要的。」

和龍胎比起來，懷孕的娘娘總是排在次位。

「保胎藥吃多了，生產的時候胎盤不好落。」

原來是這樣，琳怡試探著問：「這麼說也可以下床走動了？」

姻語秋道：「每日裡走一走是有好處的，不要太勞累就使得，現在妳是想吃就吃，想睡就睡。」

這些日子她已經夠逍遙的了，就算老太爺的喪事也沒有勞累到她。

琳怡看著姻語秋想起張風子的事。「也不知道什麼時候能有消息。」

姻語秋的臉色一下子黯淡下來，笑容也收斂了。「一晃這麼多月了，一點消息都沒有，恐怕是……」說著眼圈紅起來。「早知道如此，我說什麼也不讓他去。」

此一時彼一時，那時候姻家被強行驅出京，張風子心中著急，才會想要去熱河打聽時疫。

琳怡拉起姻語秋的手。「晚上我再問問郡王爺，看看還有沒有別的法子，」說著頓了頓。「先生心裡不舒服，不如就常來坐坐，大家在一起說話，總比妳一個人著急要好些。」現在說別的勸慰的話也是無用。

姻語秋頷首，擦乾眼角的淚水，看著琳怡。「不來找妳我還能找誰？」

琳怡和姻語秋從內室裡出來，蔣氏笑著低聲問姻語秋：「可能看出是男是女？」

姻語秋搖頭。「從脈象並不能看準。」

蔣氏就提起帕子掩嘴笑。「這樣也好，到時候會有驚喜。」

大家話才說到這裡，白芍進屋走到琳怡身邊稟告。「外面果親王府的家人來報喪，說果親王今早沒了。」

屋子裡的宗室女眷臉上都是一緊。

果親王是和信親王同輩的宗室長輩，前些日子還有傳言說信親王要從宗人府退下來，大家都推舉果親王，果親王平日裡很少問事，可說話的時候卻很公正。

蔣氏臉色尤其難看。「我和元祈的婚事本來要草草辦了，還是果親王妃幫忙說了話。」說著也坐不住了。「我回去收拾收拾，就過去看看。」

宗室婦們也紛紛起身告辭。

琳怡讓橘紅將人送出去，就吩咐管事嬤嬤準備好香燭和禮錢，送去果親王府。沒想到這香燭才送去，第二日果親王府就又有人上門報喪，果親王妃殉夫了，如今果親王的庶長子承繼了爵位，大家這才知道平日裡臉上總是帶著笑容的果親王妃日子並不好過。

蔣氏去果親王府幫忙回來，臉上有些憔悴，顯然是又辛苦又因果親王妃傷心。「還是身下沒有子女的緣故，果親王的側室生的庶子平日裡就很討親王歡心，那側室在府裡也是要風得風要雨得雨，如今果親王一沒，果親王妃大約也覺得日子沒有了盼頭，否則誰好好的會走這一步？」

琳怡聽著就放下手裡的針線。果親王若是替果親王妃著想，早就約束了側室和庶子，怎麼會有今天這樣的情形？果親王妃這樣殉夫未免太不值得了。

琳怡想到這裡。「果親王妃的娘家是？」

蔣氏道：「是常家啊。」

「這麼說和皇后娘娘是同族？」

蔣氏抬起頭來。「是啊，不是很親，但是同出一族。要不是娘家無靠，果親王妃也不會這樣。」

琳怡心潮起伏。果親王妃不知是為了什麼。

到底是覺得自己將來處境尷尬，真的萬念俱灰，還是為了皇后娘娘才下了這樣的決心。

琳怡想了想問蔣氏：「我記得果親王妃身下有位郡主。」

蔣氏道：「今年秋天的時候，好像說要許給京外做指揮同知的孫家，果親王妃本是不願意，可是兩家早就定下了世婚。」

那為何不是娶孫家女，而是要將女兒嫁去孫家？恐怕孫家那邊情形不好吧！丈夫籠絡不住，女兒也不能護在身邊，最後才選了這樣的法子，想讓皇后娘娘幫忙出頭給女兒尋門好親事。

可憐天下父母心。

第二百八十六章

景仁宮裡，皇后娘娘聽著擦眼淚。「怎麼會這樣，前兩日還過來和我說話，人說沒就沒了……身邊的下人都做什麼的，怎麼就沒看出苗頭？」

旁邊的宮人回道：「果親王妃說身上不舒服，讓下人別吵她，大家都以為王妃在歇著，誰知道等到管事嬤嬤敲門進去瞧，人已經吊在了床上。」

床才多高，怎麼就能吊死人？皇后娘娘驚異地看向內室的踏步床。那要下多大的決心……

宮人忙道：「您別瞧了，小心嚇著。」

皇后娘娘嘴邊浮起一絲清冷的笑容。「都是自家姊妹，她就算死了也不會來嚇我。」

宮人低下頭。

皇后娘娘默然，過了半晌才道：「讓人多送些香燭、紙錢，她平日裡少言寡語，人也怕冷，將我櫃子裡鑲碧璽的手爐送去給她，讓她暖暖心吧！」

外面正颳著北風，將窗外的竹子吹得沙沙作響，皇后娘娘卸掉頭上的紗花，穿上家常的小襖坐在通炕上做針線。

身邊的老嬤嬤端茶上來，看到這般嘆氣道：「娘娘每日裡這樣費神，眼睛只怕受不了。」

皇后娘娘微微一笑。「閒著也是閒著。」

話音剛落，外面就傳來御駕的禮樂聲，皇后娘娘忙將手裡的針線放下，宮人們忙拿來褙子給皇后娘娘換上，穿戴的工夫，皇上已經讓人扶著走進內室。

皇后娘娘整理好衣裙上前行禮。

皇帝道：「快起來。」說著目光在內室裡一掃，落在笸籮裡的針線上。「妳身子不好怎麼不養著，倒做起這些來了。」

皇后娘娘道：「沒什麼做的，只是打發時間罷了。」

皇帝看向皇后娘娘。「妳倒閒得很，淑妃那裡卻忙得不可開交。外命婦入宮來，妳可見了？」

皇后娘娘笑道：「臣妾身子不適，就沒傳命婦。」

皇帝忽然冷笑一聲。「是妳沒傳還是這些人本就沒想來妳宮中？」

皇后娘娘臉上一緊，低下頭。「皇上用膳沒有？我讓人去準備。」

帝后兩個才說到這裡，宮人收拾好送去果親王府的賞賜。

皇帝忽然想起來。「果親王妃和妳是同族姊妹？」

皇后娘娘頷首，有些小心。「同族遠房的姊妹。」

如今只要提起常家，彷彿人人都能從中作出文章。皇帝看向皇后姣白的臉頰，想起兩個人才成親時，皇后那如同花朵般嬌豔的神采……他曾想過要好好珍視她，皇帝伸出手來，輕輕地捋了捋皇后的鬢髮。「若不是皇后每日照顧，朕不能這樣快提起筆來批閱奏摺，母后因此責罰皇后實是不公，朕一直不曾說話，就是要看她們到底要鬧到哪般。」

那些日子，只有皇后幫他揉捏麻木的手臂，只有皇后握著他的手幫他提筆，倒是淑妃每日只是讓他好好安歇……這裡的蹊蹺，他難道就一點不明白？

皇后仰起頭微微笑著。「皇上是一國之君，心繫社稷，這是臣妾唯一知曉的。皇上重病時臣妾讓人拿筆給皇上，就是怕皇上心中焦急，臣妾是想要皇上安心，皇上的病會慢慢好起來。」

皇后不慌不慢地說著。「太后娘娘是母親，眼裡只是皇上的身子，所以才會誤解臣妾。」她將御筆遞給皇上，讓皇上試著握筆寫字，這些讓宮人看到了，就傳遍了後宮，說她趁著皇上病重，逼皇上下對她有利的旨意。太后將她傳去慈寧宮，又讓她在慈寧宮後的佛堂裡抄佛經，讓她知曉什麼是慈悲，什麼是情義，不要整日裡只算計權利，身為一國之母為了這些竟然連皇上的身子也不顧了，常家淪落如此，她竟然一點不知悔改。太后娘娘面前她不能反駁，只是在佛堂裡跪著，跪得雙膝發麻。

皇后想到這裡，臉上一閃黯然，卻沒有在皇帝面前表露，而是仍舊笑著。「臣妾受點委屈沒什麼，只要皇上病好起來。」

皇后纖細的手讓皇帝握緊了。

皇帝深沈的眼眸裡有一絲暖意。「朕知道妳的心思，讓妳受委屈了。」

皇后眼睛有些潮濕。「不能見皇上那些日子，臣妾只是擔心皇上的病，委屈倒是不曾，只是心急如焚。」

皇上將皇后攬在懷裡，鼻間是濃濃的檀香味，不由得皺起眉頭。「明日朕就和母后說，不讓妳去慈寧宮聽佛了。」

皇后搖頭。「能去慈寧宮孝順太后娘娘是臣妾的福氣，只要太后娘娘能消氣，別說只是去佛堂聽經一個時辰，就是日日去佛堂裡，臣妾也該如此。臣妾這些年沒能給皇上生下皇子，對社稷無功，若是再不能孝賢就真是一無是處。」

皇后的性子被磨成了這樣，身為一國之母，要處處委曲求全，皇帝心中又是一酸。「是朕對不住妳，朕早該選一個皇子過在妳身下，這樣一來妳少受許多委屈。」

皇后搖搖頭。「皇上的心意臣妾明白，這樣沒有子嗣也很好，沒有過多的牽絆，臣妾一心只是在皇上身上。」

皇帝想起剛過世的果親王和殉夫的果親王妃，側頭一看，皇后眼睛裡閃爍的也是相同的目光。

皇后是抱著這樣的心思。皇帝心中油然生出一股難言的愧疚。第一次見到皇后時，皇后秀麗的面容、清澈的眉眼一下子就走進他心裡，讓他十分歡喜。禮成之後，他和皇后坐在喜床上羞澀地互相看著，兩個人慢慢地才握住彼此的手，那時候他心中悸動，感激父皇早就定下這樣一門親事，以後有皇后在身邊，他心中多了份溫暖，少了一份寂寞。皇后也果然如他所想，是一個知書達禮、聰明伶俐的女子，多少次他握著皇后的手走在御花園裡，覺得此時此刻他得到了所有的一切。

從何時開始，他和皇后的關係漸遠？是因從宮中女子漸漸多了起來，還是他逐漸掌權野心迸發，想要擴充大周朝的版圖，整日在南書房召見臣子，或者是後宮女子慢慢都懷上孩子，他少不了去探視，享受天倫之樂的時候，將最初的那份感情深深擱置起來。

皇后有今日，他不該只怪母后，何嘗不是他一手造成的，難不成他真想要心愛的女子和果親王妃一樣？

「二王爺序長，朕已經決定將二王爺過在皇后身下。」皇帝感覺到懷中的身子一顫。

皇帝低下頭見的是皇后萬分驚詫的表情。原來皇后從來沒想過他會有這樣的舉動，是因對他沒有信心，所以沒有這樣的奢求。

皇后從皇帝懷裡起身，跪在地上。「皇上，萬萬不可。皇上沒有這樣的安排，宮內宮外已經議論紛紛，果然如此……恐會讓政局動盪，到時臣妾萬死難辭。」

皇帝起身將皇后扶起來，堅定地看著皇后，擲地有聲。「宮中不論有多少孩兒都該只視妳為母，妳父兄當年是因朕被牽連，妳常家滿門忠烈並不是什麼亂臣賊子，這麼多年過去了，朕早該為妳常家正名。妻是妻，妾是妾，妳身為皇后理應母儀天下，管好後宮，讓後宮等級分明，無論誰都不准逾越禮數，若有違反者一律交與妳處置，任何人不得干預。」

「皇上，」皇后眼淚滑落在鬢間。「您這是要補償臣妾，還是要將臣妾推到風口浪尖？臣妾只想守在皇上身邊，再無別的奢求。」

「朕在妳身邊。」皇帝拉起皇后的手，面帶威嚴，眼睛裡卻露出笑意。「朕已經在南書房寫好旨意，明日早朝就會宣讀。」

皇后嘴唇開合，不知說什麼才好，只是勸說皇帝要仔細思量。「這麼多年過去了，臣妾身下一直沒有子嗣，皇上大病初癒，怎好立即就著手這件事？臣妾有沒有子嗣都是大周朝的皇后，就如皇上所說，宮中所有的皇子都叫臣妾一聲母后，既然如此，何必大動干戈？凡事要以朝廷政事為先，皇上操勞這麼多年，不可在這時候出差錯。」

「這次之事可見璜兒仁孝，為平儲位之爭願意剃度出家，熱河有時疫也願意前往，二王妃也是賢淑，日日去太后娘娘的慈寧宮聽訓，這樣的佳兒佳婦在妳身邊，朕也就放心了。」皇帝輕拍著皇后的肩膀安慰。

皇后的眼淚不停地掉下來。「臣妾若因此亂政——」

「好了，」皇帝打斷皇后的話。「不過是讓妳的景仁宮裡熱鬧些，哪來的亂政之說？妳放心，母后那邊朕自然說清楚。」

皇后半晌才止住眼淚。「臣妾不解，皇上怎麼會突然……還知曉了果親王的事。」

「朕召見了康郡王。」皇帝道。「這些日子宗室營亂成一團，御史參奏的奏疏，敬郡王強買上千畝田地，周元景鬧出寵妾滅妻的事，不但如此，信親王收了兩家賄賂幫忙遮掩，敬郡王為了買土地殺了人埋在棗林裡，周元景的事更是離譜，宗人府將仵作驗屍的屍格丟了不說，甄氏的頭顱也被割去了，如今就是想要定案也不容易。康郡王被參殺了上清院的道士成琰，撤職查辦期間，本該禁足在家，卻私自出府。」

皇帝頓了頓。「朕將他們都叫來問，信親王和甄家各執一詞，康郡王倒是說了些實話。」

皇后道：「康郡王說周元景打死了正妻甄氏？」

皇帝搖頭。「只是將仵作當日的話說了，甄氏並非觸牆之傷。」

皇后皺起眉頭。「夫妻一場怎麼弄到如今的地步？」

皇帝拉著皇后坐下，冷笑一聲。「宮外如今傳得沸沸揚揚，宗室子弟膽大妄為到如此，丟盡祖宗臉面，從此之後，朕絕不姑息。」

皇后頷首想起康郡王私自出府的事來。「那件事怎麼說？」

皇帝道：「康郡王妃懷了身孕。」

皇后端起茶來遞給皇上喝，沈著眼睛微微思量。

皇上喝口茶，低聲道：「皇后如何看待宗室之事？」

皇后接下皇帝手中的茶杯。「後宮不得干政。」

皇帝靠在軟榻上。「此是家事，皇后本就該過問。」

皇后抿抿嘴唇。「臣妾以為宗室子弟固然該罰，可畢竟是大周朝皇族血脈，每年宗室營又有不少子弟為國效力……皇上整治之時，也要加以安撫。國有國法，家有家規，犯罪之人，流徙軍遣，勤勉向上之人，必得重用。」

皇帝笑著看皇后。「皇后所言正中朕心。」

皇帝說完話，笑著起身。「朕去南書房看摺子，晚上再過來。」

皇后忙起身送皇帝，皇帝的御駕離開景仁宮。皇后身邊的嬤嬤上前道：「皇后娘娘終於守得雲開了。」

皇后坐下來看著香爐裡裊裊青煙。皇帝剛才的話彷彿還在耳邊，哪怕換作十年前，聽到這樣一番話，她大約也會覺得死也值得，而今……皇后握緊手裡的暖爐。冰天雪地中，拿著這一爐半溫的火炭，不過是不想要活活凍死罷了。皇上是病重時看清楚了淑妃想要五王爺掌權的心思，才會想起他們大婚時那純樸之情，誰知道過陣子又會如何？是會被美貌的惠妃留下，還是被賢慧的德妃勸得回心轉意？

皇后微微一笑。看透了這些，再好聽的話也不會放在心上。常家滿門因此而亡，她怎麼還能看不清楚……

第二百八十七章

皇后娘娘母族封賞的聖旨發下來，大家尚未從中看出皇上的用意，緊接著將二王爺過在皇后身下的聖旨就到了。

宮中皇子都尊皇后娘娘為母，可是這樣鄭重其事地過繼，彷彿發出一個訊號——皇上有意抬高二王爺的出身，從此之後二王爺凌駕於其他皇子之上，是真真正正的嫡出。

皇上誇讚二王爺和二王妃是佳兒佳婦，這樣的消息一出來，京裡更是炸開了鍋，彷彿除了真正的聖旨下來，二王爺已經是儲君。五王爺一黨這才真正急起來。

蔣氏和鄭七小姐來看琳怡，幾個人湊著說話，琳怡吩咐橘紅在炕上支了花梨圓桌，胡桃讓小丫鬟端了果子和茶盤。

炭火燒得正旺，屋子裡也滿是笑聲。琳怡讓胡桃將廣平侯府送來的豆子捧些上來。「家中廚娘燒的豆子，妳們也嚐嚐。」

蔣氏看著豆子，「噗哧」笑出來。「我看妳這個喜害得不值，喜歡什麼不好，偏好這樣的吃食，人家都是燕窩、海參、魚唇、鴨舌不離口的。」

琳怡也跟著笑，她還真就喜歡吃酥脆的東西。「這麼多吃的也堵不住妳的嘴。」

蔣氏笑道：「我說的可是好話，將來世子落了地定是好養的。」

這孩子確實好，才一來就替她解了圍，而且讓她的氣色也一天好過一天，隨著月分大，精神也越好。橘紅做了只毽子，她拿起來就踢了一下，嚇得幾個丫頭立即圍上來，她卻覺得有用不完的力氣似的，就是無處發放。鞏嬤嬤說，她這時候就什麼都不要做，好好享享福，哪知這福也不是好享的，她想要出去走走，身邊人也是左攔右擋，好不容易她說服了鞏嬤嬤想去暖房裡轉轉，誰知道老天不作美，就下起了雪。

多虧蔣氏和鄭七小姐過來陪她說說話。

白芍掀簾子進來，蔣氏看外面的雪大，就問白芍：「怎麼樣了？」

白芍道：「雪深一寸了，看樣子還要下。」

蔣氏道：「多虧我穿了大氅出來，否則還真不能回去了。」說著看向琳怡。「本想和妳多坐一會兒，現在可要走了。車行不動，我們要睡妳這裡。」

琳怡笑道：「我還怕妳睡這邊不成？再不濟，等元祈來接妳就是。」

蔣氏倒被說紅了臉，嗔笑地看了琳怡一眼。「若是在別人家他是敢來接的，康郡王府他可是不敢登門。最近差事上出了差錯才被郡王爺罰呢，回去之後我只罵他活該，看他下次還不長記性。」

鄭七小姐聽著也覺得好笑。「蔣姊姊倒是像替姊夫抱屈。」

蔣氏就看向鄭七小姐。「她懷著身孕我不敢欺負，妳，我可敢動手。」說著伸手去撓鄭七小姐的癢。鄭七小姐素來怕這個，一下子跳去好遠，蔣氏裝作要去追，兩個人倒鬧成一團，琳怡掩嘴笑。「妳們兩個倒像孩子似的。」

蔣氏笑得直不起腰來。

大家正鬧著，鞏嬤嬤進屋來，蔣氏和鄭七小姐這才重新坐下。

鞏嬤嬤笑著走到琳怡身邊低聲道：「大老爺的案子判下來了，宗人府領著大老爺進府，說要見見老夫人呢。」

琳怡收起笑容，有些驚詫。周元景八成是要判徒刑的，她想著怎麼也要等到天氣暖和起來才會判罰，否則嚴冬臘月，路上要如何走？

蔣氏也覺得奇怪。

琳怡道：「去第三進院子裡說了嗎？」

鞏嬤嬤道：「已經說了，老夫人那邊正收拾呢。公差不好進院子裡，讓老夫人去前院說話。」

琳怡吩咐鞏嬤嬤。「讓前院管事伺候齊全。」

鞏嬤嬤應下來。「您放心吧，奴婢這就去安排。」

鞏嬤嬤出去，蔣氏才道：「皇上這是要嚴懲宗室子弟了。」若不是趕上這次五王爺謀儲位，恐怕周元景不會被判得這樣重。周老夫人想靠著五王爺的關係救周元景，就要最好準備萬一五王爺一派失利，周元景就會有今日。

周老夫人那邊聽了消息，手上的暖爐頓時落在地上，臉色鐵青。「公差怎麼說？」

申嬤嬤道：「奴婢問了，說是判了徒刑三千里，今日就要出京。」

周老夫人胸口一滯，只覺得喘不過氣來。「現在什麼時候，馬上就要進臘月了，這時候走，那不是要……還能不能活著到……」

申嬤嬤眼睛一紅。「信親王爺也不知道有沒有幫說幾句好話，哪怕等到開春再走，再不濟也要等到過了年。」

信親王爺。周老夫人咬緊牙。自從風向變了，信親王妃就躲著她，元景的事不提半句，信親王定是早就知曉了，卻不肯提前來送聲消息。

周老夫人哆嗦著手。「快……快給我穿衣服。」

申嬤嬤忙吩咐丫鬟去拿衣服，邊服侍周老夫人穿好邊道：「還讓準備衣物，奴婢已經讓人去祖宅和二太太說了，將屋裡最厚的衣服都拿出來。」

周老夫人點頭。「快，拿些銀票給公差，讓他們在路上好生照應，莫要讓大老爺吃苦。」

這樣的天氣，怎麼可能不吃苦？申嬤嬤低聲應著。

主僕兩個收拾好了，慌慌張張地去了前院。

公差押著周元景已經等在那裡。周元景只穿了青色的襖衣、襖褲，滿面鬍鬚，頭髮亂蓬蓬地堆在那裡，身上散發著陣陣潮濕、腐爛的氣味，遠遠看去幾乎辨認不出來。

周老夫人急著往前走，踏出去一步才發覺腿腳已經軟了，多虧申嬤嬤事先有準備，賣力攙扶著，才不至於摔倒。

「母親。」周元景看到周老夫人目光立即黏住不放，上前幾步頓時跪下來，一把牢牢地抱住周老夫人的雙腿。「母親，快救救兒子吧！兒子才被打了板子，哪裡還能走三千里，定是要死在路上，母親怎麼能眼睜睜地看著兒子送死，母親不是說已經想了法子，母親……」

聽到周元景這樣說，申嬤嬤慌張地看向公差，還好公差裝作沒有聽到，面無表情地站在一旁，想及那些人經常出入宅院，應該見慣了，稍稍放下心來，伸手去扶周元景，低聲道：「大老爺，老夫人已經盡力了啊。」

誰知道周元景這時候已經昏了頭，一心想著要保命，顧不得這些，將申嬤嬤甩開了。「母親拿些銀兩打點，就算流放等到明年春天——不，最好改成徒刑五百里……母親……這是要我的命啊！」

周老夫人顫抖著手，只是不安地放在周元景的頭上，眼淚不停地流下來。

「母親難不成要白髮人送黑髮人？」說著頓了頓。「兒子向來都是聽母親的話，母親說東兒子不敢往西，難不成兒子就要落得今天的下場？」周元景瑟瑟發抖。「我不想死啊，不想死！這時候誰會押送犯人去流徙，一定會在半路上弄死了事……」

「景哥……」周老夫人低頭看著慌亂的周元景，揚聲道：「你犯了法就要受罰，幾位官爺定會在路上好好照應你，你還年輕，將來還有機會回來。母親年紀雖然大了，一定會替你好好照顧全哥，直到你回京。」

周元景一副茫然不懂的表情。

周老夫人道：「留得青山在不愁沒柴燒，好孩子，你要提起精神來……」

周元景怔愣了片刻。「母親這是不肯管兒子了？母親要看著兒子去送死？」

周老夫人眼淚落下來。「你犯了法，母親也是沒有了法子，國有國法家有家規。」

周元景整個人似一灘泥般癱軟下來，心中最後一線希望也沒有了，想到剛才在外面冷風刺骨的滋味，就不受控制地牙齒打顫。

外面管事的報周元貴打了包裹拿來。

門口簾子一掀，周元景的目光就落在周元貴身上。周元貴穿著青狐大氅，寶藍色的襖袍，腰上繫著鑲玉錦帶，腳上是雲紋快靴。什麼時候，只會彎腰聽自己訓斥的二弟這樣光亮起來，相比之下，他連乞丐也不如，怪不得母親這般鎮定地和他說話，他走了，還有二弟在母親身邊。

周元景覺得冷氣已經衝進心裡，讓他無意識地發抖。

第二百八十八章

周元貴讓人將包裹提進屋，滿滿的三大包衣物，公差上前查驗，將包裹裡的氅衣都扔了出來。

周元貴有些著急。「這……沒有這些怎麼禦寒？」

公差只是公事公辦，為難地道：「大老爺現如今是囚犯，怎好穿這些？就算咱們帶了也不能讓大老爺穿上，還不如就帶些尋常能穿的圖了實惠。」

周元貴心裡難過，又見周元景跪著不起，上前去攙扶周元景。「大哥、大哥，你先起來，有什麼話不能好好說。」

周元貴這樣拉扯著，周元景的臉貼在了周元貴的大氅上，青狐的毛皮上雖然沾了雪，可這時候卻讓周元景覺得異常地暖和，低頭看到地上被公差扔出的氅衣——那些是他永遠也不能再穿的了。

他本是宗室子弟，如何就有了今日？連他平日裡瞧不上的二弟也不如。

周元景抬起頭看向周老夫人。「母親說兒子為何會落得今天的下場？」

周老夫人看向有些癲狂的周元景，心中不由得一緊。

周元景笑得猙獰。「都是因為母親，都是因為母親——」

周老夫人臉色變得異常難看，剛才的心疼頓時去了乾乾淨淨，臉上滿是驚愕。「我兒，你真是讓牢獄逼瘋了啊！」說著上前就要去拉周元景。

周元景如今已經什麼都聽不進去，只是不停地搖頭。「她天天來找我要頭……母親，她的頭在哪裡？快給她吧！她日日糾纏我……她要讓我償命，定是如此我才會有今日，這是為什麼？到底是為什麼?!」

周老夫人道：「都是因為你寵那周姨娘，要不是周姨娘，媳婦也不會和你打起來。」

「不是——」周元景拚命地搖頭。「不是，不是她、不是她，她什麼也沒做不是也死了嗎？她也死得冤枉，要讓我償命呢。」

申嬤嬤見情形越發不對，忙偷偷走到周元貴身邊低聲道：「二老爺，快想想法子，不能任大老爺這樣啊……」

周元貴看著發狂的哥哥，不停地向申嬤嬤點頭，可是手就抖成一團，不敢上前。

申嬤嬤又去尋門外的粗使婆子上來，粗使婆子聽了申嬤嬤的意思，就要去拉周元景，周元景發狂起來，大如蒲扇般的手就向著婆子搧了過去，頓時將一個搧倒在地。

婆子慘叫一聲，口角流血，躺在地上只是哀叫，剩下的哪敢再上前，旁邊的公差就要抽出刀來。

周老夫人嚇了一跳，忙叫公差。「兩位官爺不要動怒——」

話音還沒落，周元景已經道：「你們這些骯髒的老貨！無法無天的王八羔子！不知道怎麼弄神弄鬼，老子的女人你們敢殺，老子你們也敢動不成?!」說著彷彿想到了什麼。「彩雲……彩雲……莫要找我索命，冤有頭債有主，就找這些個東西……」伸出手指一通亂指，最後落在申嬤嬤身上。「就是這老貨弄死妳，就是這老貨親手……」

申嬤嬤嚇得雙手搖個不停。「大老爺……您說什麼……您千萬別這樣說……奴婢可是經不起的呀！」

周元景瞪圓了眼睛，伸手又亂指，指尖所到之處，眾人都往後縮去，點來點去就落在周老夫人身邊。周老夫人握緊了手，迎上周元景的目光，卻發現周元景的眼睛落在她身後，看得她遍體生寒。

「瞧她們兩個，我的女人，一個沒有頭顱，一個……」周元景突然伸出長著厚厚舌苔的舌頭。「一個伸著舌頭，日後怎麼伺候我……伺候父親、母親……」

周老夫人皺起眉頭來。「元景，你亂說什麼？」說著看向申嬤嬤，申嬤嬤早就嚇得腿腳痠軟，沒有立即上前來。

周元景還直勾勾地看著，嘴裡唸唸有詞，不知都嘟囔些什麼。

「母親，聽聽她們都在說您呢……」

周老夫人急起來。「孩子，你怎麼被逼成了這樣，好好的人怎麼就成了這個模樣？」

周元景輕笑一聲，聲音忽然放得輕緩。「都是母親呀，母親常說父親將家裡的銀錢都拿出去給了伯父一家，我和元貴沒有銀錢娶妻生子，更沒有銀錢換個好前程。父親對一個外面的野種比我們兄弟都要好，周元澈是父親的外室所生，不敢帶回來，這才送給伯父的……這些年我們能有銀錢用，都是母親偷偷為我們兄弟存起來的，若是沒有母親這樣辛苦，哪有我們兄弟的吃喝，母親為我們兄弟吃盡了苦頭，盼著我們兄弟將來能出人頭地，然後向那野種要回我們的東西，母親是不是這樣？」

周元景話說得斷斷續續，十分模糊，可是在場的人都聽了明白，周元景嘴裡的野種說的是康郡王周元澈。旁邊的公差也露出驚訝的神情，抬起頭來偷偷摸摸地看周圍人的臉色。

周老夫人呵斥道：「元景你是聽了誰胡說?!」

「母親，」周元景呵呵笑著。「您忘了，您說的，您不止一次說過。」說著找周元貴。「二弟你說是不是，母親那時候哭得可凶了，說祖宅多少間房，將來我們成親都要擠在這裡，還要分出一進院子給野種，將來的養老田也有野種一份……憑什麼……憑什麼……嘿嘿嘿……誰知道……誰能知道……」

周元景瘋瘋癲癲。「我們缺錢嗎？二弟你說我們缺錢嗎？你養蟲逗鳥，我在外花天酒地，我們不缺……早知道這個結果，我……我……」周元景去扯自己的衣服，變成了哭腔。「我怎麼成了這樣……我是堂堂宗室子弟，我身上流的是皇室血脈！」

公差再也看不下去，就要上前去押周元景。「大老爺該上路了，走晚了小的們也要吃罪，還請您體諒。」說著，另一個公差就提起了手中的佩刀。

佩刀的撞擊聲響似是一根針般扎進了周元景的腦子，周元景頓時一個激靈，慌張地躲閃起來。「不……不……不……我不去……我不去……別抓我！」說著亂揮手。「抓她們，她們……」

周元景人高馬大，這樣胡亂地反抗讓公差緊張起來，再也顧不得給周元景留體面，用足了力氣扣住周元景的肩膀。

周元景一下子被壓在那裡，整個人變得更加慌張，不停地轉頭看周老夫人，嘴裡口齒不清。

「母……母親……母親……」

周老夫人不接話，周元景的那雙眼睛越發黯淡起來，彷彿已經變成了死灰的顏色。「我不要……我不要……」眼睛瞄到公差身邊的佩刀，伸出手去抽。

公差冷不防被周元景奪了佩刀，嚇了一跳頓時後退幾步，周元景乘機後跳一步，舉著刀衝著周老夫人跑來。

申嬤嬤看著明晃晃的大刀，更加面無血色，就要去拉周老夫人。

周元景手起刀落，向著周老夫人額頭上就劈來，旁邊的公差見了，上前去拉周元景，兩個人頓時都摔在地上。

大家還沒反應過來，先看到地上迅速擴大的血跡，然後壓在周元景身上的公差起身，周元景抱著刀倒在地上，兩個公差忙七手八腳將周元景翻過來。

周元景瞪大了眼睛，猶張著嘴。「彩雲……讓妳笑……妳敢笑話爺……爺殺了妳……」

彩雲是死了的周姨娘，原來周元景不是想殺周老夫人。

周元景真的瘋了。

大家呆愣之餘，周老夫人先反應過來，倉皇地喊叫：「快……快去請郎中！」說著撲向地上的周元景。

「元景……景哥你別嚇母親，元景！」周老夫人手中摸到的是又滑又熱的鮮血。

周元景瞪大了眼睛，嘴張合不停，一直在說著，旁邊的周元貴已經徹底嚇傻在那裡。

周老夫人伸出手去摸周元景的臉，周元景絲毫感覺不到似的，茫然地看著房樑，終於嘴唇不再動了，周老夫人嚇得手顫抖起來。

周元景幽幽地嘆了口氣，立即有更多的血湧了出來，沾在周老夫人的褙子上，周元景一下挺直了身子，就再也不能動了。

周老夫人彷彿忘記了呼吸，半晌才道：「這是怎麼了……這是怎麼了啊……」

琳怡在屋中聽到消息，蔣氏和鄭七小姐都僵在那裡。

鞏嬤嬤道：「大老爺衝著老夫人去的，公差也是怕傷了老夫人才阻止，誰知道兩個人摔在地上，刀刃偏就正好砍在大老爺身上……」說到這裡鞏嬤嬤頓了頓。「結果，大老爺也不是要殺老夫人，而是腦子糊塗了，看到了死去的周姨娘，說周姨娘在笑話他，他是要殺周姨娘的。」

周元景被逼瘋了。

甄氏死了，沒想到周元景也死了。

周元景平日裡看起來是很強硬的人，怎麼這樣經不住，聽到要徒刑三千里就瘋了。

蔣氏和琳怡對視一眼。

琳怡吩咐鞏嬤嬤。「讓門房準備好馬車。」然後看向蔣氏和鄭七小姐。「家裡出了事我就不留妳們了，有消息我再讓人遞信過去。」

蔣氏頷首。「七小姐還未出閣總是不方便，我已經嫁作人婦，就留下來幫襯妳，等到郡王爺回府，這件事塵埃落定，我也能放心些。」

蔣氏是怕周老夫人遷怒於她。

琳怡感激地看向蔣氏。「勞累妳了。」

蔣氏搖頭。「我們兩個不用這樣客氣。」

鄭七小姐起身讓白芍送出了府，琳怡讓管事的將周十九喚回家。

不到一炷香的工夫，外面就傳話道：「郡王爺回府了。」

蔣氏這才鬆了口氣。「這下好了。」說著看向琳怡。「否則還真的不知道她急起來會做什麼事。」

如今周老夫人真是一無所有，既沒有了名聲，又眼看著兒子死在她面前。

第二百八十九章

蔣氏告辭出去，片刻工夫周十九就進了屋，琳怡正讓橘紅伺候穿銀色暗紋褙子，讓人將白狐氅衣拿來。

周十九走進屋向捧著氅衣的胡桃一揮手，胡桃低頭將氅衣拿了下去。「前面妳不用去了。」琳怡抬起頭。周十九神情舒緩，上前幾步拉起琳怡的手。「剛才有公差在場，大哥死得突然，順天府和宗人府都要查驗，仵作已經進府，一切都按照大周律例來辦，我們過去也是插不上手。」

琳怡抬起頭來。「郡王爺已經過去瞧了？老夫人呢？」

周十九聲音不高不低，十分輕鬆。「官府要查驗，嬸娘被請回第三進院子，我已經讓管事的將前院封好，官府沒查完之前所有人不得隨便進入，待到一切公務完成，讓他們徹底收拾出來，嬸娘那邊有二哥照應。」說著頓了頓。「我都安排好了，妳放心吧。」

家裡出了這麼大的事，她不過就是在內室裡聽聽消息罷了。琳怡拿起棗茶來喝。沒想到周元景和甄氏最終會落得這樣的下場。

周十九去套間裡換上白色襖袍，回來坐在琳怡身邊問她孩子的情形。「怎麼樣？有沒有鬧妳？」

琳怡搖頭。「很聽話。」

周十九小心地將手放在琳怡小腹上。「眼見就五個月了，怎麼還不長大？」

她也覺得奇怪，她記得琳婉那時候就已經出懷了，她卻仍舊不顯山不露水，換衣服的時候覺得肚子彷彿是大了些。「大了些，冬日裡衣服多，所以看不出來，嬤嬤說再過一個月會更加明顯。」

周十九笑著放下手，琳怡吩咐下人擺飯。

很快西次間的桌上就擺滿了碗碟，琳怡看過去竟有大半都是甜食，兩個人一起吃了些，琳怡發現周十九吃點心並不比她吃得少，說不得她肚子裡的孩子隨了父親。

吃過飯，周十九習慣地在內室裡看公文，她就坐在軟榻上看些書。

第三進院子傳來消息，周老夫人病得重了，申嬤嬤讓人去請郎中。

周老夫人這次是真的病了，申嬤嬤急得像熱鍋上的螞蟻，除了給老夫人治病，生怕官府找上她。

周十九和琳怡梳洗好躺在床上，琳怡問起周元景的事。「準備怎麼辦？」

周十九道：「事出在我們家中，我已經寫了奏摺遞上去，兩個公差也將經過說得清清楚楚，當時在場的前院管事被請去了衙門，我吩咐他著實說就是。」

周元景說申嬤嬤殺了周姨娘，這件事雖然不會正式查下來，但是申嬤嬤為誰辦事大家都十分清楚，周老夫人就算沒有了牢獄之災，以後也別想再拋頭露面。這是周老夫人給她準備的下場，現在卻物換星移全都落在周老夫人自己身上。

周老夫人喪夫、喪子，住在姪兒家中，這樣的懲罰是永遠不能改變的。也許周老夫人會乘機回去祖宅，這樣一來，至少她身邊還有周元貴侍奉，可如此一來周老夫人就等於承認了周元景之事都是她一手安排，最重要的是若這次走了，就不能再回來，周老夫人不會甘心如此，一定還會想方設法扳回來。

琳怡正在思量，周十九將手伸進了琳怡小衣裡。兩個人好久沒有這樣親暱，周十九溫熱的氣息蹭在她臉頰邊，身上的清香讓她不由自主地心跳加快。琳怡轉過頭，周十九的吻就落下來。兩個人都有些遲疑，這些日子因身孕，無論做什麼都變得小心翼翼，兩個人還是同枕而眠，周十九每晚都抱著她，只是握著她的手，笑著和她說話。他表面上看著雲淡風輕，其實很在意她的身子，這些日子她漸漸好起來，他也依舊要等她睡著了之後才睡下。

周十九的舌尖輕勾她的口唇，開始只是輕輕的親吻，舌尖輕觸幾下，彼此的嘴唇變得更加甜軟，呼吸也合在一起。

帳子裡充滿了彼此身體的香氣，這樣一來就不受控制，周十九微用些力氣，傾過來一些，加深了親吻，她帶著丁香氣息的舌尖一下子就被他含在嘴裡輕裹著吸吮。

琳怡感覺到周十九的手將她的小衣解開，修長的手指迫不及待地攏上她胸前的柔軟輕輕揉捏。他的呼吸漸漸加重，吹紅了她的耳根。

好幾個月都沒有過，讓他不如從前耐心，整個身體都繃緊了蓄勢待發，如同被燒紅的火塊，將她整個人也燙得燒起來。

周十九扯開身上的衣衫，拉起琳怡的手落在他腰側。燈光下，周十九的眼睛格外明亮，細長的眼睛微微瞇起來收斂光芒，才能讓人將視線落在他英俊的臉上，神情柔和、細膩又專注，琳怡不自覺地抬起手沿著他的下頷滑到脖頸，慢慢撫摸上他的肩膀，周十九順勢將衣衫脫了下來，手也撫上琳怡的大腿，將她的腿抬起來環上他的腰。

琳怡能感覺到周十九的灼熱就貼在她的大腿上，他親著她的嘴唇，手指摩挲著她的鬢角，若是往常就會堅定地挺進去，這一次，最終化為她嘴角邊的微笑。周十九慢慢地將急促的呼吸調整得綿長，他的火熱卻在她身體上顫抖，是一種不肯退縮的姿態，昂揚地挺立著，讓他笑容滿面卻無可奈何，目光變換了幾次，終於拉起她的手，指引著她握上去。

周十九低下頭，伏在她耳邊，輕輕地道：「元元幫幫我，還是我自己……妳瞧著。」他握著她的手上下移動，微微嘆息。

他微微仰頭，輕閉著眼睛，長長的睫毛在英俊的臉上畫出扇般的陰影。她跟著他的動作慢慢動著，過了好久他的喘息沒有平復，那灼熱反而在她手中越來越大。

周十九身形威武，也沒那麼好糊弄，這是她再清楚不過……除了新婚之夜。

琳怡臉色緋紅，看著周十九。「怎麼辦？不行啊。」

她害羞的模樣讓他心中微微一動，他伸出手輕柔地撫著她的臉頰慢慢摩挲。

「不行，我還……再說我們還在孝中。」她修長的腿微合，將他夾在腿間，眉宇間是鮮豔的嬌媚。

「讓我瞧瞧，」周十九低聲道，拉開琳怡的衣襟兒。「是不是和從前不一樣了。」

琳怡微閉眼睛，身上的衣衫被除盡，床鋪間是她嬌美的身子，周十九的手落在琳怡小腹上。

「比從前大了些，」說著又順著視線將手放在琳怡胸前。「這裡也大了。」

琳怡臉上一紅，伸出手拉起被子。

周十九眉眼中透著柔和的光，將琳怡摟在懷裡，蓋上了錦被。

「還沒穿衣服。」琳怡伸出手去摸衣服，卻被周十九將手拉過去。「就這樣睡舒服。」說著去摸琳怡的小腹。「孩子也舒服。」

琳怡笑看向周十九，明明是自己想要這樣，卻要安在孩子頭上。

周十九只是抱著琳怡，兩個人說著話，慢慢就睡著了。到了第二天，琳怡頭上多了一條繐子，用銀色絲線編的銀蟒，穿在髮髻上很是漂亮。

周元景的事查了下來，在場的兩個公差被革了職，周元景的喪事草草辦了。周元景下了葬，周元貴和郭氏來接周老夫人，周老夫人不肯回去，這樣來來回回一鬧，就到了大年三十。

年底，大家放爆竹聚在一起吃年夜飯，周老夫人臥在炕上不能動彈，康郡王府的年過得也不算熱鬧，琳怡倒是覺得很溫馨，和周十九在一起聽外面燒青竹的聲響，桌子上堆滿了各種糕點、各色果盤，外面傳來丫頭們嬉笑的聲音。

琳怡和周十九將賞錢發給大家，然後關起門來，兩個人十指交握靠著說話，周十九伸出手來細細摸琳怡的眼角。

琳怡低頭笑。「前些日子還說二嫂長斑，我也開始長了，脂粉也壓不住。」

「妳愛美，等回廣平侯府的時候我幫妳補粉，一定讓妳和回門時一樣漂亮。」

周十九輕聲輕語將琳怡逗笑起來。

兩個人依偎著說話。

周十九道：「家裡不熱鬧，等到明年就不一樣了。」

周十九指的是孩子。

他煞有介事地扳手指。「元元每年都能給我添一個兒子，很快我們就覺得這個家太小了。」

每年生一個，就算最能生產的婦人，一輩子不過生十二、三個罷了，琳怡道：「若是生女兒郡王爺就不喜歡了？」

「喜歡。」周十九想也沒想。「只是怕她長得太像妳，我做不了嚴父。」

周十九總是說得很好聽，讓人分不出是真是假。

琳怡正笑著，忽然笑容就停在臉上。

周十九小心翼翼地攏著琳怡。「怎麼了？」

琳怡莞爾。「好像有動靜又好像沒有，我也分不清楚。」

他明白過來，彎腰將琳怡抱起來上了軟榻，兩個人靜靜地等著，可是琳怡又感覺不到動靜。哪有這麼小的月分就會動的，原來是虛驚一場。

周十九將手放在琳怡小腹上，仍舊認真地等著。琳怡看著周十九溫雅的面容，忽然就覺得如果能放開心結，就這樣歲月靜好，也許正是她所求。

廊上的燈影影綽綽，她轉頭看向身邊人，周十九長了輪廓分明的臉頰，筆挺的鼻梁，薄薄的嘴唇總是帶著一抹自信閒散的微笑，卸掉了頭冠，烏黑的長髮落在臉頰邊，顯得有幾分的慵懶。

看著英俊無傷，做起事來卻狠厲不給旁人留半點餘地，她見識過他柔情的時候，卻不幸也見過他冷漠的一面。大約很少有像他們這樣的夫妻，前世死於他手，今生卻共枕而眠，她肚子裡還懷著他的骨血。

婆子來敲門，琳怡起身，卻被周十九重新拉回懷裡。「要起這麼早做什麼？」

明知道卻故意這樣說，琳怡覺得很好笑。「你輩分高，一會兒宗室營的晚輩來拜年呢。」

周十九這才睜開清澈的眼睛，看著琳怡笑起來。「不知不覺，我已經這樣老了。」

最近周十九總是說這樣的話，彷彿他們已經是成親幾十年的老夫老妻。每次被周十九這樣盯著瞧，就有那種一瞬間滄海桑田的感覺。

不知是不是她懷了身孕，就格外敏感，最近的甜蜜中卻總有一種淡淡的感傷，恍惚是月圓到了極致，必然要缺。

第二百九十章

琳怡和周十九起身，白芍安排梳洗、安桌放箸，吃過了飯，琳怡和周十九去給周老夫人請了安。周老夫人沒能起床，就在厚重的簾子內應了一聲。

整個第三進院子都像是被遮住了一般，十分陰暗，照不進半點喜氣。

正屋裡設下交椅，宗室營子弟來拜見，琳怡準備好了壓歲錢發給大家，府裡親友絡繹不絕，女眷們笑著和琳怡說話，誰也沒有提起老夫人，大家彷彿一下子就將這個長輩忘了一樣。女人最怕名聲有失，她如此，甄氏和周老夫人也是如此，在這一點上，大家都是公平的。

過了一會兒，二太太郭氏也上了門。周元貴支支吾吾地看著周十九，想說卻又不敢說，一會兒工夫就滿頭大汗。其實周元貴除了沾染些紈袴子弟的壞習慣，心性還是很好的，只是性子懦弱當不起家，事事都要聽身邊人的，這次顯然是郭氏讓他來商量老夫人的事。

琳怡轉過頭看著笑容滿面的周十九，周十九這才將目光落在周元貴臉上，閒散地道：「二哥有什麼事？」

周元貴悄悄看向郭氏，然後道：「也沒什麼，我們商量了一下，想將母親接回去住。母親的舊居我們已經收拾出來了，還有從前伺候的下人都安排好了……」

周十九略微思量。「嬸娘怎麼說？」

周元貴搖頭。「母親什麼也不說，我只好和郡王爺商量……」

周元貴和郭氏明知道周老夫人不肯走，現在當著周十九說出這一番話來，只是想要摘清自己，將來周老夫人再做出什麼事和他們兩口子無關，或許周元貴沒有別的心思，郭氏可是另有打算的。

這一路鬧下來，得利最大的就是郭氏，整個祖宅都由郭氏管著，周元景夫妻一死，家財也盡落在郭氏手中。

周老夫人不走，他們總不能將周老夫人逐出府去。其實在琳怡看來，周老夫人在不在康郡王府於她都沒有太大分別。

晚上開了家宴吃些年酒，周元貴和郭氏走得最晚。最近家中委實發生了不少的事，周元貴心中難免鬱結，多吃了幾杯酒之後就拉著周十九說話。「沒想到父親這麼早就去了，大哥也是……就再也見不到了。」

郭氏聽得這些話有些著急，生怕周元貴說出什麼越格的，就要上前阻攔，倒是被琳怡拉住。「他們不經常在一起，讓他們敘敘，我們去屋裡。」周元貴是真情流露，周十九未必不動容。他們兩個是一起長大的兄弟，若周十九果然是叔父所生，那就是親兄弟。

郭氏有些不好意思說周元貴。「我們老爺和郡王爺不一樣，沾不得酒，要不然就會出岔子。」

琳怡笑著道：「都是在自己家中，怕什麼。」

妯娌兩個走到裡間，琳怡讓橘紅多放了腳凳，上面鋪了羊毛絨，往上再多一層秋香色坐墊，正好供人放腿。郭氏讓人服侍著躺上去，深深地吁了口氣。

琳怡看向郭氏的肚子。「二嫂還有一個多月就要臨產了吧？」

郭氏頷首。「是快了，這幾日肚子沈得厲害，每日都好像多長了些。」說著提起帕子掩嘴笑。「郡王妃過幾個月就知曉了，越到後面孩子越調皮，好像急著出來見世面似的。」

兩個人說到孩子，就讓屋子裡的氣氛好起來。郭氏道：「等我生完孩子，就想法子將全哥接過去。」說著臉上一閃歉意。「都是因我身子不好，才讓郡王妃勞累。」

郭氏凡事做得體面，讓人挑不出錯來，周老夫人沒能將全哥推給她，郭氏才會提出要接全哥。

既然如此，她也不必假惺惺地推辭。有了周元景和甄氏的事，全哥在她身邊不會覺得舒坦，不管她怎麼用心教全哥，全哥心裡也難免牴觸，既然在一起對彼此都沒有好處，還不如讓郭氏來帶，郭氏得了家產不會虧待全哥。「那就要操勞二嫂。」

「哪裡，」郭氏笑道。「都是我應該做的。」

大約過了一個時辰，前面伺候周十九和周元貴的嬤嬤才來道：「門上準備車馬了。」

郭氏讓人扶著起身向琳怡告辭。

送走了郭氏，琳怡靠在寶藍色錦緞小薔薇迎枕上翻書，昏黃的燈光透著淡淡的溫馨，鞏嬤嬤來道：「二老爺喝醉了，吐了郡王爺一身，還抱著郡王爺大哭，二太太已經先回去了，二老爺只怕要睡在這邊。」

兄弟之間有很多別人想不到的話會說，老太爺一死，兩個人就都沒有了父親。

琳怡道：「讓人準備醒酒茶送去。」

犟嬤嬤應了。

過了一個時辰，周十九仍舊沒有回來，犟嬤嬤道：「還說話呢，二老爺將小時候的事都說了。」

周十九能聽著，周元貴還是說到了周十九心上。

琳怡道：「嬤嬤讓人去伺候著，郡王爺問起來，就說我先歇下了，讓郡王爺放心。」

不知過了多久，琳怡才聽到窸窸窣窣的脫衣聲響，身邊傳來皂角的清香，琳怡睜開眼睛看到周十九。

「吵醒妳了？」周十九伸手將琳怡抱在懷裡。

琳怡搖頭。「二老爺歇下了？」

周十九頷首。「睡下了。」

兄弟兩個不知道說了什麼話，說了這麼久。

「說起小時候的事。」周十九低聲道：「小時候，兄弟幾個在先生那裡學文習武，二哥總是偷偷地帶蟲進屋玩，有一次被叔父捉到痛打了一頓。再往後二哥學乖了，買了竹筒將蟲放在裡面悄悄玩，叔父再也沒抓到過。二哥一直得意洋洋，其實……現在才知曉，叔父知道他不是讀書這塊料，所以放手不管。」

反過來，叔父選了最好的武功先生給周十九，是因周十九善文好武，若是不多加培養，恐怕耽擱了前程，所以叔父對幾個孩子都是一樣的，這就是讓周老夫人耿耿於懷的地方。

兩個人側身抱在一起，琳怡聽著周十九的心跳聲。「以後可以讓二哥常來往，只是郡王爺要讓二哥少喝些。」二太太郭氏再精明，周元貴畢竟是周十九的二哥，周老夫人對周十九不好，可是周元貴卻沒有許多算計。

周十九低頭看琳怡秀麗、嬌柔的眉眼，這樣瘦弱的身子，懷著身孕，卻堅持守在叔父床邊，都是為了怕他不能趕回來送終。現下提起周元貴也是因為他們是兄弟，從前他都是一個人，只要想著自己不用顧及旁人，因為也只有他才會為自己著想，現在不同了，身邊多了個為他思量的人。

周十九收攏手臂。

屋子裡很安靜，安靜得讓她放下心來。

轉眼就過了正月十五，文武百官上朝，到了二月二就出了年關，皇上也忙碌起來，朝工們更是脫了過年的喜氣，二王爺頻頻被提起來，五王爺倒是深居簡出，皇上連連留在皇后的景仁宮，淑妃一黨更加不安。

宗室營強買田地的事又被提起，御史提起前朝皇族遷移去陪都或是去皇陵周圍建營守墓，本朝宗室漸多，也要有個合適的法度來安置宗室。宗室營一下子炸開了鍋，康郡王府也頻頻有女眷登門哭訴，宗室如今日子有多艱難，御史只會將遷移和守靈拿出來說，怎麼不說從前也有凡宗室被封為王留守封地的。

宗室開始曬魚鱗冊，只有祖宗封賞土地的宗室正好借此訴苦，都是周氏子孫怎麼差距如此之大，琳怡正覺得聽得耳朵生繭，周十九帶回來好消息。「張風子找到了。」

琳怡放下手裡的書。「人已經進京了嗎？」

周十九坐下來將手放在琳怡隆起的小腹上。「進京了，如今正安置在城外的莊子上。」

張風子一直找尋不到，他們都以為八成是遭了毒手，否則早就進京了。

「受了傷，好不容易才養過來，前些日子熱河那邊查得嚴，這幾日趁著朝廷犒軍，熱河駐軍大肆慶祝，才將人找到。」

聽周十九這樣說，這裡面有很大的干係。琳怡看向周十九。「難不成上次的時疫是假的？」只有時疫是假的才會讓熱河那邊情勢緊張起來。向朝廷報假時疫是欺君之罪，何況因此還死了人。琳怡想著心裡就發涼。「發了時疫，熱河死了不少人，不是說還有駐軍的兵士？」

周十九道：「董長茂還因此受了朝廷獎賞。」

沒有時疫怎麼可能真的擴散來京裡？她之前只是隱約覺得這裡面有蹊蹺，卻沒想到就是真的。

張風子就算弄了清楚，可光憑他一人之言也不能將時疫的真相揭開，皇上會相信一個二品大員的，還是一個被驅逐的瘋子？所以眼下，能保住張風子性命無憂已是不易。

今天忙了一天，琳怡覺得有些累，橘紅端來洗腳水，周十九笑著伸手去試水溫。「御醫說過不能太熱。」

周十九如今事無鉅細，回到家中就親手照顧她，白芍幾個開始不適應，這幾日倒也落得偷懶起來，早早就跑得無影無蹤。

周十九抱著琳怡細聲輕語。「外面結了冰，少出去走，妳肚子大了我不放心。」

是聳嬤嬤將她今天去花園的事說給了周十九。

「我實在覺得憋悶。」整日裡關在屋裡，出去呼吸一下也覺得暢快。

「那就等我回來陪著妳。」周十九拉起琳怡的手。

琳怡失笑。「那還不是一樣要我自己走，有什麼不一樣？」

「不一樣。」周十九微笑著定定看著琳怡，眼睛清亮。「我揹著元元出去，元元想去哪裡，我揹到哪裡。」說著伸手畫過琳怡的鬢角，嘴角的笑容越來越深。「元元說好不好？」

看著周十九的眼睛，琳怡只覺得心裡一暖。「你會揹不動。」

周十九笑著將琳怡抱起來放在膝上。「只要妳讓我揹，無論什麼時候，我都揹得動。將來兒孫繞膝，我也要給他們做個樣子，讓他們將來也這樣。」

周十九凝望著她神情十分認真，怔怔地看著，一定要讓她應允似的。

琳怡看著周十九頷首。「好。」

周十九喉結微微滑動，拉起琳怡的手。「好，我們說定了。」

第二百九十一章

張風子找到了，琳怡心中的石頭也落下來，看著姻語秋臉上有了笑容，琳怡也為姻語秋高興。

周老夫人雖然沒有回去祖宅，卻也整日裡躲在第三進院子，免了她的禮數。府裡的中饋走上正軌，她花的精力也越來越少。

不知道是不是月分大了，原本十分聽話的孩子調皮起來，在她肚子裡動手動腳，每日也不消停，開始她和周十九還萬般欣喜，過了幾日晚上被孩子鬧醒，她就有些吃不消。周十九的公務繁忙，每晚卻都留在她身邊陪著她和肚子裡的孩子說話，漸漸地也不知是孩子習慣了還是她習慣了，每天都要聽著周十九的聲音才能入眠。

進了二月，二太太郭氏和琳婉隔日相繼成產。

琳婉生下了個女兒，消息過了半日才傳到康郡王府，鎮國公家只擺了小宴，陳大太太董氏聽說了因此哭了一鼻子，只等著滿月去看琳婉。

康郡王府這邊，周老夫人跪在佛龕前唸佛，希望二太太郭氏能生下男丁，誰知道郭氏生了一天一夜也沒能傳出好消息。

周元貴急得團團轉，來求周十九幫忙去請宮裡的女官。太醫院有女官來幫忙，又熬了一晚上，第二天，二太太郭氏生下了男孩。

周老夫人聽得這個消息，憔悴消瘦的臉上終於有了笑意。

琳怡讓人送賀禮過去，周老夫人也讓人扶上馬車去看郭氏和孩子。

去送禮的嬤嬤回來繪聲繪色地稟告。「二爺長得像二老爺，只是個頭小，叫起來像小貓似的。」

旁邊的鞏嬤嬤埋怨地看一眼。「小孩子可不就是那樣。」

讓身邊這樣一說，琳怡更期待起肚子裡的孩子來，不知道會長得像誰？在她印象裡，只是母親生的八妹妹清秀的眉眼。

鞏嬤嬤笑道：「日子過得真快，還有三個多月，郡王妃也要臨產了。」

琳怡卻覺得這一天天很是慢，周十九回來，兩個人只是圍著孩子說話，很少再提及政事，最近琳怡更是將所有的精力都放在孩子和中饋上，所以廣平侯府傳來些政局消息，讓琳怡覺得有些驚訝——

小蕭氏看到琳怡的神情不由得一怔，連忙換了話題。「這時候最要小心，每日裡就算走動也要有人攙著才好。」

琳怡迎上小蕭氏的目光。「母親說父親沒有上朝是怎麼回事？」

小蕭氏有些為難。「許多政事妳父親也不說，大約就是和朝廷上許多官員政見不合，妳父親上摺子在家養病，皇上便准了。」

這事周十九沒有和她說。

小蕭氏有些心煩的樣子。「我以為妳知曉了，否則定不會說的。」

這樣的事瞞也瞞不住。「父親抱病在家，我怎麼可能不知道？」

小蕭氏嘆氣。「老太太說這樣也好，免得家中跟著擔驚受怕，反正還有爵位在，不如就這樣平平安安地過日子。」

祖母的這些話和周十九之前說的不謀而合。

琳怡看向小蕭氏。「父親怎麼說？」

小蕭氏眉頭微蹙，很快就舒展開了。「妳父親就是倔脾氣，我想著過幾日轉過彎也就好了。」

看小蕭氏有意遮掩的樣子，這件事應該是和周十九有關。

琳怡試探道：「是不是郡王爺和父親政見不合？」

小蕭氏笑道：「郡王爺向來支持老爺，應該不是。」

這樣說不過是讓她心安罷了，琳怡拿起水來喝。「祖母身子可好？我一直想要回去，但身上月分大了也不好動彈。」

小蕭氏忙道：「那可不行，妳就安安心心地等著生產。依我看，妳父親留在家中也是好事，這樣一來我也能睡得舒坦，妳也少了操心。」

小蕭氏說得很輕鬆，不知道父親能不能一下子放開。從福寧到京中，地方官到科道，若不是將身上的差事看得比什麼都重，父親也不會屢冒危險拚死諫言。琳怡道：「祖母常說想要回族裡，不如趁著這個機會讓父親回三河縣安心養病。」

小蕭氏頷首。「我也是這樣想，這是老太太放心不下妳，就算要走也得等妳生產下來，我們才做打算。」

琳怡本是試探，沒想到小蕭氏卻將這樣的思量說了出來。廣平侯府那邊不會是表面上的風平浪靜。琳怡將手放在肚子上。她想要和小蕭氏回去看看，身上卻動彈不得，連過年那幾日她都沒能回去娘家。自從懷了身孕，她總是時不時地覺得頭昏目眩，看東西總是濛了層霧氣似的，所以凡事她都依照姻語秋先生和御醫的囑咐，不敢隨意亂來。

琳怡想到這裡，拉起小蕭氏的手。「我想讓父親來瞧瞧我，母親說可好？」

小蕭氏猶豫著拿不定主意。「我回去和老太太說一聲，看看能不能行。」

舉家來看出嫁的女兒的確不容易，琳怡道：「我們家今年還沒有在一張桌上吃飯呢。」

小蕭氏看到琳怡央求的模樣，也動了心思。「今年妳不在家中總覺得不熱鬧。」

兩個人相視一笑，小蕭氏站起身坐在琳怡身邊問她：「孩子怎麼樣？喜不喜歡動？」

琳怡頷首。「喜歡。」尤其是她吃甜食的時候，肚子裡的孩子也動得厲害，她權當作是孩子喜歡的表現。

小蕭氏又將穩婆的事說了。「有沒有常常進府給妳摸肚子？」

琳怡點頭。「往後還會來得勤些。」

小蕭氏就嚴肅起來。「這可不是小事，千萬莫大意了。」

琳怡想到小蕭氏生產前害怕會和蕭氏一樣難產，恐怕現在這種懼怕依然在小蕭氏心中揮之不去。

俗話說瓜熟蒂落，只要想想這句話，琳怡就覺得安心起來。琳婉、二太太郭氏都順利生產了，她也不會有錯。

小蕭氏滿懷期望地看著琳怡。「要一下子生個男孩才好。」

晚上周十九回來，琳怡正靠在軟榻上描花樣。都是蔣氏送來的新鮮樣子，有一些確實好看，稍稍改改就能不一樣了。

周十九換了衣服在薰籠上暖了手才上榻來，看到小桌上擺著的各種吃食，周十九道：「母親來過了？」

琳怡不用瞞著周十九。「來了，還說了父親在家休養的事。」

「昨天想和妳說，誰知轉眼妳就睡著了。」周十九將琳怡圈在懷裡。「之前我和妳提過，我覺得岳父還是稍稍避開些好。自從皇上病重，就有御史提及立儲，加之上次血書的事，皇上對科道已經不滿。」

琳怡沒有順著周十九的話問下去，反而道：「我想請祖母、父親過來一趟，過年也沒能在一起坐坐。」

「也不難。」周十九也自然而然避開政事。「就說來看嬸娘。長輩和長輩見面，在家中擺個小宴也是尋常，再說還沒過完年呢。」

都已經過了春龍節，怎麼還沒過完年呢？琳怡吩咐橘紅擺飯，最近她的胃口越來越好了，家中每日必須要做魚，否則就像是吃不飽似的。好在她不拘什麼做法，這才沒難為廚娘。吃得好、睡得好，孩子長得格外快，她從前的褙子已經都穿不下了，幸好家中有現成的成衣匠，做了四、五套寬大的袍子出來。

琳婉那邊出了滿月，琳怡讓人送禮物過去，琳嬌幾個也過去看孩子，從鎮國公家出來，琳嬌和琳芳就拐個彎到康郡王府來看琳怡。

琳怡正讓橘紅伺候著穿蔥綠色蝴蝶紋的炕鞋，琳嬌和琳芳就進了屋。

琳嬌坐下來端詳琳怡。「總算是胖了，肚子也大起來，看妳前幾個月的身段哪裡半點有孕的樣子。」

琳芳將視線落在琳怡長了斑的眼角，視線一轉又看向琳怡的腰身，然後不自覺地挺直了脊背。

琳怡覺得好笑。琳芳是覺得她又醜又胖，心中暗暗得意吧！要說身段和長相，琳芳總是想要高所有人一籌。

琳嬌低聲道：「我看妳這胃口喜歡吃甜食，肯定生個兒子。」

琳芳端坐在一旁不言不語，身上頗有點仙風道骨的味道，彷彿和姊妹之間話也少了似的，坐了一會兒就告辭出去，連琳嬌也不等。

琳嬌提起琳芳低聲道：「真是入了迷，無論在哪裡都要撚著手裡的佛珠，吃飯也忌口，不和我們這些人一桌了，倒是去了那些吃齋唸佛的長輩那裡。要知道那桌上可是寡婦多，不知道有多少人偷偷笑呢，不過因現在太后娘娘信佛，大家不敢明說罷了。」

琳怡也覺得，現在的琳芳倒像是真的信了佛。

琳嬌將目光落在琳怡肚子上，問起大家最近都愛問的話。「動得多不多？」

大家都覺得動得多就是男孩，少就是女孩。

琳怡和琳嬌對視笑起來。

第二百九十二章

琳芳回去林家，先去給林大太太請了安。林大太太看著琳芳一身打扮十分清秀，滿意地頷首。「怎麼樣？有沒有碰到家裡人？」

琳芳道：「都去了，姨母給孩子送福，怎麼都要有個表示。」說著頓了頓。「媳婦還去了康郡王府。」

這個才是林大太太最想聽到的。

婆媳兩個說著話，門口下人來道：「大爺回來了。」

林正青進了屋，大太太眼睛笑成兩條線。「今兒倒是回來早了，不用當值？」

林正青應了一聲，琳芳轉頭看過去，林正青走了幾步在她旁邊的椅子上坐下來，琳芳頓時心裡一熱，臉上遮掩不住笑意。

林大太太不動聲色，接著問琳芳。「康郡王府怎麼樣？」

琳芳搖頭。「琳怡肚子大了，只知道養胎，張口閉口也離不開孩子，整個人看起來也沒那麼精明了，現在府裡又都是她作主，周老夫人抱病誰也不見，想是她要風得風要雨得雨，鬆懈了也不一定。我瞧著她倒是沒什麼算計，娘家的事也不想伸手了，畢竟嫁了人，嫁雞隨雞嫁狗隨狗，如今在她心裡誰也比不上康郡王。」

林大太太覺得有些意外。「琳怡一直都很維護娘家，難不成她不知道，沒有娘家依靠將來在康郡王府也難以立足？」說著臉色一變，又覺得也是理所當然。「她是一心想生下兒子，這樣一來，誰也不能動搖她正室的位置。」

林大太太端茶起來喝，好一會兒看向林正青。「萬一二王爺真被立了儲君，到時候廣平侯府不是又翻身了？」

林正青微微一笑。「政事母親不懂，皇上將二王爺過繼給皇后娘娘，卻遲遲不見立儲的詔書為何？皇上心中還在思量，別說二王爺不是真正的嫡子，就算是，本朝也不是一直立嫡立長。皇上真正喜歡的還是五王爺，寵愛的還是惠妃、淑妃娘娘。」所以現在分勝負還遠著。

從林大太太房裡出來，林正青和琳芳回到房中坐下。琳芳笑盈盈地看著丈夫。「我身邊的嬤嬤說，琳怡定是懷女孩。琳怡的身子又笨又重，臉上長的都是斑，小心翼翼地養著又如何，過幾個月看她還笑得出來。」

林正青看著琳芳的笑臉，琳芳情不自禁地對視過去。「夫君覺得我說得不對？」

「對，」林正青笑容親切。「妳說得都對。」

琳芳冷笑道：「看她到時候還能不能做郡王妃。」

「這樣最好。」林正青端起旁邊的茶來喝。

琳芳覺得林正青此時的笑容非常溫柔，英俊的五官微微發著光。

「到時候，一切都能回到從前的樣子。」

琳芳一時沒明白過來，再想想琳怡從小在福寧長大，林正青的意思是不是三叔一家離開京城？那樣的話自然再好不過。要知道康郡王這門親事本是說給她的，就算她不要，也不讓旁人得到，尤其是琳怡。

琳芳拉起林正青的手，學著露出個漂亮的笑容。「夫君說得對。」

琳怡讓人準備好宴席，長房老太太和小蕭氏先去第三進院子裡看周老夫人，大約過了一炷香時間，長房老太太和小蕭氏就去而復返。

琳怡起身將長房老太太扶到軟榻上坐下。

長房老太太拉住琳怡的手，祖孫兩個笑著說話。

陳允遠穿著家常寶藍襖袍坐在一旁，有些心不在焉。

好一會兒，陳允遠才看看琳怡，開口。「郡王爺有沒有和妳說朝廷上的事？下面都說要鄭閣老復職，我現在在家中是什麼都打聽不到。」

長房老太太板起臉看陳允遠。「既然在家養病就要有些樣子，那些朝廷上的事該放就放下。」

陳允遠欲言又止，皺起眉頭來，聽到外面人道：「郡王爺回來了。」

陳允遠站起身。「我去前院等郡王爺。」

這是要深談了。

琳怡轉頭看向長房老太太，長房老太太不動聲色頷首道：「也好，你們男人有男人的話。」

這次來宴席，父親最重要的是要和周十九說政事。

小蕭氏生怕琳怡勞累，幫忙去大廚房裡張羅，長房老太太就拉著琳怡的手，眼睛裡都是慈祥的笑容。「身子怎麼樣？聽妳母親說，孩子很愛動。」

琳怡抿嘴一笑。「調皮，晚上睡覺的時候也不安生，要郡王爺唸書才會安靜下來。」

長房老太太伸出手梳攏琳怡額邊的長髮。「這就對了，養好身子，將來母子平安最重要。」

她知道，所以許多事她也不理會，而是一心一意地調養身體。琳怡綻露笑容。「祖母說得是，留得青山在，不愁沒柴燒。」

長房老太太被逗笑起來。「妳瞧瞧都是當母親的人了，還這樣調皮。」

琳怡將頭靠過去，躺在長房老太太膝上，長房老太太慈祥地道：「家裡妳別擔心，只要有我老婆子在，天還塌不下來。妳父親雖是一根筋的拗脾氣，等真的從科道的位置上下來，慢慢也就習慣了，總還有個爵位在頭上，妳哥哥還要過幾年才能爭前程，這都不是眼下的事。」

琳怡點頭。

長房老太太又道：「我們家和皇后娘娘的母家確實有些淵源，這時候避開是好事。」

琳怡抬起頭看向長房老太太。「郡王爺之前和我提過，我覺得父親的脾氣……退下來也是好的。」

現在皇后娘娘重新掌握後宮，又過繼了二王爺在身下，整件事來看，都是科道從背後推波助瀾，有結黨之嫌，這是站在這個角度上看整件事，反過來如果站在另一個角度上，皇上病重之後政局不穩，就是因科道才能讓朝廷政局有個改變，整件事若不是科道一再堅持，五王爺一黨何以能落敗？皇上何以能看清身邊的人？父親正覺得意氣風發，待要接著做大事時，卻不明不白地退了下來，父親肯定不能心甘情願。

父親的耿正加上與皇后娘娘母家的些許關聯，一下子就促成了如今的政局，二王爺和五王爺能分庭抗禮。

這些政事琳怡不是沒有想過，只是她不願意想得太透，鷸蚌相爭漁翁得利，也許從一開始他們就都想錯了，周十九沒想要傾向二王爺和五王爺任何一方，而是別有所選，所以才會利用皇后娘娘和淑妃娘娘黨羽，讓二王爺和五王爺爭奪儲位。

皇后娘娘一黨本是氣力太弱，經過了成國公叛亂、重建福建水師開海禁、皇上病重五王爺爭權，逐漸地壯大起來，這裡面處處有廣平侯府的影子，處處有父親的功勞。琳怡每次想起來卻又都拋在一旁。這是早就安排好的，五王爺將皇后娘娘和二王爺視為死敵，自然而然會忽略旁人，只有他們鬥得兩敗俱傷，才能顯出旁人來。

或許，就是那個不聲不響的三王爺。

廣平侯府始終是別人手中的棋子，這盤棋下得太高深，即便她兩世為人也不能讓父親掙脫開。她曾想，嫁不嫁給周十九都會是這樣的情形，就算沒有成為廣平侯府的女婿，周十九一樣會操縱父親，現在不同的是她是康郡王妃，肚子裡懷著周十九的骨血，周十九至少不會讓父親死於非命。

若是早個十年或是晚上十年，讓他們不要在這個局勢下生活，或許她就不用這樣兩邊為難，或許她的日子會更加輕鬆。每當想到這個，她就會將前世種種回憶起來，前世皇后娘娘、二王爺謀反，五王爺帶兵討伐叛軍，周十九和國姓爺一家綁了成國公世子去聖前，不但可以得了皇上信任，還能讓這場戰爭一發不可收拾。

現在，所有一切看似改變了，其實不過是拐了個彎，一切仍舊按照從前的情勢發展，只是不知道結果會如何……

第二百九十三章

周十九很快回來，換了衣服徑直去了前院書房。小蕭氏滿心擔憂，一遍遍讓人催促兩個人來宴席。

琳怡笑著道：「時辰還早，讓郡王爺和父親再說一會兒。」

小蕭氏看了看長房老太太。

長房老太太也頷首。「讓他們去說，我們先用就是了。」

小蕭氏看向琳怡。「有沒有覺得餓了？老爺也真是的，不想想琳怡是雙身子的人。」

小蕭氏話音剛落，就有丫鬟來道：「郡王爺吩咐擺宴了。」

小蕭氏這才吁口氣。

琳怡看向鞏嬤嬤。「擺箸吧！」

鞏嬤嬤出去吩咐外面的婆子，宴席陸續擺了上去，琳怡和長房老太太互相挽著才要過去，就又有門上來報：「衙門裡來了人，讓郡王爺過去呢。」

小蕭氏一怔。「這飯還沒吃呢，總不能空著肚子去衙門。」

琳怡吩咐管事的。「去和郡王爺說了，看看怎麼辦才好。」

管事的應聲而去，一會兒工夫，周十九和陳允遠進了門，陳允遠面色不豫，周十九倒是尋常般臉上掛著笑容。

琳怡陪著周十九去套間裡換了衣服。「不能吃完了再去嗎？」

周十九眼睛明亮，笑著搖頭。「說是營中布防之事，我快些回來。」

琳怡頷首，伸手給周十九繫上扣子。她的手離開周十九，卻一下子被周十九握在手裡，周十九低著頭。「父親那邊，我去解釋。」

周十九是不想她參與過多吧！琳怡點頭。「好。」

沒有任何疑義，也沒有別的話。

周十九沒有立即就走，又看了會兒琳怡。「好好歇著，不要等我。」

周十九向長房老太太、陳允遠、小蕭氏告了罪，這才出去了。陳允遠心事重重，宴席的氣氛有些低沈，小蕭氏將話題引到琳怡身孕上，才有了些喜氣。

大家吃完宴席，坐在內室裡說話。

陳允遠嘆口氣。「我和元澈本來都是政見相投的，自從皇上病倒，就不一樣了。這次提議皇上大力整飭宗室營，也是我提前和元澈說過的，我們都覺得該趁熱打鐵，誰知道偏有個劉承隸出來阻攔，要循祖制慢慢改善宗室如今的情形，皇上覺得劉承隸說得有理，立即就有人說我過於激厲，進言不分輕重，甚至有人說我陷皇上於不義，連大周朝多少年沒出現血書的事也拿出來說。」

說到這裡，陳允遠冷笑道：「若不是我們進了血書，京裡不知要餓死多少人，為皇上求福的金塔早就建起來了。日後政務只要問那些和尚、道士，乾脆請方士來占卜，何須言官御史？」

只要涉及到朝廷或是百姓，陳允遠就會言語激昂。在這件事上科道本是功臣，皇上卻不嘉獎反而加以疏遠，就是因為有人握住了把柄，堅持說科道將整件事鬧得太大，才讓皇家丟了臉面，如今從太后娘娘到宗室營，哪個不將科道、廣平侯恨得咬牙切齒？

「父親，」琳怡輕聲道。「父親寫血書時是不是已經抱了必死的決心？父親身為勛貴又是都察院六科掌院給事中，若是旁人有了這樣的富貴牽扯，定不敢如此。如今皇上納諫，不但讓宗室將銀錢拿出來開足一個月的粥棚，還下令停修金塔，並讓人查處宗室營強買土地的案子，常光文的案子也重新判罰……父親的血書不但起了作用，我們全家還能聚在一起說笑已經是難得，父親難不成真的想立下擁立之功？」

陳允遠聽得這話，眉眼一抬，詫異地看著琳怡。

長房老太太聽到這裡更為安靜，如同入定了一般。

琳怡道：「父親，在福寧的時候您就說過，若是能扳倒成國公此生足矣。如今政局混亂，父親就算想要做直臣已是不易，不如急流勇退，對我們家來說也許是最好的選擇了，」說著頓了頓。「若是父親有把握能扶二王爺上馬，女兒也會想法子和郡王爺周旋。不過，接下來我們家就要有些變化，就不能像如今一樣……父親若是輸了，就要背上亂臣賊子的名聲。」她說得也是實情，整個廣平侯府開始就沒想要擁立之功，所以才有如今的情形。

陳允遠神情越來越深沈。

長房老太太睜開眼睛。「琳怡說得明白，廣平侯可想好了嗎？」

陳允遠皺起眉頭，好半天才看向長房老太太。「兒子聽母親的就是。」

長房老太太道：「我知道你心不甘情不願，而今我也不逼你，你自己想想清楚，整個廣平侯府也好有所準備。你知道現在鄭閣老已經致仕在家，皇上能准了你的摺子讓人留在家中，就是對你的做法頗不認同，你心裡已經有了偏向二王爺的心思，將來做事難免要有所表露，在科道上實在太惹眼，與其將來皇上怪罪下來，不如就藉著這個機會下來。我們是婦孺出的主意不一定好，咱們家中也有幾個世交，你現在閒下來，四處走走聽聽大家的意見也是好的。至於郡王爺這邊，也不是郡王爺一個人說了算，郡王爺和你政見不合不見得是壞事，免得將來有了事將所有人都牽扯進去。」

陳允遠的氣勢弱下來。「兒子知曉了。」看著琳怡想要再說什麼，終究忍住，臨走之前才囑咐琳怡。「好好養妳的身子，順利將孩子生下來，妳祖母和母親都擔心妳。」

陳允遠出了門，小蕭氏笑道：「瞧這話說的，像是他不關心似的，其實他比誰都牽掛妳。」說完將手裡的平安符壓給琳怡。「才求來的，妳放在床頭。」

琳怡笑著應了。

小蕭氏道：「除了咱們娘家給的，旁人求的符千萬莫要接了。」

宗室營裡倒是送來兩個，她讓鞏嬤嬤收了起來。這些東西她雖然不信，這時候多些防備也總是好的。

琳怡轉身去扶長房老太太，長房老太太擺手。「如今我可比妳硬朗。」

祖孫兩個相視一笑，望著長房老太太慈祥的臉，琳怡有些捨不得。

長房老太太拉起琳怡的手。「妳啊，不要虧了自己。」

琳怡笑著：「您放心，受委屈的事我是不會做的。」

長房老太太這才頷首。

晚上周十九回來，琳怡穿著鵝黃色的小襖在燈下看書，暈黃的燈光下，琳怡的神情十分溫柔。

周十九換了衣服，梳洗一下上了炕。

琳怡道：「飯都熱著，讓廚房再給郡王爺下碗肉絲麵。」

「不用。」周十九道。「熱河那邊來了幾位官員，大家湊在一起吃了。」

琳怡微微一怔。「熱河來的官員？董長茂也來了？」

周十九點頭，琳怡更加確定了心中的想法。「郡王爺說是和布防有關，難不成是董長茂要推薦官員入京？」

周十九道：「是皇上選人，董長茂身邊的幾位官員這次立了功，皇上將人調回京中留用。」

琳怡道：「衙門裡叫郡王爺過去，那是想要安插在郡王爺的護軍營？」

周十九頷首。「正是，雖然旨意未下，現在官員私下裡走動，也是提前透了消息。」

「董長茂知道了張風子的事，否則也不會這樣步步逼近，就是要郡王爺知曉，若是郡王爺對他不利，他也會動手，畢竟董家幾代武將有這樣的根基，更何況皇上雖然惱怒了淑妃娘娘和五王爺，卻還是十分信任董長茂。」

周十九笑容一深，目光清亮。「董長茂身邊的人來護軍營任副參領，就是想要監視我一言一行。」

琳怡目光中透出擔憂。

周十九挽起琳怡的手。「護軍營是大周朝的，不是我周元澈的，他想要就盡拿去。」可這是軍權，就這樣讓人拿去，豈不是有名無實？想到這裡，琳怡突然明白過來。「過猶不及。」軍權握多了也會燙手，尤其是現在的關頭。

周十九笑道：「董家本已經很顯眼，朝中武將世家非他一姓，現下他坐大也並非就是壞事。」

琳怡沈下眼睛。「萬一皇上就真的信了董長茂，董家這樣下去，誰又能牽制？董長茂在熱河的作為是心向五王爺，以五王爺如今在朝廷內外的聲勢，董家將手伸進京城，對五王爺來說豈不是如虎添翼？」

這是最大的危險，誰也不可能就一眼看到最後。

周十九睜開了眼睛，目光璀璨。「若是風平浪靜，就不會有人覺得我們這顆棋子有多重要，這個時候就是要藉著別人才能自抬身分。」

原來是這樣。政局上她不如周十九想得深遠，博弈是如此，只有對手愈厲害，自己才會愈小心，珍惜每一顆棋子，不能走錯一步。

琳怡轉身吹了燈，周十九扶著她慢慢躺下，帳子裡有暖暖的香氣，讓人覺得心安。琳怡想了想，還是開口。「郡王爺可認識劉承隸？」

周十九道：「原是外官，今年才調任進京，最近頗得皇上信任。」

從外面調任進京，繞了這麼大圈子，就是想要讓人知曉還沒有來得及結黨，沒有靠向二王爺也沒有靠向五王爺。

周十九低聲道：「劉承隸做事沈穩，和三王妃娘家有些淵源，卻交往不深。」

就是因為這樣才不會被人懷疑，這時候才會被重用，這一步是安排了許久才有如今的結果，沒有父親的激進，如何能襯出劉承隸的恰到好處？今晚在父親面前她雖然說得輕鬆，卻能理解父親如今的心情，拚了性命搏來的官位如今拱手讓人……

琳怡抿抿嘴唇。「我已經勸說父親藉著這個機會致仕。」

「元元，」周十九拉過琳怡的手。「相信我，我會爭到最好的結果。」

不相信她也不會去勸說父親，廣平侯府能平平安安就是她的期望。琳怡低下頭。「我相信。」不知不覺中，她已經放下心中的芥蒂，閉上眼睛靠過去會覺得異常地安全，不必擔憂，不必害怕。

她該拋去過去，全心全意地相信一回，哪怕真的是錯的，她也該給自己這樣的機會，給周十九一個機會。

老天既然如此安排，她就該放下過去，全心全意好好地活這一生。

第二百九十四章

廣平侯病重辭官休養，皇上再三挽留，最終准了廣平侯的請奏。雖然整件事早露端倪，如今定了下來，還是引起了不小的風波，皇上任命劉承隸接替廣平侯都察院六科掌院給事中之職，旨意發下來，就有老御史掩袖痛哭朝廷少了一位直臣，廣平侯府一時間門庭若市，許多御史言官登門探望廣平侯，如此熱鬧了兩日，廣平侯府又一下子冷清下來。

陳家二房如同看了一場大戲，二老太太董氏坐在暖閣細撚著手裡的把件。「老三那年帶著妻兒進京述職，就在眼前似的，從一個地方官到廣平侯，又成了朝廷四品大員做了六科掌院，現在一下子卻致仕了。」說著嘆口氣。「怪不得人說，富貴榮華都是過眼雲煙。」

二太太田氏親手倒了茶奉給二老太太董氏。「長房早就動了根基，能保住爵位已是不易，如何能經得起三叔這樣折騰？」

二老太太董氏喝了口茶，眼睛落下來。「老三不是做官的料，他小的時候，老太爺就已經看透了他。」

二太太田氏道：「還是娘的眼光長遠，長房那邊不過是一時興旺，成不了氣候，現下舅老爺進了京，皇上又是賜宴又是獎賞，誰能及得上？一樣都是在皇上病重時立的功，卻結果大相逕庭，三叔是真不會做官。」

田氏幾句話說到二老太太董氏心裡，這兩年所有的氣悶一下子掃了精光，為了爵位，老大和老二兩兄弟鬧得不亦樂乎，尤其是老大媳婦只要湊在一起就要說起老三的事，鬧得整個家不得安生。

兩個人說著話，大太太董氏進了門，在內室裡坐下來，笑吟吟地看著二老太太董氏。「您說這是怎麼了，三叔就這樣致仕了？三叔才多大啊，連個閒差都沒有。」

這個幸災樂禍的模樣無論什麼時候都不會變。二老太太董氏看了大太太一眼。「也不怕別人聽了去。」

「怕什麼？」大太太笑道。「娘這裡規矩大，誰也不敢亂嚼舌頭。」

二太太田氏就想笑。論起亂嚼舌頭，誰也及不上大太太。

「您說，」大太太是憋不住話的，眼睛一通亂瞄之後就開口。「咱們陳家好歹是勛貴，現在三弟退下來，是不是也該輪到旁人了？老爺怎麼也是二房的長子，您可別忘了他。」

真是臉皮夠厚，無論什麼話都能說得出來。二太太田氏不動聲色，拿起身邊的茶來喝，二老太太董氏也不說話。

大太太董氏就笑著道：「您看舅舅來一趟也是不易，老爺已經過去問問是不是來家中坐坐，總不能一天到晚都是公事，大過年的大家聚在一起才熱鬧。」

其實是想要讓舅舅幫忙謀個差事是真的，二太太田氏笑著接話。「大嫂說得有理。」

大太太董氏笑道：「我讓人給琳婉捎個信，讓姑爺也過來。」鎮國公家走的也是武將的路子，元廣定是能在舅老爺面前說上話，董氏想到這個眼角一翹，臉上笑容更深了。琳婉好歹生了女兒，琳芳可是整日吃齋唸佛，一無所出。

大太太董氏從二老太太房裡出來，身邊的沉香上前提醒。「舅太太遣了嬤嬤過來，說是幫忙二太太張羅大爺的婚事呢。」

大太太董氏心裡一沈，果然看到二太太田氏也匆忙出來。看著田氏臉上溫和的笑容，董氏咬緊了嘴唇。她怎麼忘了這件事？

沉香低聲道：「太太要早些安排才是。」

大太太董氏滿懷心事回到房裡，陳允寧在房裡哼曲兒，看到董氏忙上前幾步。「怎麼樣？娘怎麼說？」

董氏沈下臉來，甩著帕子進了內室，陳允寧忙跟了過去。

董氏坐下來半晌才道：「晚了，二房已經先交好了舅太太。」

陳允寧的肩膀一下子垮了下來。「這……不會這麼快吧？」

董氏豎起眉毛怒其不爭。「等到你想到，屁都涼了。你瞧瞧這個家哪有你這個長子的位置？」說著眼淚掉下來。「母親也太偏心了，二叔已經這般風光，卻還幫襯他們。」

「別急，」陳允寧見到董氏掉眼淚，心裡更沈悶起來。「我再去多打聽打聽，這一次不能讓他們就撿了便宜。」

琳怡坐在軟榻上看橘紅餵兩隻純白色的小貓。

玲瓏在一旁笑著道：「可遠著點，別鬧起來傷到郡王妃。」

胡桃穿著青色半臂躲遠遠的。「鄭七小姐也是奇怪，什麼不好送偏送來這個，咱們府裡還有郡王爺捉到的白狐呢。」

琳怡看著兩隻小貓肉團團模樣十分可愛，鞏嬤嬤這時候進門，嚇得兩隻小傢伙縮了半步。

鞏嬤嬤道：「初來乍到的，可別養在郡王妃屋裡，免得晚上叫個不停，還是跟著白芍姑娘或是橘紅姑娘。」

大家說笑幾句，橘紅將小貓抱出去，鞏嬤嬤上前看琳怡腫了的腿腳。「怎麼這樣厲害？可是要受不少的罪。」

這幾日腿腳一下子就腫起來，走起路來也覺得沈了許多似的，鞋都不能穿了，之前備下大兩號的穿著也是不寬鬆，白芍和胡桃連夜做了一雙肥大的出來，琳怡的腳才算沒受委屈。

琳怡道：「這幾日休息得多，已經好了不少。」

鞏嬤嬤又仔細瞧了瞧才算放心，看看四周沒有旁人，低聲道：「陳家二房那邊過來打聽了，看看咱們這邊有什麼動靜。奴婢吩咐下去，半個字也沒有說出去。」

這樣最好，此地無銀三百兩，陳家二房那邊反而會覺得這裡面有什麼事。畢竟周十九身邊的副參領換了兩個，既然換的是從熱河來的官員，他們自然要對董家百般防備，好讓來打聽的陳大太太董氏知曉，董長茂的本事足以讓康郡王府上下生畏。琳怡吩咐鞏嬤嬤。「讓人選了禮物送給陳二老太太，我懷了身孕，二老太太還送了玉麒麟給我。」

越是這樣示弱，越能說明董家這塊肥肉著實是大。陳允寧和陳允周兄弟不和本就是因分利不均，現下見了這樣一塊肉，哪有不爭搶的道理？

琳怡看向鞏嬤嬤。「奶子可選好了？」

鞏嬤嬤道：「有了個實靠的，這幾日就能進府，好讓郡王妃見見。」

鞏嬤嬤辦事她總是放心的。

兩個人正說著話，只聽外面的丫鬟道：「郡王爺回來了。」

琳怡抬眼看過去，周十九走進屋裡。

周十九臉色有些深沈，和平日裡大不相同，琳怡看得心裡一顫。

他走上前幾步。「太后娘娘病重，皇上急著去了慈寧宮，太醫院所有御醫都在宮中當值。」

琳怡心底似有一根繩抽動。這樣大動干戈，只能說明太后娘娘的情形十分不好。

周十九擔憂地看著琳怡隆起的肚子。「我打聽了一下，說不定就這兩日的事。」

太后娘娘若是不好了，所有的命婦都要進宮，她就算懷了身孕也不一定就能不去，最重要的是緊隨而來的是宮中的情形要有變化。

琳怡起身。「郡王爺那邊怎麼說？是要換了衣服就去衙門？」

周十九點頭。「我讓兩個新任的副參領先去巡防，我陪妳吃過飯，過一會兒再去。」

琳怡看著周十九微鬆下來的神態，本來是十分緊張的話題，卻又讓她覺得好笑。周十九可真會用人，新上任的參領現在辦差定不敢放鬆，將事情交給他們去辦再穩妥不過。

琳怡道：「府裡做了芡實桂花糕、菊花芝麻酥，還讓人蒸了枇杷膏。」

周十九坐在床上。「萬一讓妳也進宮去，那可怎麼辦？」

「放心吧，」琳怡低聲道。「妾身這個樣子，女官會照應的，再說太后娘娘去年就重病一場，說不得這次會轉好也不一定。」

她故意將話說得輕鬆，是在寬慰他。

周十九伸手脫了琳怡的炕鞋，看琳怡腫了的腿腳，橘紅幾個見狀就低下頭，慢慢地退了下去。

「已經好多了。」琳怡紅著臉將腳收回去。

周十九微微笑著，顯得眉眼更加清俊，伸出修長的手慢慢地揉搓琳怡的腳。「御醫說多揉揉能好一些。」

琳怡爭不過周十九，就安下心來靠在他懷裡，正要吩咐下人擺箸，眼睛一抬，看到橘紅進了屋。

橘紅行了禮稟告。「前院幕僚來找，請郡王爺過去一趟，說是國姓爺府上有消息送來。」

恐怕是和太后娘娘的病有關，琳怡看向周十九。

周十九顯得十分沈穩。「我過去一趟，妳讓下人先擺飯。」

琳怡起身拿了衣衫去套間裡服侍周十九換上，又讓丫鬟端了水給周十九淨手，這才將他送出門。

國姓爺這時候能和周十九通消息，只能說明國姓爺信任周十九。太后娘娘喜歡五王爺，這段日子沒少為五王爺籌謀，國姓爺一家的態度卻彷彿曖昧不明，仔細思量一下，也有幾分道理，國姓爺家作為外戚能平平安安這麼多年，就是因國姓爺精於謀算，國姓爺經歷過新君登基，知曉這裡面的利害，整個國姓爺家不可能全都押在五王爺身上。

國姓爺暗中扶持三王爺，不管將來是三王爺還是五王爺登基，國姓爺一家都是屹立不倒。

可是琳怡依舊想不通，這樣雖然穩妥，卻也要冒極大的風險，國姓爺為什麼要這樣安排？

琳怡正想著，門上的婆子匆匆來道：「郡王爺已經得了消息，說是太后娘娘薨了。」

橘紅本要端茶過來，聽婆子的話也入了迷，一時愣在那裡。

等到宮中正式報喪還有幾個時辰，明日一早，所有命婦都要進宮哭喪，琳怡吩咐橘紅。「將鞏嬤嬤叫過來。」

橘紅答應一聲放下手裡的茶出去，不一會兒工夫，鞏嬤嬤進了屋。

琳怡將事情簡單說了。「嬤嬤今晚就留在府裡。」

鞏嬤嬤道：「讓白芍姑娘趕做出一對厚毛護膝，明日郡王妃去宮裡少不了跪拜。」

琳怡頷首。這些都是小事，要準備出進宮穿的品服，進宮之後言語不容有失，還要從中打聽出些消息。

第二百九十五章

周十九從前院回來，兩口子用過晚飯正在屋子裡說話，宮裡報喪的人就到了。

京裡各家各戶都掛上了白燈籠，第二日宮門一開，命婦穿好喪服進宮哭喪，文武百官也在第一時間趕到了宮中。

琳怡在慈寧宮外下了暖轎，獻郡王妃和蔣氏立即迎了上來，兩個人一左一右攙扶著琳怡，在內侍的引導下上了香，然後跪在大殿裡。

哭喪的時辰一到，整個宮裡的哭聲震耳，才過了一炷香的時間，獻郡王妃就來扶琳怡。「差不多了，妳就說身子不適……皇后娘娘身邊的女官在那裡，我過去說一聲。」

現在不是逞強的時候，既然禮數已經周到，就沒必要死撐下去。琳怡點點頭。蔣氏這時候過來拉住琳怡，琳怡裝作頭暈靠在蔣氏身上，周圍頓時一陣喧譁。「康郡王妃昏倒了。」

獻郡王妃忙去稟告，皇后娘娘身邊的女官就來探看。

「月分都這樣大了，難怪要不舒服。」

耳邊傳來熟悉的聲音，琳怡抬起頭來，意外地看到了國姓爺家的大太太，周琅嬛的母親范氏。

太后娘娘薨逝，國姓爺聽到消息也病倒在家中，整個國姓爺府亂成一團，自顧不暇，沒想到卻還能注意到她。琳怡有些意外，表面上卻不動聲色，皺著眉頭感激地看了范氏一眼。

范氏提起帕子擦了擦紅腫的眼睛，幫著蔣氏扶著琳怡，低聲在琳怡耳邊道：「哪裡不舒服？我還是讓人請御醫過來給郡王妃看看。」

蔣氏忙接話。「郡王妃胎氣不好，恐怕是哭得久了。」

范氏聽了這話忙道：「先扶去側殿裡歇著吧，莫要耽擱了。」

蔣氏也覺得有理，琳怡又實在是撐不住，就讓蔣氏和范氏攙扶著去了側殿。

內侍在前面帶路，琳怡剛踏進去，就看到有人迎面走出來。女眷們都穿著孝衣，一時不好辨認，走到跟前，琳怡才看出是淑妃娘娘母家的女眷，一個是淑妃娘娘長兄的正妻朱夫人，另一位是次兄之妻朱二太太。

范氏忙打招呼，朱夫人和朱二太太不冷不熱地應付了一句，就匆匆忙忙地離開了，連琳怡和蔣氏都沒來得及說話。

淑妃娘娘的母家這樣倨傲，連國姓爺家的女眷都不放在眼裡。這時候琳怡霍然明白，國姓爺一家冒險扶持三王爺是有原因的。只要太后娘娘不在了，國姓爺家就會衰落下來，若是五王爺登基，真正的外戚就是淑妃娘娘母家，國姓爺一家即便是擁立，又能從中得到多少好處？三王爺不一樣，生母出身不尊貴，身邊可靠的人不多，假以時日登基為帝，就會重用立下擁立之功的功臣。

琳怡回過神來，看向身邊的范氏。

范氏對朱家人的冷淡並不在意，顯然是早已經習慣。

蔣氏和范氏將琳怡扶上了軟榻，獻郡王妃帶著皇后身邊的女官也趕過來，那女官上前道：

「皇后娘娘讓康郡王妃在側殿安心休息，一會兒御醫就過來為郡王妃診脈。」

琳怡謝過皇后娘娘，女官這才退了下去。

范氏道：「這裡清靜，妳先歇著，肚子裡的孩子要緊。」說話間飛快地向琳怡點了點頭，神情中帶著幾分的謹慎，提醒琳怡要多加小心。

獻郡王妃道：「康郡王妃這裡有我們照應，我剛才進來看到太夫人哭得厲害，妳快過去勸勸吧！」

范氏嘆口氣，又關切了琳怡幾句，才轉身出了側殿。

「奇怪，」蔣氏低聲道。「周大太太怎麼這般熱絡起來了？」

從前是因廣平侯府被劃為皇后黨，國姓爺家多少要避嫌，現在父親致仕在家，國姓爺家少了避諱，反而因周十九多了幾分拉攏。范氏剛才提醒她行事謹慎，無非是讓她少言辭，在宮中和皇后娘娘保持距離罷了。自從知曉國姓爺和周十九是要利用皇后娘娘和淑妃娘娘對立，從中為三王爺贏得好處，琳怡心中不知不覺地對國姓爺一家反而多了防備，少了親和。大約是她懷孕的緣故，許多情緒無端被放大了，好壞之分在她心中越發明顯，表面上從不爭權、待人溫和的國姓爺一家前世在那種情形下奪走蔣家馬車逃亡，這一世也是如此，從他們求上門那一刻，國姓爺一家就想著利用廣平侯府。

最讓人齒冷的是，為了家族利益，連太后娘娘也能利用。和林正青一家一樣無所不用其極，只不過是手段更為高明罷了。

一會兒工夫，御醫過來診脈。御醫仔細看了脈象，躬身道：「郡王妃是胎氣不穩才有此症，要好好歇著便可好轉。」

女官去向皇后娘娘稟告，獻郡王妃和蔣氏陪著琳怡在內室裡歇著。

蔣氏端水給琳怡喝。「一會兒定能讓妳先出宮去，後面幾天哭喪大約也會免了。」

琳怡頷首。若不是為了這個結果，也不用鬧出這一齣。

獻郡王妃低聲道：「前殿氣氛有些奇怪，淑妃娘娘的母家人一直和身邊的夫人說話，大家都在打聽太后娘娘的病症。」

蔣氏向門口看了一眼。宮人都在前殿照應，側殿裡只有兩個小內侍站在門外。

太后娘娘的喪事才辦，這會兒就有人忍不住有了動作。

畢竟在宮中，大家不方便說太多，不過看淑妃母家的模樣就知曉，整件事和立儲離不開干係。

幾個人正坐著，簾子一掀，兩個女官走進來，接著是著六品官服的內侍。琳怡看到這樣的情形，忙拉著蔣氏的手起身，獻郡王妃也明白過來，扶著琳怡一起拜了下去。幾個人剛剛行禮，皇后娘娘就進了屋子。

女官服侍皇后娘娘坐下，皇后面目稍有些憔悴，聲音微沙啞，柔聲道：「起來吧。」

話音剛落，兩個女官疾走過來扶起琳怡，將琳怡安置在軟座上。

蔣氏和獻郡王妃也坐下來。

皇后望向琳怡。「身子怎麼樣？可好些了？」

琳怡要起身回話，皇后伸出手來阻止。「妳身子重，就坐著說話吧！」

琳怡這才應了。「已經好多了。」

皇后嘆了口氣。「按理說這時候妳不必進宮了，只是太后娘娘薨逝，妳們該盡孝道……」說著聲音微哽，卻壓制住了。

琳怡忙恭謹地道：「妾身身子不適讓皇后娘娘掛念了。」

皇后道：「聽說府上嬸娘病重，可好些了？」

提起周老夫人，這是要說康郡王府的家事了，蔣氏和獻郡王妃對視一眼。

琳怡仔細地回話。「吃了太醫院的藥，有些起色。」所謂的起色，這裡所有人都能明白其中的意思。周老夫人為了周元景賄賂宗人府，信親王差點因此丟了官職，甄家已經將整件事傳得沸沸揚揚，挽回了名聲，甄家最近又順利結成了幾樁親事，宗室營的婚事談得卻不順利，若是和武將結親還好些，有幾個宗室想要和書香門第聯姻，婚事卻遲遲定不下來。

皇后喝茶的工夫，蔣氏和獻郡王妃起身告退。側殿裡沒有了旁人，皇后放下手裡的茶碗，看琳怡。「廣平侯的事我都聽說了，如今廣平侯府可還好？」

琳怡抬起頭來看到皇后眼中流露出關切的神情，心中不自覺地多了些親切，恭謹地回道：「都還好。」皇后不能干政，在宮中能問出這樣的話來，已經是十分關切陳家。

皇后朝著琳怡微微笑了笑，目光落在琳怡隆起的腹部上。「本宮懷上皇兒的時候也是妳這般年紀，好好將養、母子平安才是最重要的。」

這番話真心切意，讓人聽起來心中一暖。

宗室營的事皇后娘娘很清楚吧，皇后娘娘的意思是讓她顧全大局。

大約是想起自己年輕的時候，皇后神情有些游離，轉眼卻恢復如常，目光柔和地看琳怡，笑容中帶著欣慰。「康郡王妃聰穎，性情嫻和，年紀不大就能掌管整個康郡王府實屬不易，皇上在本宮面前提起過廣平侯，說廣平侯是難得的直臣……」說著話鋒一轉，笑容更深了些。「康郡王妃像是出自書香門第，倒不像是勛貴之家的女子。恭謙靜雅很好，要知道言多必有數短之處，謹小慎微方是好。」

琳怡心裡一亮。皇后娘娘提起父親又不自然地轉到她身上，其實是想要提醒她，讓父親注意言行，少說話，否則言多必失。恭謙靜雅也不是在誇她，而是教父親要怎麼度過難關。

琳怡又是恭敬又是感激地看向皇后娘娘。

皇后讚賞地頷首。「妳身子不適，後兩日就不必進宮了。」

琳怡起身向皇后謝恩。

皇后溫和地看著琳怡，半晌才道：「妳倒是像本宮一個族妹，只是她命不好，嫁了中山狼，成親沒幾日就去了。本宮聽說妳家中和順，這是最難得的，多少人求也求不來。」

不知怎麼，琳怡就想起前世父親身陷囹圄，母親在她眼前亡故的事。大約皇后娘娘痛失親人，有著和她相似的心境，所以皇后娘娘的話她格外能明白。

皇后娘娘頓了頓。「過年時，妳送上來的仕女撲蝶流蘇繡很漂亮。」

仕女撲蝶圖，最前朝才子依照愛妻的模樣所畫的仕女圖，兩隻蝴蝶在前飛，女子笑容滿面地捏著扇子撲過去，整個人衣袂飄飄，也似一隻要飛起的蝴蝶，溫情中透著一股無拘無束的氣息，琳怡只是覺得畫別致，沒想皇后娘娘會真的喜歡。

皇后娘娘深居禁宮，少了皇上的寵愛，多了後宮女人的勾心鬥角，旁人唾手可得的感情，在皇后身上卻難以實現。

皇后娘娘端莊地揮了揮手，琳怡行禮，讓女官帶著退了下去。

從側殿裡出來，女官低聲道：「慈寧宮外已經準備好暖轎。」

琳怡應了一聲，謝過女官。蔣氏迎上來，攙扶起琳怡將她送出慈寧宮，周琅嬛的母親范氏也來相送。「若不然我向皇后娘娘稟告一聲，將康郡王妃送出宮再回來。」

琳怡感謝地看范氏。「能一直坐暖轎到宮門，家人都在宮外等著，不用勞累幾位夫人，現下祭拜太后娘娘才是要事。」

蔣氏和范氏將琳怡送上暖轎，又有兩位女官、一位內侍一直服侍琳怡出宮上了馬車。琳怡坐在馬車軟墊上，鞏嬤嬤忙拿出溫著的湯。「郡王爺才送來的，說是時間差不多了，郡王妃該是快出宮了，奴婢還怕一會兒就涼了，現在喝正好。」

周十九也在宮中拜祭太后娘娘，好不容易才脫身買了湯水和鹿角膠，這些日子，周十九總是將她照顧得妥貼。

暖暖的一碗湯喝下去，又吃了口鹿角膠，琳怡閉上眼睛歇了一會兒，鞏嬤嬤才吩咐車夫驅車前行。橘紅捧來暖爐，琳怡搖了搖頭，天氣越來越暖和，她身上也熱起來，從前不離手的暖爐，如今一碰就要流汗似的。「路過廣平侯府，扶我回去坐坐吧！」

好不容易出來一次，走西邊的大路就能路過廣平侯府，她想順路回去一趟。

鞏嬤嬤有些遲疑。「郡王妃的身子能不能行？」

是。」

隨著孩子月分大，她的身子已經好起來，琳怡頷首。「沒事，嬤嬤吩咐車夫到府前停下就

鞏嬤嬤這才應下來，又叫跟車的婆子。「妳先去廣平侯府稟告。」

婆子跑著去了，琳怡長吁一口氣，閉上眼睛靠在軟墊上，耳邊響起皇后娘娘說的話。

第二百九十六章

馬車停下來，翬嬤嬤掀開車簾，琳怡下車就看到門前停著的肩輿，小蕭氏一臉焦急。「在宮中累了半天，怎麼不回去歇著？」

琳怡一邊坐上肩輿一邊安慰小蕭氏。「母親放心吧，我沒事。」

肩輿直接抬去長房老太太房裡。

長房老太太也板起臉。「真是胡鬧。」

琳怡笑著道：「原是路過，我歇一會兒就走。」

琳怡坐在炕上，白嬤嬤忙讓丫鬟拿了靠背墊著，長房老太太讓琳怡在板壁旁邊躺下。「這裡暖和。」

琳怡只好順著長房老太太的意思躺過去。

琳怡身上還穿著孝服，看著頗有些刺眼。長房老太太道：「宮中怎麼樣？好在沒有難為妳，讓妳這麼早就出來了。」

按照大周朝的禮儀，外命婦要等到申時之後才能出宮，內命婦則要一直哭到天亮。

琳怡道：「是皇后娘娘特准的，一起出來的還有幾個有身孕的宗室婦。」

長房老太太頷首。「皇后娘娘一直為人寬厚。」

琳怡抱著青色紫金花手爐，將皇后娘娘和她說的話跟長房老太太說了。

長房老太太皺起眉頭，讓人去喚陳允遠。

陳允遠正在書房裡看書，聽了消息，換了衣服才到了長房老太太房裡。

長房老太太看向琳怡，琳怡又將皇后娘娘的話說了一遍，陳允遠詫異地抬起眉眼，吃驚地道：「這……皇后娘娘是如何得知？」

長房老太太皺起眉頭。「這麼說，你確實還在插手科道中之事？」

陳允遠頓了頓。「也不算是……是新任給事中和兒子從前做事有些不同，就有幾個老大人找上門和兒子說話，請兒子出些主意。兒子不敢多嘴，也沒有說太多，只是閒聊些話罷了。」閒聊些話就能傳到宮裡去。

這樣深想下去，陳允遠頓時起了一身冷汗。「這麼說，皇上真的對兒子的做法頗不認同。」

琳怡看向陳允遠。恐怕不只是不認同，否則不會有如今的情形。若是皇后娘娘不提醒，父親接著這樣作為，朝廷就會說父親假作抱病致仕，還在插手朝廷中的事，父親從前那些功勞不但沒有了，還會落下玩弄權柄、欺瞞君上的罪名。

長房老太太仔細思量。「現在看來，我們家只有大門緊閉才能避過災禍。」

大門緊閉未必能逃過去。琳怡看向長房老太太。「祖母不如和父親一起回族裡一趟，父親的病也好將養，過幾個月京中安穩了，您和父親再回來。」

廣平侯不在京中，旁人也就無話可說。

長房老太太仔細思量，琳怡說得有道理，只是琳怡懷著身孕，她這樣走開又不放心。

琳怡道：「凡事有輕重緩急，說到底還是要為將來著想，皇后娘娘的意思也是讓父親先委屈保全。」

長房老太太長嘆口氣，臉色微霽。「也好，我年紀大了不好回去。」說著看向小蕭氏。「妳就陪著回去三河縣好好將養。」

琳怡知道祖母是擔心她，還要勸說。

長房老太太沈下眼睛。「我這把老骨頭還是住在自家舒坦，這京中也要有人照應，你們自去，小八姊就交給我。」

小蕭氏看向陳允遠，她雖然捨不得孩子，這時候卻要以老爺為重。

陳允遠答應。「兒子聽母親的，收拾收拾這兩日就走。」

「不用再等了。」長房老太太打斷陳允遠的話。「讓人準備好車馬，明日一早就出京。你如今沒有官職在身，無論去哪裡都方便得很。」

陳允遠有些遲疑。「會不會太急了些？」

長房老太太抬起眼睛。「我們家中能安然無恙，你就該慶幸。前些日子康郡王讓你致仕你還覺得委屈，如今可看明白了？不是你行事不當，是有人早就等著害你。」

陳允遠的肩膀一下子垮下來。「我聽母親的就是。」

長房老太太道：「既然如此，讓人先送書信回族裡，明日就啟程去通州。」

陳允遠不甘心卻又無可奈何，只得沈下頭思量。

琳怡看看周圍。「依女兒看，父親這次離京是好事，哪朝哪代能少了言官，如今科道越沒人說話反而越好，反而能襯出父親直諫的可貴。」若不是這樣，皇后娘娘也不會這樣提醒她。

陳允遠看向琳怡。

琳怡頷首，臉上露出些輕鬆的笑容。「如今政局不穩，正是需要言官的時候。父親避開鋒芒也是為了將來，人說不止不行，就是這個道理。」

屋子裡本來沈悶的氣氛，一下子化開來，長房老太太看向琳怡。

琳怡道：「您就信女兒的吧！」

雖然聽了琳怡的話，陳允遠心裡開闊了不少，卻仍舊覺得這樣離京有些倉皇，陳允遠去書房收拾東西，小蕭氏吩咐廚房安排飯食。

長房老太太和琳怡坐著說話。「前幾日妳還憂心忡忡，這兩天倒是想明白了。」

琳怡抿嘴一笑。「如今我們家比起才從福寧進京時已經好太多，那時二房步步算計我們，我們都沒輸，現在更不怕他們。董家一直小心翼翼地等機會加官進爵，現下皇上召見董長茂進京，又將董長茂身邊的將領安置在護軍營，就是試探董長茂是否值得信任。董家昌盛就如烈火烹油、鮮花著錦之盛，一不小心就是瞬間的繁華罷了，董家卻不懂得站得越高越要小心謹慎、如履薄冰，這樣一來，眼下就是我們反擊的好時候。」

皇上若是信任董長茂，為何不直接將他調任九門提督，而是先用董長茂身邊的人？

長房老太太讚許地看著琳怡。「光是看皇后娘娘的母家，就知道為官要小心，不能引出皇上的猜忌之心。」

正是這個道理。

琳怡和長房老太太一起用了飯，就乘車回去康郡王府。

到了下午，皇后娘娘遣內侍送來了上好的鹿角膠，琳怡讓鞏嬤嬤拿了銀子送內侍出府，琳怡拿起貼著黃緞的鹿角膠湊在鼻端聞了聞，比她平日裡吃的味道濃厚許多。

鞏嬤嬤笑著道：「這下可好了，我們家中的可以盡收起來，一直能吃到郡王妃生下世子之後。郡王妃身子恢復得好，也能早早懷上第二胎。」

這一胎她還沒生下來，鞏嬤嬤已經惦記著下一胎。

待到周十九回來，琳怡將宮中和廣平侯府的事簡單說了。

周十九道：「我也是今天才聽到一些傳言，卻不如皇后娘娘說得那般清楚。」

那是自然。琳怡沏了茶給周十九。「要說瞭解皇上，誰能比得上同床共枕的皇后娘娘。」

周十九喝了口茶，細長的眼睛閃爍不定，讓人看不透。「皇后娘娘如今的處境也不是很好，關鍵時刻能與妳說這些，也是信任妳。」

想到這個，琳怡有些內疚。皇后娘娘這樣信任她，她卻不是一心追隨的皇后黨。琳怡看向周十九。「淑妃娘娘母家在宮中四處活動。」看淑妃母家魂不守舍的模樣。「是不是皇上對儲君之位已經有了決斷？」

周十九道：「皇上要立二王爺為儲君。」

琳怡眼睛一跳。這正與前世相符。

「太后娘娘聽說了這件事，當晚就去了景仁宮，指責皇后娘娘亂政，皇后娘娘足足跪了兩個時辰，皇上就讓人送了一幅畫給太后娘娘，太后娘娘因此氣病了。」

琳怡在宮中沒有聽說這些。「是什麼畫？」

周十九聲音輕緩。「是先皇臨終前讓宮中畫師畫的母子圖，太后娘娘牽著年幼皇帝的手。皇上未親政時，朝工曾指責太后娘娘干政，當時的閣老就給太后娘娘出了主意，讓太后娘娘將這幅圖掛在養心殿，從此之後再也沒有人敢提這件事。」

先皇臨終前讓人畫這幅圖，就是告訴太后娘娘，皇上年幼，需要太后娘娘輔佐，先皇已經如此安排，誰還敢多嘴。「現在皇上早已經親政，不再是需要扶持的幼帝，現在這幅圖倒是提醒太后娘娘要放開手，不能再干政。同一幅畫，用起來卻是截然相反的兩種意思，皇上沒有明說，其實是在替皇后娘娘正名，提醒太后娘娘。」

沒想到太后娘娘一氣之下薨逝了，皇上一定後悔莫及，立儲君的事又會耽擱下來。淑妃娘娘和五王爺看準了要利用這個機會讓皇上回心轉意。

周十九拉起琳怡的手。「岳父辭官，我向來沒有表露過立場，不管整件事如何發展，現在都與我們無關。」

早就猜到會有今天，周十九才會勸父親致仕。

太后娘娘薨逝如同一個巨大的漩渦，將京中的顯貴幾乎都捲了進去，廣平侯府和康郡王府卻十分安寧，琳怡一直清閒地養到了臨產，府裡才又忙碌起來。

離算好的日子還有一個月，琳怡就開始覺得腰腹墜脹得難受，提前請好的穩婆幾次進府，大家小心翼翼地等了幾天，琳怡肚子裡的孩子卻好像不想出來了一樣，奇怪地安靜下來。

反正正日子還沒到，琳怡也不著急，沒想到這時候倒是有人坐不住了，哭鬧著找上了門。

第二百九十七章

琳怡讓白芍扶著去暖房裡折花，鞏嬤嬤急匆匆地趕過來。「老夫人的娘家嫂子來了，正在第三進院子裡哭呢。」

琳怡放開手中白色的茶花。她還以為要過陣子才會找上門。太后娘娘的喪期還沒過，這樣哭鬧倒是也不顯得突兀，許多事還要藉著喪事才好辦。

琳怡慢慢走出暖房，回到內室裡歇著，剛坐下，段家太太帶著兩位小姐來給琳怡請安。大家都要穿素，蔥白的褙子倒顯得兩位小姐十分清秀出挑。

段大太太眼睛裡滿是紅血絲，神情倦怠，說起話來軟綿綿的沒有力氣。

橘紅端茶上來，大家喝了些水，琳怡才主動詢問。「大太太這是怎麼了？」

不問還好，這樣一問，段大太太的眼淚頓時淌下來。「家中這些日子不大安生，我家老太爺的身子不行了，從前只要問些藥就能好，現在卻怎麼吃也不管用。」說著抬起頭悄悄看了琳怡一眼，像是有些意猶未盡。

琳怡看出端倪，低聲問：「大太太還有什麼話不好說？」

段大太太臉色難看。「郡王妃懷著身孕，有些話還是不說的好，免得嚇著郡王妃的胎氣。」

說得這樣嚴重，琳怡也就不再追問，目光挪到兩位小姐身上。段家兩位小姐，年長的三小姐戴了白色的紗花，梳著高高的髮髻，眼睛清亮流轉，趁著旁人不注意正在打量屋子裡的擺設，看到軟榻旁的玉麒麟，麒麟的眼珠裡不知是嵌了寶石還是黑珊瑚，對著光閃閃發亮，段三小姐頓時羨慕起來，目光一轉，又落在琳怡高高隆起的肚子上，然後才裝作若無其事端起茶來喝。

琳怡微微一笑。這是鬧的哪一齣，段家到底是為什麼而來？

琳怡這邊和段大太太閒話家常，段老太太在周老夫人房裡哭成淚人。

「過年去宗祠祭祀，偏偏香燭被老鼠咬了，我就知道年景不好，誰知道竟這樣差起來，昨日裡供奉的香爐也掉了，咱們家的佛堂還起了火，這是要出大事。我尋來人看了看，說是姑奶奶這邊向佛祖許了願沒還上面怪罪，否則妳哥哥的病怎麼就不好了？」

周老夫人皺起眉頭，仔細看著段老太太。「嫂子這話是聽哪家姑子說的，我是周家媳婦，就算許願沒還那也是和周家有關，怎麼會牽連到娘家？」

段老太太看看周圍沒有旁人。「哪裡是什麼姑子，是普遠大師的徒弟了眉師父。姑奶奶和普遠大師相識，若是不信就去問問可有此事。姑爺才沒了，咱們家裡有什麼事也不想麻煩姑奶奶，這確然不是我們能辦妥的。」

周老夫人一邊琢磨段老太太的話一邊問道：「我哪裡許過什麼願？就算是普遠大師的徒弟也有說錯，嫂子不要相信，還是尋個杏林聖手給哥哥醫治才好，有什麼藥材一時湊不上的，我想想法子。」

段老太太氣色不善。「姑奶奶這樣說，倒像是我來打秋風的，誰不知曉姑奶奶許了普遠大師修寺廟建金塔，現下金塔只建了一點，就擱置在那裡，還不是許了願沒有做到？咱們家為了妳哥哥的病立了佛堂和仙堂，妳又不是不知曉，現在仙堂相安無事，佛堂卻起了火，那不是和姑奶奶有關與誰有關？姑奶奶說牽頭的信親王府和敬郡王府，哪個不是災事連連，怎麼就不想想這個？姑奶奶再不想法子化解，這府裡不知什麼時候才能安生。」

平日裡從來不登門，元景出事也不見他們半個人影，現在家中出了事卻一股腦兒推給她，周老夫人看著段老太太嘴一開一合，心中覺得像被澆了一杓油，又熱又噁心，彷彿張開嘴就能吐出來，好半天才強忍著道：「那嫂子說該如何辦？」

段老太太道：「老太爺聽說佛堂的事病更重了，掙扎著要來和姑奶奶說話，我好不容易才勸住了。依我看，姑奶奶不如和信親王府說說，起碼將佛塔建好，太后娘娘突然薨逝，建佛塔也算是對太后娘娘盡孝，普遠大師是得道高僧，不會將話說明白，難道姑奶奶還不明白這裡面的意思？妳哥哥和了眉師父也有些交情，就求求了眉師父，暫時先化解眼前的災禍，姑奶奶說可好？」

逼著她答應，其實是有後話吧？周老夫人面色不豫。

段老太太看周老夫人不肯接話，喝了些茶，然後放下茶碗。「妳姪兒的兩個女兒到現在還不曾定下婚事，家裡還有幾個小的沒有娶媳婦。現在家中境況可不比姑奶奶出嫁那會兒，妳哥哥為了撐起面子，支出越來越大，姑奶奶為元景討差事，我們家也是全力以赴地支持，現下妳哥哥的藥錢不少，我們家入不敷出太久，可是手頭不便了，再這樣下去，只怕連妳哥哥的藥錢也拿不出。我也是沒法子，硬著頭皮來尋妳，若是這災禍能過去，我們家也不必被拖垮，日子還能過下去。」

這話的意思是她的嫁妝太多，這才拖累了段家。從前嫂嫂就以此威脅，要將家中孫女許給宗室營，當時她應付著說要幫忙尋門親事，現在是撕破了臉皮，明著和她算帳。什麼佛堂著火？就是藉口罷了，是怕她從此一病不起，就再無利可圖。周老夫人心中冷笑起來，她是作了什麼孽，有這樣的兄嫂，嫁給吃裡扒外的丈夫，又生出元景這樣一無是處的兒子。

段老太太說到興頭便是止不住了，將周老夫人出嫁前兄嫂如何照應，她跟著老祖宗如何到宗室營聯姻也從頭到尾說了一遍。周老夫人再也坐不住，讓申嬤嬤扶著出去更衣。

走出內室，周老夫人握緊了手，臉色登時鐵青起來，轉頭去看申嬤嬤。「他們這是嫌我死得不夠早。」

申嬤嬤四處看了看，低聲勸慰。「總是一家人，老夫人就忍一忍，給些銀錢說些好聽的讓老太太回去。」這些年可不就是這樣過來的。

周老夫人皺起眉頭。「大太太和兩位小姐呢？去哪裡了？」

申嬤嬤低聲道：「在郡王妃屋裡。」

申嬤嬤的話音剛落，周老夫人目光一厲。「去了多長時間？」

申嬤嬤道：「大約有半個時辰。」

半個時辰，不是請個安那麼簡單。怪不得嫂子在她面前這樣有恃無恐，原來是受了旁人教唆。周老夫人咬牙半晌道：「這些年我沒虧待娘家，尤其是幾個姪兒成親，哪個我沒花銀錢幫襯？現下卻幫著外人……她是握住了刀把，我越待她好，她越來訛，只知道來要錢，這麼長時間可曾問過我和元景半句？不給，這次我一分錢也不會給她們。」

可是段老太太那張嘴……什麼都能說出來。申嬤嬤十分擔憂。「不如好生勸著，先穩住才好。」

不過就是嚇唬她罷了，周老夫人道：「家中才發喪，哪來的現銀？她實在要就將家中上好的藥材給她一些。既然她攀上了琳怡，兩個小姐的婚事就讓琳怡幫忙，我如今是一無所有，還怕她擠兌不成？」說完看向申嬤嬤。「妳去打聽打聽，看大太太在琳怡房裡都說了些什麼。」

申嬤嬤答應下來。

琳怡看段三小姐俐落地分茶，白瓷茶杯裡多了一枝梅花，琳怡低頭看去笑著誇獎。「三小姐年紀輕輕就有這般手藝。」

段三小姐紅了臉。「都說郡王妃茶分得好，我只是略通皮毛。」

這樣也叫略通皮毛，分明是拿手好戲。

段大太太笑著道：「我這個女兒別的不會，整日裡就學些這個，要我說這些東西沒用得緊，這般年紀該好好做女紅才是。」

段三小姐提起帕子笑著看向母親。「郡王妃是會流蘇繡的，若是母親手藝好，能教我流蘇繡，我一定好好跟著學。」

段大太太不知怎麼說女兒好。

琳怡微微笑著。段家人本是來訴苦的，她有意留段太太和小姐多坐一會兒，氣氛一下子就變成了這般，段三小姐有意向她示好，段大太太也看出了女兒的心思，這樣妳一言我一語，氣氛倒是融洽起來，不知不覺就過了半個多時辰。

在琳怡屋裡坐得太久，段大太太想起來告辭，段三小姐還有些依依不捨，琳怡道：「有空多來坐坐，我在家中也是無事。」

段三小姐臉上露出驚喜的表情，恭謙地道：「怎麼好打擾郡王妃？」

琳怡笑道：「大家說說話，也覺得時間過得快些。」

鞏嬤嬤送走了段大太太和小姐，來到琳怡身邊道：「廊下有人探頭探腦地打探。」

琳怡頷首。段家人在她屋裡坐了這麼久，老夫人自然會起疑心。說起來這件事她是最輕鬆的一個，不過說了幾句話，就讓周老夫人坐立難安。

第二百九十八章

等到段家人走了，門上的婆子來稟告。「段老夫人氣得直咳嗽，說老夫人沒良心，要眼看著段老太爺病死，整個段家大禍臨頭。」

打發婆子出去，鞏嬤嬤道：「聽說老夫人只給娘家拿了一份常禮。」

琳怡點頭。老夫人是覺得段家和她串通一氣，所以才負氣不肯給娘家銀錢，一切都按照她事先想的發展，只是來得早了些。

橘紅端來蜜茶給琳怡，琳怡喝幾口，換了衣服歇著，睡了一覺起來就覺得肚子有些發沈似的。

鞏嬤嬤看琳怡皺了皺眉頭，立即緊張地道：「郡王妃是不是哪裡不舒服？」

不過是有些風吹草動罷了，鬧了幾回她都已經習慣。琳怡搖了搖頭。「扶我起來走走吧，大約是躺得太多了。」肚子大了就覺得壓得身上痠痛似的。

鞏嬤嬤應了聲上前扶起琳怡，主僕兩個就在屋子裡慢慢轉悠，一直到周十九回來，琳怡還沒歇下。

周十九脫下身上的斗篷，在薰籠上烤熱了手才來拉琳怡。「也別太累了，走幾步就行了。」

琳怡聽了想笑。「御醫說了，這時候多動一動沒關係。」

周十九伸出手來摸琳怡的眼角。「多睡睡，眼睛都紅了。」

「已經睡得夠多，」琳怡笑道。「躺下倒不如站著。」

周十九環抱著琳怡。「我和太醫院院使說好了，等妳生產時讓宮中女官來幫忙。」

周十九這是被郭氏嚇著了，早早就這樣安排。琳怡低頭笑。「用不著，我孕期姻先生一直調理著，還找了婆子正胎位，一定會順利生產，不用大動干戈。」

「總是防著些好。」周十九說著問琳怡。「今天都在家中做了些什麼？」

眼見就要臨盆，他的話也變得多起來，事無鉅細總是要問得清清楚楚，生怕她漏下什麼，問完她還要將鞏嬤嬤叫來詢問。

琳怡將段家找上門的事說了。「倒是動作快，不光是了眉想要從段家拿上一筆銀錢，段家也想要從老夫人身上得好處，這樣一來倒是一拍即合。」

周十九笑道：「嬸娘可給銀錢了？」

琳怡搖頭。「段家沒有拿到錢定會出去張揚，很快宗室營也就傳遍了。」段家肯定會很賣力地宣揚。周老夫人凡事利益為先，對自己娘家人想必也是如此，否則早就幫段家籌謀婚配，段太太說起府上幾位小姐時，目光中帶著些怨懟，明顯是對周老夫人心懷不滿。

嫂子和小姑本就不好相處，周老夫人今日又這般冷淡，一點臉面也不給娘家人。

周十九拿起茶給琳怡喝。「皇上已經派船出海，商船上運了不少大周朝盛產的物件，恐是阻了不少人的財路。朝廷這些年雖然海禁，福建沿海還有不少走動的私船，現下官府正經的船隊帶商船，大家撈不到多少實惠，下面少了銀錢，京裡的官員就少了孝敬，如今朝堂上對海外商貿又有爭論，卻不敢明著說，只提各地有散布謠言的番僧，蠱惑人心反對大周朝。」

說到番僧，琳怡想起張風子。「董長茂還在京裡，正好乘機將張風子找出來。」

周十九目光流轉。凡事他還沒說到明處，琳怡已經明白裡面的意思。

周十九道：「獻郡王府人多眼雜，只要有人說見過張風子，恐怕就會招致官府盯查。」

獻郡王府已經不安全，琳怡抬起頭看過去。「那要怎麼辦？」

周十九低聲道：「我是想尋機會將他帶出京，等到風聲過了再做計較。」

「也只能這樣了。」琳怡想起明日姻語秋先生要來。「我和姻先生說一聲，免得她放心不下。」

姻老太爺身子微微硬朗了些，要不是姻先生放心不下她的身孕，早就和姻老太爺一起回去福寧了。

晚上，琳怡躺在床上一直睡不著，總想去套間更衣，終於忍不住撐著坐起來，沈重的腿還沒挪開，已經被周十九抱起來輕輕靠在迎枕上。「元元去哪裡？我陪妳。」

周十九長髮垂下來幾綹，聲音極其溫柔，有點像是呢喃，顯然剛才已經睡著了，卻被她的動作驚醒。

護軍營最近操練得緊，周十九早出晚歸，只靠這幾個時辰歇著，琳怡道：「外面有白芍和胡桃，我叫她們就是了，郡王爺好生歇著吧，還有兩個時辰就要起身。」

琳怡在周十九臉上看到綿軟的笑容，起身將繡鞋穿在琳怡腳上。「左右我也沒事。」

明明是陪著她去，聲音輕軟卻像是在求她似的，嘴角一揚，極盡溫柔。

琳怡靠著周十九起身，兩個人去了套間，外面的白芍聽到聲音，忙吩咐丫鬟打了溫水來。折騰了一圈回到床上，剛躺下，琳怡又覺得小腹擠脹得難受，翻來覆去了兩遍好不容易才睡著。

第二天醒來，周十九已經去上衙，鞏嬤嬤坐在小杌子上正向她看過來。

琳怡要起身，鞏嬤嬤忙上前扶。「郡王爺吩咐若是郡王妃覺得不舒服就將穩婆請來看看……」話說到這裡，臉色忽然變得難看。

琳怡詫異地看著鞏嬤嬤。「怎麼了？」

鞏嬤嬤滿臉焦慮。「郡王妃身上都是汗，還是將御醫請來看看。」

她沒感覺到身上不舒服，大約是屋子裡太熱，她蓋得也不少。「沒事，只是太熱，我哪裡也沒覺得疼，嬤嬤不用著急，離御醫算的日子還有半個多月。」

白芍幾個進屋服侍琳怡穿衣，鞏嬤嬤親眼看到琳怡起身走動，這才放下心。

吃過早飯，門上來道：「姻語秋先生來了。」

琳怡出門將姻語秋迎進內室裡說話，兩個人喝了些茶，姻語秋就要給琳怡診脈，琳怡笑著拒絕。「哪有一來就請先生把脈的？現在屋裡靜，我們說說話才好。」

姻語秋笑道：「眼見妳就要臨產，別說妳府裡的人，就是我也很緊張，不給妳把脈我都放心不下。」

琳怡只好將手伸過去。

診過脈，姻語秋笑道：「一切都好，胎脈有力，看樣子真要好好準備準備，免得有了動靜手忙腳亂。」

府裡都已經安排好了，莫說過幾日，就算現在她要臨產，鞏嬤嬤也會做得妥當。琳怡看向姻語秋，想起張風子的事，還沒有開口，姻語秋臉頰微紅低聲道：「前幾日，張公子去父親面前求親。」

琳怡驚訝地揚起眉毛。「老太爺怎麼說？」

張家現如今已經沒落，姻家怎麼也是大族，姻老太爺會不會答應，就算答應了，張風子的身分……朝廷正四處驅逐，將來成了親，難不成姻語秋先生要隨著張風子四處躲藏？就連她這個做學生的都覺得此事難辦，更何況姻老太爺這個慈父。

姻語秋道：「張公子說朝廷已經開了海禁，肯定會帶來海外的訊息，番國之事開始雖然讓人奇怪，日子久了大家都會習以為常，也就不會有這麼多錯判，到時候他就不必躲躲藏藏。他不會在朝廷謀什麼職位，卻能懸壺濟世，不會讓妻房大富大貴，卻也不會風餐露宿……若是父親不肯答應，他這輩子也不會再娶妻。」

這話說得誠懇，張風子是定要求到姻語秋先生。琳怡看著姻語秋複雜的神情裡帶著一絲喜氣。「老太爺答應了？」

姻語秋道：「父親問張公子是否只會番僧教的醫術，張公子就將這些年所學向父親說了。」說到這裡，姻語秋頓了頓。「張公子所學遠遠勝於我，若說杏林聖手，當之無愧。」

能讓姻先生這樣說，證明張風子確有真才實學。

「父親考較了一番算是答應了，不過要等到朝廷不會驅逐張公子，才會為我們完婚，在此之前只要張公子不退婚，父親不會將我另許配他人。」

姻語秋說到這裡，眼睛裡已經是又羞又喜。

姻老太爺都能放下成見接受張風子，琳怡也替姻語秋歡喜。「那先生就盼著朝廷早些開了海禁，只要有了貿易，朝廷就能接受外學。」

姻語秋嗔怪地看了琳怡一眼。「笑話我，妳何嘗不是？為了郡王爺，整個廣平侯府也肯低頭。」

父親願意站在皇后娘娘那邊，她心裡也是這樣思量，皇后娘娘仁慈，皇后一黨大多耿正，不管是常光文還是科道的言官，或是殉夫的果親王妃都讓人佩服，相比之下，她和三王爺一黨素無交往，支持三王爺的國姓爺一家又讓她牴觸，在父親面前，她卻毫不猶豫地勸說父親放棄科道之職，固然是因她權衡利弊作了最好的選擇，也是因為她信任周十九，願意站在周十九這邊。

姻語秋先生還沒離府，周十九讓人送消息回來，今天下午就要將張風子送出京。

琳怡將消息告訴姻語秋，姻語秋臉上一陣黯然。

琳怡低聲道：「過幾日先生回去福寧，就能見到了。」

姻語秋這才一掃臉上沈悶，勉強笑道：「倒也是。」

再怎麼樣，姻先生也是擔憂張風子。兩個人又說了會兒話，姻語秋起身告辭離府，琳怡讓橘紅攙扶著去了套間更衣，片刻工夫，她起身吩咐橘紅。「去和鞏嬤嬤說，將穩婆和太醫院的女官都請來。」

橘紅一怔，片刻工夫立即明白過來。

第二百九十九章

橘紅將琳怡扶在軟榻上，小丫鬟叫來了鞏嬤嬤。

鞏嬤嬤一臉緊張。「怎麼樣了？」

琳怡很鎮定地道：「見紅了，可能是要臨產。」穩婆來過幾次，將臨產的徵兆和她講了一遍。

鞏嬤嬤道：「姻先生才走，要不要讓人將車追回來？」周十九安排張風子出京，張風子臨走前定會和姻先生見面，這時候她怎麼好去打擾，再說姻先生畢竟是未出閣，生產不乾淨，不好讓姻先生上前。琳怡搖頭。「讓人去請穩婆就是了。」

鞏嬤嬤一時不知該做什麼才好，拿出薄被蓋在琳怡身上。「奴婢已經讓人請了，很快就會進府，您放心。」

琳怡點頭，向鞏嬤嬤露出一個微笑。「沒關係，我還沒什麼感覺。」

「郡王妃就是太剛強了，今兒早晨起來奴婢就覺得不對頭，若是爽利怎麼會出一身的冷汗？都是奴婢大意了，早該——」

她懷孕之後身邊的人都變得嘮叨起來。琳怡笑著擺手。「我歇一會兒，留著力氣，嬤嬤下去安排，讓白芍陪著我吧！」

鞏嬤嬤應了一聲，讓白芍、胡桃上前來，橘紅、玲瓏忙著去安排小丫鬟做雜事。

消息傳到第三進院子，申嬤嬤向周老夫人低聲道：「郡王妃見紅了，那邊忙著請穩婆呢，奴婢打聽了一下，郡王妃還沒有別的感覺。」

周老夫人看一眼申嬤嬤，慢慢轉動手裡的佛珠。「先見紅是好事，說不定會母子平安。」說著讓申嬤嬤扶著起身。「我們去第二進院子看著。」

申嬤嬤有些不明白。「現在過去？那邊本就防著我們……老夫人又有病在身，拚著力氣在旁邊也是被防備，若是老夫人想知道消息，奴婢勤去打聽也就是了。」

周老夫人平靜的臉上露出一抹奇異的笑容。「我是長輩，這時候怎麼能不上前？何況她生母就是生產時出了差錯才亡故，難產是能傳下來的病，郡王妃懷相不好，我怎麼能不牽掛？她防備我是她的事，我要盡到心意，除非他們真的不認我這個孀娘。若是從前也就罷了，現在我的病好多了，不怕過了病氣，那邊忙起來難免亂了，要有長輩坐鎮才行。」

申嬤嬤看著周老夫人的笑容，頓時心中透亮。老夫人在第二進院子，以郡王妃的性子定會心中防備，這樣一來不能專心生產，還不知道會怎麼樣。

申嬤嬤忙吩咐丫鬟將衣衫拿來給老夫人換好，然後扶著老夫人往第二進院子去。周老夫人進了內室，旁邊的翟嬤嬤忙迎上去，臉上不動聲色。「老夫人怎麼來了？」

周老夫人也不回答，關切地向內室看去。「有沒有讓人和郡王爺說？穩婆請來沒有？大廚房裡要燒水，不知什麼時候會用上，正屋裡鋪好軟墊沒有？要準備好細紗墊子，現在備好了，免得一會兒手忙腳亂。」

這樣安排下來沒有一點不妥當之處，翟嬤嬤只好一一作答。「您放心，都在準備呢。」

周老夫人這才點頭，又看向申嬤嬤。「佛堂裡供奉上，將我在清華寺求的香拿出來，我這就過去上香。」

申嬤嬤叫來身邊的小丫鬟，小丫鬟跑著去安排，周老夫人這時進了內室，看到躺在軟榻上的琳怡。

琳怡閉著眼睛養神，看到周老夫人道：「嬸娘怎麼不歇著？」

「我哪裡還能坐得住？」周老夫人眼睛微紅，有幾分著急。「女人生產可不是小事，妳年紀小，難免照應不到。」

周老夫人這個樣子，像是她會熬不過去似的。心中知曉是周老夫人故意嚇唬她，可還難免擔憂，琳怡長長吐一口氣，穩住心神，笑著看周老夫人。「一會兒宮中的女官就來了，哪裡有長輩陪著晚輩在產房的，再說我現在還沒有感覺，說不得又是大驚小怪一場。」琳怡提起帕子有些不好意思。「已經鬧了幾次。」

周老夫人拉起琳怡的手，琳怡只覺得那雙手冰涼滑膩，抬起頭看到周老夫人的眼睛，眼睛裡泛著光芒。「我的小佛堂裡已經上了供，我早就求好了，佛祖定會保佑。」說到這裡，那隻手用力攥了琳怡。

不管周老夫人在佛堂求了什麼，都不會是讓她母子平安，若是旁人聽了這話說不得會整個心都提起來，可是她經歷過生死。琳怡抬起頭，臉上沒有半點擔憂。「您安心吧，我懷胎十月小心翼翼，求的就是平安順產。」說著很疲憊地看著周老夫人。「嬸娘先去歇著，還早呢，別因此拖壞了身子。」

琳怡臉上不是她這個年紀應有的鎮定。不管是懷孕還是生產都不是一個女人能掌握的，這一天還長著，慢慢來，慢慢磨。周老夫人想著起身。「我去東側室裡，妳這邊不舒服就讓人喊我。」

關鍵時刻，周老夫人是不會放手的，伸出她的爪牙守在她身邊，要在她虛弱的時候給她一擊。

周老夫人起身，轉身前看到琳怡微紅的臉頰。

申嬤嬤先扶著老夫人去上香，主僕兩個走到廊下，申嬤嬤低聲道：「您看，是不是要臨產了？」

錯不了。周老夫人頷首，就算琳怡再裝作鎮定，鼻尖還是沁出汗來。「讓人去宗室營說一聲，郡王爺第一次面臨這種事，心中難免沒有著落，讓人多去勸著些。」女人生產，宗室營的男人們就湊在一起喝酒，這是慣例了，一來緩解緊張的心情，二來時間也能過得快些。男人是頂梁柱，這時候不能垮了。

申嬤嬤道：「鞏嬤嬤已經讓人去請郡王爺。」

「怕什麼？」周老夫人沈下眼睛。「這時候男人能幫上什麼忙？」說著頓了頓。「今天可是康郡王府的大日子，妳做事小心些，多讓人打聽著。」

申嬤嬤心領神會。「這時候她們忙著，奴婢將屋子裡幾個手腳俐落的婆子叫去幫襯。」

正是這個道理，這時候要事無鉅細才行。周老夫人放心地去上香。

琳怡漸漸覺得腰疼得厲害，如同有什麼東西在腰上箍著，說不出地難受，下腹墜得更厲害，疼痛漸漸地侵襲過來。

白芍伺候著琳怡喝了些水，鞏嬤嬤過來道：「宮裡的穩婆和女官都請來了。」

琳怡頷首。「快讓她們進來吧。」

說話間，幾個婆子快步進門，琳怡看過去有兩個看著眼生，正想開口問，那婆子已經俐落地上前道：「皇后娘娘吩咐奴婢過來，一定要讓郡王妃母子平安。」

沒想到驚動了皇后娘娘。

那婆子說完話，上前將手裡的東西碰過去送到琳怡手邊。「這是皇后娘娘賜下的如意，郡王妃摸一摸圖個吉利。」

琳怡手放在暖玉做的如意上，然後吩咐白芍將如意請到案上供起來。

女官上前詢問琳怡，又要親眼看看褻褲上的血跡，女官看過之後，吩咐下面人。「可燒好了水？準備好了被褥？」

鞏嬤嬤立即道：「準備好了。」

女官低聲問琳怡：「郡王妃能不能移步去正室？要在那裡生產才好。」

琳怡聽得心裡一緊，也就是說這次是真的要生了。不知怎麼，看著周圍人忙起來，她心裡也開始緊張。正想著，肚子一陣疼痛，琳怡等到疼過了，才起身讓人扶著去了正室。

正室裡的被褥換成了早先準備好的，白色的棉布單刺眼地鋪在那裡，有一種陌生違和的感覺。琳怡踩著腳踏躺在床上，白芍幾個將帳幔放下來，才讓御醫來診脈。

御醫看過脈，就在西側室裡等著不敢再走。

太醫院的女官開始摸琳怡隆起的肚子，半晌柔聲道：「郡王妃放心吧，這孩子靠得低，生的時候應該快。」

怪不得皇后娘娘會遣這個女官過來，她的話的確能穩住人心。

女官接著道：「郡王妃一會兒若是覺得忍不住，就喊叫出來，不要強撐著，最好能再吃點飯食，這樣之後好有力氣。」

看女官輕鬆的模樣，琳怡心中有些失望，看來還要熬一陣子才能將孩子生下來。她還以為她孕期準備好，生的時候會很快。琳怡道：「這麼說，現在還生不下來？」

女官搖頭笑道：「今天能生下來已經是早的了，趁著現在郡王妃精神好，還是多積攢些體力，什麼也不要想，最好吃些東西再睡一覺，我們就等在旁邊隨時照應郡王妃。」

女官這樣說就有她的道理，琳怡雖然覺得不餓，還是吩咐橘紅。「讓廚房做些飯食來。」

女官笑著建議。「最好吃些雞蛋。」

橘紅應了。「奴婢去和廚娘說。」

琳怡吃了些東西，躺在床上真的睡著了。不知過了多久，就被一陣劇烈的疼痛驚醒。

屋子裡靜悄悄的，鞏嬤嬤、白芍和女官、穩婆守在旁邊。

鞏嬤嬤忙上前扶起琳怡。「郡王妃覺得怎麼樣？」

琳怡長吸一口氣。「比之前疼了。」

鞏嬤嬤目光閃爍有些緊張。

琳怡道：「扶我去更衣，我肚子有些脹。」

鞏嬤嬤應了，橘紅也迎上去攙起琳怡。琳怡腳剛踩在地上，就覺得下身墜脹的感覺一鬆，頓時有暖流湧出來，濕了褲子。琳怡驚訝地看著鞋褲，沒明白過來到底發生了什麼事，疼痛倒是輕了不少，鞏嬤嬤喊道：「破水了！」

鞏嬤嬤臉色變得蒼白，臉頰一下子紅起來，琳怡也知道這不是一件好事。

旁邊的女官上前道：「郡王妃還想不想更衣？」

這樣一來，她倒是不想去了。

女官懇切地勸說：「還是去一趟吧，接下來就要躺著不能動了。」

琳怡頷首，胡桃捧了新暖好的褲襪給琳怡換上，琳怡這才去了套間更衣。這幾步琳怡走得很輕鬆，屋裡的氣氛卻緊張起來。

琳怡躺回床上，女官才仔細檢查了一遍，周老夫人就讓申嬤嬤扶著進了屋。周老夫人的眼睛徑直落在琳怡臉上。「我聽說破水了？」說著擔憂地看向穩婆。

周老夫人雖然沒有說明，琳怡也從中明白過來，她現在破水不是好事。周老夫人是無事不登三寶殿，現在是尋到了機會。

舒服的感覺很快過去了，疼痛一下子比之前厲害起來，躺在床上汗透衣襟，每次疼痛來襲只想著忍過去，話也不想說半句。

軟軟的帕子落在她額頭上，琳怡微睜開眼睛看到周老夫人。這時候她已經無力和周老夫人鬥嘴。

下來。」

女官拉起琳怡的手。「您要往好處想，破水也是好事，說不得不用等到晚上就能將世子爺生

女官神情安然，看向周老夫人。「老夫人也安心，這裡有我們呢。」

琳怡心中略有差異。一般宮中來人是幫襯府中辦事，絕不會得罪任何人，特別是這樣明白地替她說話，除非是皇后娘娘早有交代，否則絕不敢這樣沒有顧忌。

周老夫人微微一怔，看向那女官，女官大方恭謹地迎過去。

琳怡反手拉住周老夫人。「嬸娘，產房不乾淨，妳的病才有起色，還是去側室裡等吧！」

周老夫人嘆口氣。「妳這孩子，現在還顧著這些。」

時間過得很慢，琳怡抬眼看了沙漏，從女官過來到現在不過是半個時辰，這樣的疼痛不知道還要多久。坐不舒服，靠在迎枕上也不舒服，肚子如石頭般僵硬，每次都彷彿絞成一團似的，那疼痛慢慢地爬上去從小腹一直到了胸口，琳怡忍不住轉身嘔吐，搜腸刮肚將所有的東西都吐在痰盂裡。

「郡王妃喝些水，漱漱口。」鞏嬤嬤將她扶起來，溫熱的水也遞到她嘴邊。

琳怡重新躺回床上，鞏嬤嬤低聲道：「郡王爺回來了，就在外面，您放心吧！」

聽到鞏嬤嬤的話，琳怡心中有了幾分踏實，緩緩頷首。

第三百章

屋子裡的穩婆退出去又回來，定是周十九在詢問她的情形。

厚厚的被子蓋上來，女醫不停地掀開被子看，穩婆們臉色有些沈重，只有皇后娘娘派下來的女官不停地勸慰琳怡。「沒有這麼快，郡王妃再吃些東西吧！」

屋子裡下人們都開始著急，她若是再不鎮定，整個郡王府都要慌亂起來。琳怡點頭，讓橘紅去拿些飯食來吃。

吃過飯，身上又似有了力氣，疼痛也不服輸似的，一波波地侵襲過來，可是卻總也不能到頭，很快積攢起來的氣力又用光了，身上的衣服濕了又乾，乾了再濕，整個身體就像是被細細地碾磨，讓她不知如何是好。

琳怡正努力地喘息，肋下好像被踹了一腳。

是孩子。

放鬆、放鬆，儘量地放鬆，這樣是不能將孩子生下來的。琳怡閉上眼睛仔細數著呼吸，儘量讓氣息舒緩綿長。她重生一世，肚子裡的孩子是她的希望……

琳怡迷迷糊糊閉上眼睛，思維漸漸渙散，疼痛漸漸遠去，是要她多歇一會兒吧。

只要歇一會兒，她就能一鼓作氣生下孩子。不知道是誰在身邊低聲道：「郡王妃您可不能睡啊，再堅持一下。」

琳怡胡亂地點頭，就是睜不開眼睛。

這種沈重的感覺十分熟悉，她依稀經歷過，到底是什麼時候？琳怡慢慢地回想，忽然之間胸口一痛，低下頭來，看到胸口明晃晃的刀鋒，那疼痛隨著心跳傳到身體的每個地方，她本來已經沒有了力氣，卻還堅持著不想倒下去，手臂努力向前伸展，彷彿前面的馬車就會停下來一般，車上的人就會伸出手來救她。

螻蟻尚且貪生，原來她也是怕死的，只是現在已經沒有了希望。琳怡再也撐不住，手臂軟軟地垂下去，呼吸越來越輕……

「怎麼樣了？」周老夫人低聲問。

申嬤嬤道：「郡王妃和生母是一樣的情形，折騰了一日，骨縫未開，人不知道能不能熬過去。」

周老夫人輕合眼睛。「不光是她，哪個女人生產時不是去閻王殿報到？老天有眼，也是要讓她知道做一個母親沒有那麼容易。」

側室裡已經沒有別人，大家都在正室候命，申嬤嬤也就敢直言。「郡王爺不會眼看著，正尋人想法子呢。」

「就讓他去想，」周老夫人道。「好不容易牽腸掛肚一次，我們也看看他能如何。」

申嬤嬤目光閃爍，慢慢明白過來。

周老夫人道：「葛家大爺就是他想的法子才救回來的，現下朝廷正查與番僧交好之人，看他這次還能不能找人救妻救子。」

琳怡的手一鬆，眼前徹底黑下來。只是不過瞬間，她就覺得手一緊被人握住，那力氣極大，不放開她分毫。琳怡迷迷糊糊地睜開眼睛，映入眼簾是姻語秋先生擔憂的神情，目光上移，才看到了抱著她的周十九。

姻語秋將針拔起來，琳怡的氣息又通暢了許多。

周十九垂下頭在琳怡耳邊低聲道：「再堅持一下，一會兒姻先生用了針，就能將孩子平安生下來了。」

琳怡又看向姻語秋。

姻語秋頷首。「是催生針，一般用了有一個時辰孩子就能生下來。」

之前從來沒聽姻先生說過催生針，琳怡眼睛慢慢清澈起來。

姻語秋嘴唇微抿，壓低聲音。「是張公子教我的。」

張風子不是出京了嗎？難不成為了她的事又回來了？這樣的話難免要引人注意。

姻語秋不敢耽擱，將針準備出來，琳怡不知不覺地縮起手指握在周十九的手背上，周十九柔聲道：「元元，沒關係，一定會母子平安。」

他的嘴角微揚，英俊的臉頰在微笑，視線落在她臉上，眼睛中卻有一絲顫抖。

周十九雖然勸她，心中卻在擔心。屋子裡已經點上了蠟燭，她從肚子疼到現在已經過了好幾個時辰。

琳怡重新躺在枕頭上，只覺得鬢角濕漉漉的，心中明知道周十九不能進產房，可是她已經沒有力氣將他推出去，目光自然而然落在周十九握著她的手上。

前世他鬆開了手，這一世他卻緊緊地握著她，她要將孩子生下來，他們一家應該團團圓圓地在一起。

姻語秋一針針地落下去，很快琳怡又感覺到疼痛。

這一次有周十九在身邊，她彷彿覺得沒有剛才那麼難熬，可最終她還是疼得翻來覆去。模糊中，看到申嬤嬤闖進來，失言道：「門口有官兵，要見郡王爺呢，說咱們府上藏匿了犯人……」

申嬤嬤的話音剛落，姻語秋手就抖起來。

琳怡看向周十九。莫不是張風子現在在康郡王府？董家和朝廷正四處抓人，張風子回京就如同自投羅網，何況徑直來到康郡王府，現在外面誰都知道她在生產，無論是董家還是五王爺一黨不費力氣就能打聽到消息。

周十九看向申嬤嬤。

申嬤嬤立即感覺到那兩道視線如刺骨的寒氣，她心中猛地一跳，剩下的話也梗在喉口，再也說不出話來。

周十九的眼睛挪到琳怡臉上時，又變得滿是柔情。「妳安心，外面有我呢，誰也不敢闖進放肆。」

可這是明著違逆朝廷法度，琳怡擔憂地看過去。

周十九眉眼一揚，神情中有幾分倨傲。他平日裡看起來溫和，其實隱約透著幾分不好管束、任性妄為的神態，就是這種神態，卻讓她看起來心安。才想起前世的過往時，她怨過世道不公，恨過周十九，她不明白，為何她的人生偏這麼多挫折，偏要等她小心翼翼靠向身邊人的時候給她這樣的打擊？

為什麼他們就不能像尋常夫妻那般，患難與共，相濡以沫？他們之間為什麼要有這樣一道鴻溝？

既然在一起，為何不能簡單美滿，卻如此磕磕絆絆，本該是美好的情感，卻要嘗遍酸甜苦辣？

劇烈的疼痛傳來，琳怡咬住嘴唇，閉上眼睛。

可她卻依然對他動心，不知不覺中越過了這條鴻溝。

經歷過之後，一切反而都看得淡了，現在想想這樣也好，凡是珍貴的東西都是極難求的，對她來說這份感情如此，肚子裡的孩子更是如此。

前世的經歷教會她，她在意的一切要想方設法握在手裡，無論是誰都不能奪走。

撕心裂肺的疼痛過後，姻語秋先生出去詢問張風子，又再下針，這一次琳怡又覺得疼痛輕緩下來。

穩婆來檢查，然後欣喜地催促她。「郡王妃，一會兒再疼就要用力了。」

婆子們七手八腳將被單綁在她肚子上，兩個穩婆一左一右地跪坐在兩旁，等到她用力時，兩雙手也在努力向下推著。

一次、兩次、三次，琳怡只記得握緊了手，用出所有的力氣。

穩婆喊道：「快了、快了，看到頭了！」

溫熱的暖流一下子湧了出來，內室裡頓時傳來一陣響亮的啼哭聲。

「是世子爺。」耳邊傳來穩婆的聲音，琳怡睜開眼睛去看，襁褓中的孩子好像受盡了委屈，顫抖著哭個不停。

奶娘從穩婆手中將孩子接過去，晃了兩下，孩子才止住了哭喊。

女官還在慢慢揉琳怡的肚子，琳怡本來已經十分疲累，可是看到了孩子卻不想閉上眼睛休息。

奶娘將孩子清洗乾淨，又抱回來放在琳怡身邊。

小孩子安安靜靜地四處打量，琳怡抬起頭看周十九，周十九臉上露出喜悅的笑容。

琳怡想起張風子的事。「妾身這邊沒事了，郡王爺還是去前院看看。」

周十九頷首看向旁邊的女官。

女官十分伶俐，明白周十九的意思，立即道：「胎盤已經落下來，郡王爺放心，這邊有我們照應。」

周十九這才鬆開琳怡的手，大步出了內室。

婆子們換了褥單，收拾好內室，外面的姻語秋才進來看琳怡。

「世子爺像妳。」姻語秋笑著道。「母子兩個這樣躺在一起，一個模子刻出來似的。」

姻語秋先生神情輕鬆，彷彿只是為她喜悅，也不提官兵等在府外要抓張風子。要不是她難產，周十九也不會將張風子接進府。

琳怡順利生下孩子，主屋的下人才算退下了不少，內室裡漸漸安靜，鞏嬤嬤跑著傳遞外院的消息，說到張風子被人帶走，姻語秋的臉明顯變得蒼白難看。

張風子表面上看是因和番僧關係過密要被驅逐出京，實則是因撞破了董長茂的好事，這一點，琳怡和姻語秋再清楚不過。

屋子裡沒有旁人，琳怡看向姻語秋低聲道：「先生放心，郡王爺一定會想法子。」

姻語秋頷首，拉起琳怡的手。「妳好好養著，不要想太多，最多不過被驅逐罷了，反正……也是要出京的。」

姻先生這樣說是在安慰她。

因她生產，身邊人都遮遮掩掩，她心裡都明白，現在就算將人叫來問，也問不出實情。

第三百零一章

屋子裡人來來往往，身邊有婆子唧唧咕咕地不知說些什麼。琳怡眼皮越來越沈，她是真的倦了，孩子已經平安，她也放心了，一低頭只覺得意識渙散，耳邊似是有人喊什麼，卻聽不清楚，轉眼就沈沈睡去。

再睜開眼睛，天已經大亮，身邊立即有人溫聲道：「醒了？」

琳怡抬起頭看到周十九，臉上靜謐的笑容一下子僵住。周十九仍舊像從前一樣閒適優雅，只是眼睛裡滿是血絲，下頷也起了鬍渣，整個人消瘦了許多。琳怡嗓子一啞。「怎麼弄成這樣……」想要掙扎著起身，卻沒料到胳膊軟軟的沒有力氣，剛撐起的身子頓時就跌了下去。

周十九的手臂收緊，將琳怡抱在懷裡，微微笑著。「睡了兩日了，有沒有覺得好一些？」

一轉眼間竟然過了兩日，怪不得周十九會是這種模樣。

琳怡抿起嘴唇，看著周十九。「我怎麼了？」

周十九目光溫柔。「生完孩子有些虛弱，讓張風子和姻先生施了針，總算是好了些。」說著伸出手來，慢慢地摸向琳怡的鬢角。

琳怡也靜靜仰起頭和周十九對視。這一刻彷彿過了好久，讓她覺得有些恍惚。

鞏嬤嬤聽到屋子裡的聲音，撩開簾子進門，見到琳怡眼睛立即一紅，眼淚就淌下來，忙用袖子去遮掩。「奴婢已經煮好了藥，這就讓人送來。」

看著鞏嬤嬤又哭又笑的模樣，就知道她昏迷這兩日家裡亂成什麼模樣。

琳怡想起來。「孩子呢？這兩日好不好？」

周十九將琳怡圈在懷裡，伸出手去接丫鬟送上來的藥。「愛哭，放在搖車裡就要鬧，奶娘正抱著呢。」

琳怡聽得這話笑起來。這一點倒是和周十九不一樣，喜怒哀樂都要藏在心裡。

周十九垂下眼睛。「想吃什麼？兩日沒吃什麼是不是已經餓了？」

她渾身軟綿綿的，只是想睡覺，倒是沒覺得餓。琳怡轉頭看周十九，沒有吃飯的不止她一個人吧？「讓廚房做些飯食，郡王爺也吃一些。」

「好。」周十九聲音極輕，眼睛一眨不眨地瞧著琳怡。

飯很快擺滿了小炕桌。琳怡的胃口不好，卻怕一放筷子周十九也跟著不吃了，這才堅持吃了一碗粥，周十九不過比她多吃了半碗就放下碗筷。琳怡又歇了一會兒，奶娘才將孩子抱了上來。

小孩子在襁褓裡手腳舞動，看起來很有力氣似的，眼睛很亮，嘴唇紅紅的，不時地轉動著小腦袋四處張望。

琳怡試著將手伸過去，碰到的地方十分柔嫩，懷孕十個月，現在終於見到，眼睛一刻也不想從他身上挪開。

「讓我抱抱。」琳怡看向乳娘。

乳娘低頭應了，簡單教了琳怡，輕手輕腳地將孩子放在琳怡懷裡。

放在她懷裡的孩子很輕，和她想的有些不一樣，琳怡將孩子湊給周十九看，小孩子忽然噘起了嘴唇。

琳怡忍不住笑起來。

周十九看了一眼旁邊的乳娘。

乳娘立即明白過來，向琳怡行了禮道：「世子爺要吃奶了。」

琳怡依依不捨地看著孩子，乳娘彎腰來接，孩子送到乳娘懷裡，小手又揮了兩下，惹得琳怡不想鬆手。乳娘和奶子將孩子抱下去，周十九扶著琳怡躺下。「剛醒過來還要多歇著，過幾日身子好了，就讓乳娘將孩子帶到套間去。」

她身上沒有半點力氣，只要一動就覺得天旋地轉似的，身體這般模樣，也只能如此安排。

琳怡躺好，伸出手來摸周十九的下頷。「郡王爺就這樣上朝？就算得了孩兒，也不能一下子變得這樣老成，孩子還小，郡王爺還是剃了鬍子才好看。」

周十九笑著起身，吩咐丫鬟端水來梳洗，不過片刻工夫，就剃好了鬍子，換了雪白的長袍，恢復從前容光煥發的模樣。

兩個人躺在炕上歇著，琳怡問起張風子。「怎麼樣了？朝廷要如何處置？」

周十九道：「按照法度要打板子驅逐三千里之外，還要有官府定期監察。」

這樣和徒刑有什麼區別，不過是換了個說法罷了。琳怡道：「已經走了嗎？」

周十九挽起琳怡的手。「還沒有，朝臣對這件案子看法不一，有人覺得判罰過重，有人覺得應該將這些人囚禁起來，免得他們妖言惑眾動搖人心。」

有爭議是真的，不過更多的是想透過張風子牽連到旁人，琳怡看向周十九。「有沒有御史參郡王爺？」

周十九笑道：「有人參是好事，否則武將不能參政，我也不能理所當然地為張風子說話。」

琳怡點頭。如果不是牽連到自身，周十九就沒有說話的權利，大周朝對有兵權的武將諸多限制。無論是勛貴還是宗室，都不過是皇帝手裡沒有生氣的利刃罷了，皇帝握得緊緊的，這樣就不會傷到自己。

琳怡的病有好轉，周十九也就放下心來，等她睡下，周十九去了衙門。

湯藥按照每日三次送進來，喝得琳怡嘴裡痲痲的感覺不到別的味道。漱了口，琳怡將白芍叫進來問話。「我只記得生產完之後就睡著了。」

提起那日的凶險，白芍紅了眼睛。「郡王妃產後出血，宮中的女官和穩婆都束手無策，姻先生也沒了法子。郡王爺想起那位張先生，就出去追，硬是從官兵手中將張先生帶了回來，張先生仔細診治又是湯藥又是施針，才將血止住了。」

御史彈劾周十九的就是這個吧，不但知情不報，還將人搶回府中。

「這兩日您昏睡不醒，郡王爺只要下了衙就在床前照顧，奴婢們也不敢勸說。」

琳怡點頭。

白芍又道：「廣平侯府那邊還不知細情，郡王爺讓人瞞著，怕老太太因此擔憂。」

祖母那邊不會半點不知曉，張風子的事定是鬧得滿城風雨，廣平侯府那邊沒有動作，也是怕給幫不上忙反而添亂罷了。

琳怡吩咐白芍。「讓廚房做些老太太愛吃的點心送去廣平侯府，告訴老太太我已經好多了，讓老太太別太掛念。」

白芍應下來，吩咐小丫鬟去安排。

晚上周十九回來，梳洗好了就躺在琳怡身邊。琳怡放下手裡的書，看著周十九英俊清瘦的臉頰。「我讓橘紅在東側室裡鋪了床，郡王爺還是過去睡吧，我這邊坐著月子，晚上婆子還要進進出出，總是不方便。」

生產那天，周十九進了產房已經是大忌，哪有還沒滿月兩個人就搬到一起住的？就算沒有長輩約束，說出去了要讓人笑話。

周十九將琳怡手邊的書拿開，臉上的笑容安寧和悅。「剛醒過來就攆我出去，哪有這樣的道理？」

她身上沒有洗澡，今天想要拿巾子擦擦都被嬤嬤拒絕了。這樣和周十九睡在一起，總覺得怪怪的，何況離滿月還早著，想來想去最好的法子就是讓周十九搬出去睡，免得看她蓬頭垢面的模樣。

周十九摟著琳怡。「月子裡不要看書，免得傷了眼睛，就按嬤嬤說的好好將養。」

這樣囑咐下來，她倒成了小孩子似的。

「御醫說了要養七七四十九天，湯藥也剛好喝到那時候。」

周十九低下頭來貼在琳怡頭頂上，她輕推了推周十九。「我身上還沒走。」

原來彆扭的是這個，周十九揚起嘴角露出淺淺的笑容。「明日我去太醫院問問程御醫，能不能用熱水擦擦。」

周十九嘴上這樣說，手臂還是將琳怡攬過去。「元元不知道，我有些習慣改不了，換了屋子讓我如何睡？」

嫁給周十九之後，她已經聽習慣這樣的辯解。她靠在周十九懷裡，安穩地閉上了眼睛。「郡王爺瘦了不少，該好好補養。」

周十九拉起琳怡的手放在腰上。「原來是嫌棄我瘦。放心吧，妳出了月子，我也補了回來，總不能硌著妳……」

她哪裡是這個意思？琳怡笑著紅了臉。

第三百零二章

月子裡的禁忌多，不能看書不能久坐，不能動針線，連抹額也不讓摘下，好不容易熬到出了月子，又因她是難產，御醫交代要多躺十九天。

過了七七四十九天，琳怡才舒舒服服地洗了澡。蔣氏來看琳怡，聽到這樣的話就笑。「哪個都是抱怨月子坐得辛苦，現在好了，總算是過了這一關。」說著端詳琳怡的臉頰。「不過才幾十天怎麼就瘦回原來的模樣？我認識的不少人，出了月子比孕時還要豐腴些，怪不得郡王爺連府中宴客的日子也改了，是怕妳太過操勞支撐不住。」

本來是滿月宴，卻改在了她能起身之後，加上周十九在她病重時像換了個人一般，如今整個京城都知曉周十九和她夫妻感情深厚。

蔣氏笑著說了會兒話，趁著左右沒人。「宗室營要出大事了。」

琳怡仔細地聽蔣氏說話。

蔣氏道：「前幾日宗室營裡有位長輩出去吃酒，從馬背上掉下來，差點就被馬踩了，現在還在床上不能動彈。道士說宗室營裡有血光之災，還不知要落在誰家。妳生產那幾日，敬郡王妃崴了腳，到現在走得還不利索。咱們有位嬸子去敬郡王府作客，才走到敬郡王府的垂花門就又哭又笑起來，將我們都嚇壞了，還是我膽大陪著那嬸子……」說到這裡蔣氏目光閃爍，嘴角含著笑意。「誰知道那嬸子出了敬郡王府整個人就好了，頭也不疼了，也不再胡言亂語，只是我們怎麼勸她也不過去宴席，倒讓敬郡王妃為了難，親自出府好一陣子安撫，這才將嬸子送走了。」

琳怡看著蔣氏的模樣也笑起來。蔣氏還真是聰明，這樣一來，敬郡王妃定會覺得自家有什麼污穢。

琳怡道：「那嬸子會不會說出去？」

蔣氏搖頭。「就是說了也和我們無關，那嬸子向來是疑神疑鬼的，聽下人說了些閒話，就發作起來。」

兩個人說到這裡，鞏嬤嬤來道：「來客了，已經迎去了花廳，獻郡王妃在待客呢。」

琳怡看看沙漏，早到的都是與她交好的宗室婦，不光是來慶賀，還是來幫襯。琳怡和蔣氏起身。「我們去看看。」

橘紅忙送來斗篷給琳怡穿了，蔣氏和琳怡邊走邊說話。

「敬郡王妃那邊如何？」琳怡輕聲問。

蔣氏道：「藉著家中長輩的忌日辦了道場，又是和尚又是道士的搗鼓了一陣子，花了不少的銀子。不過最近敬郡王妃還是不斷地往信親王府跑，信親王府的下人也說晚上看到了人影兒，消息傳得沸沸揚揚，信親王妃還讓人打著燈籠尋賊人，結果哪裡有什麼賊人。」

大宅院就是這樣，只要有點風吹草動就能生出許多閒話來，人云亦云，漸漸將話就傳得離譜。不過信親王妃年紀大，不會像敬郡王妃一樣慌手慌腳，信親王府就算有些動靜，暫時也不會怎麼樣。

不過當時尋到普遠大師建金塔的卻是信親王妃，這件事注定信親王妃跳不開干係。

從前都是她被人算計，現在輪到她算計旁人，還真是風水輪流轉。琳怡看向蔣氏。「妳怎麼樣？可有消息了？」

蔣氏臉一紅。「什麼也瞞不過妳，才過了兩個月，還不能說出去呢。」

蔣氏今天一進門就滿面喜氣，有些忐忑又有些害羞，是琳怡再熟悉不過的。琳怡道：「可巧，我懷孕時吃的枸杞大棗山藥茶還有呢，一會兒讓人包給妳，平日裡代茶吃也是有助益的。」

蔣氏臉上微紅。「那我便收了，改日還要向妳要世子爺穿的小衣服，將來我也好能一舉得男。」

蔣氏半真半假地說笑，兩個人很快走到花廳。宗室營的夫人們陸續到了，琳怡讓乳娘將孩子抱來給大家看，過了百歲的孩子才能請族中長輩賜名，現在大家就世子爺、世子爺地叫著。

琳怡聽著大家禮貌的誇獎。「真是漂亮，和郡王妃長得一模一樣。」

「看起來就聰明，將來一定和郡王爺一樣能文能武。」

「這段日子宗室營的孩子，哪個也不如康郡王世子爺漂亮。」

看著小孩子不時地噘起嘴好奇地張望，丹鳳眼比剛出生的時候還小了些似的，哪裡有半點漂亮的模樣？說是孩子像她，是因為周十九眉眼太英俊，這個小傢伙真的半點沒有乃父之風。

不過無論長得什麼模樣，都讓琳怡心裡癢癢的，恨不得整日裡抱在懷裡。

鞏嬤嬤尋的乳娘很謹慎，自始至終將孩子護得緊緊的，生怕身邊有誰過來不小心傷到了孩子，平日裡在琳怡身邊話也不多，全心全意地帶著小世子，這一點讓琳怡又放心又滿意。

看時間差不多了，乳娘帶小世子下去吃奶，琳怡和眾位夫人落坐說話，大家才講了兩個笑話，敬郡王妃到了，大家起身互相行了禮，敬郡王妃坐下來吃茶。

康郡王府和敬郡王府向來不和，敬郡王妃過來不過就是走個過場，臉面上應付一下罷了。客人到齊了，大廚房準備好了飯菜，琳怡讓人擺桌，大家陸續入席。

太后娘娘的喪期過了，大家好不容易透過氣來，就像藉著宴席玩一陣子。有人提議要傳花，琳怡讓人從花房折了一枝玉蘭花，蔣氏主動起身要去屏後擊鼓，在大家手中傳來傳去，兩次都落在琳怡手裡。

大家頓時哄笑，讓琳怡講笑話來。琳怡推說不會，大家就拉扯著笑，琳怡只好喝了杯桂花酒。第三次落在琳怡手裡，蔣氏出來提議要作詩，宴席中會詩的媳婦子也稱好，大家又熱鬧了一陣，敬郡王妃坐在角落裡漸漸揚起了眉毛，心中冷笑。

大家又相繼行了幾次令，女眷們喝了桂花酒，敬郡王妃覺得無趣，話也不說，幸好康郡王府的桂花酒極好喝，就坐在一旁獨自飲酒，偶然抬起頭來看到女眷們瞄著她竊竊私語，敬郡王妃覺得氣悶，讓丫鬟陪著去更衣，從院子裡走回來，也不知道哪裡傳來一陣笛聲，嗚嗚咽咽地讓人聽著好不心酸。

敬郡王妃皺起眉頭看向身邊的丫鬟。「可聽到動靜？」

那丫鬟也聽得忙點頭。「說不得是康郡王府請了女先人。」

敬郡王妃冷笑。「她也請不到什麼好人，大喜的日子偏要哭起來。」

兩個人往前走，敬郡王妃似是眼前一花，看到有人戴著高高的帽子從她眼前一掠而過，不似尋常人的打扮，頓時嚇了一跳就去拉身邊的丫鬟。「妳看到沒有？」

那丫鬟低頭伺候，什麼也沒看到，只是搖頭。

敬郡王妃覺得心跳如鼓，一時間周身冰涼。

主僕兩個好不容易走回花廳坐下，在女眷的歡聲笑語中，敬郡王妃好不容易定下心神，丫鬟剛好才端了新蒸好的鱸魚上來，敬郡王妃好食魚眼，就要伸筷去挾，誰知道筷子剛要落下，魚眼睛就一下子落下來，頓時嚇得敬郡王妃收回筷子，將旁邊的茶碗也打翻，茶水頓時落在敬郡王妃的裙襬上。

坐在敬郡王妃身邊的女眷就驚呼出聲，急忙讓下人拿巾子過來。

所有人的目光都落在敬郡王妃身上，為了挾菜打翻了茶碗，這樣的事著實讓人臉上無光。旁邊的下人粗手粗腳擦疼了敬郡王妃的手臂，敬郡王妃心中的火頓時燒起來，一腳將那下人踢在地上。

那下人驚呼一聲急忙告饒，琳怡起身過來瞧。「敬郡王妃消消氣，這是怎麼了？」

琳怡的聲音不高不低，敬郡王妃看過去，對上琳怡那雙閃爍的眼睛，似笑非笑似的，靜靜地看著她的狼狽，趁她不注意還特意看了看盤子裡的魚眼。

當著這麼多女眷，敬郡王妃不好發放，可是只要想到廣平侯在科道時參她強買土地，官府又在果林裡挖出屍身，如今果林不但被官府封了，敬郡王府還陷入了官司裡，也不知道什麼時候能脫身。建金塔是她向信親王妃提議的，本來一切順利，又被科道一本參到皇上那裡，金塔不能建成，她在佛祖面前許願未還，家中頻頻出怪事。

敬郡王妃又想到剛才的笛聲，還有那戴著高高帽子的身影，回來魚眼又突然掉下來，皺起眉毛看向琳怡。「好好地辦宴席，怎麼讓人吹那樣悲戚的曲子？我在花園裡聽了就嚇了一跳。」

大家都關切敬郡王妃打落了茶碗，誰知道敬郡王妃會提起什麼曲子，琳怡也覺得詫異，和眾位女眷面面相覷。「郡王妃說的什麼曲子？剛剛我們一直在擊鼓傳花，哪裡吹什麼曲子了？」

敬郡王妃開始就坐在角落裡不願意和康郡王妃親近，大家也知曉兩家的關係，聚在一起難免有牴觸心思，卻沒想到真的會生出什麼事來。

敬郡王妃皺起眉頭看向身邊的丫鬟。「妳聽到沒有？」

那丫鬟不敢怠慢，急忙道：「真的是有，我們郡王妃還看到了人呢。」

這樣的話題，一下子打破了歡快的氣氛。

「我們家老太爺剛沒了，家裡的宴席就沒有大辦，前院沒有請客人，就是我們女眷聚聚，更沒有請戲班子和女先人。」琳怡說著看向鞏嬤嬤。「去查查有沒有誰在花園裡吹笛子驚了敬郡王妃。」

琳怡說完又問敬郡王妃。「郡王妃可看到了吹笛子的人？」

提起這個，敬郡王妃臉色頓時變得煞白。

敬郡王妃半天不說話，琳怡低聲道：「我有一套新做的衣服，若是郡王妃不嫌棄先換上。」

蔣氏也關切地來看敬郡王妃。「我陪著郡王妃去換衣服。」

都說揮手不打笑臉人，更何況是在這樣的場合，敬郡王妃也不好再爭執，鞏嬤嬤忙上來引路，帶著敬郡王妃去換衣服。

琳怡回到座位上繼續主持宴席，大家才落坐，外面又隱約傳來喊叫聲。

大家面面相覷。這是怎麼了？

琳怡打發胡桃去看情形，不一會兒工夫，胡桃回來稟告。「敬郡王妃說在花園裡看到人影兒了。」

在花園裡看到人影兒？

琳怡沒有作聲，半晌才道：「是不是傳菜的媳婦子？」

胡桃道：「應該不是，媳婦子們都在外面等盤子，奴婢才去問過，沒有人從那邊過來。」

琳怡知曉了頷首。「去跟敬郡王妃說，今兒府裡來了客人，下人們來來往往的忙乎難免毛手毛腳，讓她別害怕。」

胡桃頷首。「奴婢這就去說。」

琳怡想了想。「再讓廚房準備些溫熱的湯水送過去，讓敬郡王妃壓壓驚。」

胡桃帶著小丫鬟下去安排，琳怡笑著和身邊的女眷說話。

好半天也不見敬郡王妃回來，琳怡正要遣人去問，蔣氏帶著胡桃進了門。

「沒事吧？」琳怡低聲問蔣氏。

蔣氏坐下來。「敬郡王妃覺得身上不舒服，讓我說一聲，她先回去了。」

蔣氏說話的工夫，花廳裡漸漸安靜下來。蔣氏話說得含糊，當著女眷的面琳怡也不好多問，滿屋女眷倒是更好奇起來，一面若無其事一面遣人去打聽。

等到宴席結束，琳怡留下蔣氏細說。

蔣氏說起敬郡王妃。「這次真是樹影。她是嚇破了膽，看到什麼都一驚一乍的。她問我，我只說沒看到。」

琳怡和蔣氏坐在臨窗的大炕上，丫鬟端了熱茶上來，蔣氏笑著喝了。「妳難產的時候，敬郡王妃可是很高興的，要不然也不會崴了腳。康郡王請了張風子來府中，前腳才到後腳衙門就得了消息，敬郡王府在這件事上可沒少出力，現在好了，該是她害怕的時候。」

周老夫人傳出消息，敬郡王妃煽風點火，再有董長茂從旁佐助，朝廷就迫不及待地來抓人。解鈴還須繫鈴人，是她們先算計，現在就讓她們來解這個結。

第三百零三章

送走了蔣氏，周十九很快下衙回來，琳怡去套間服侍周十九換上長袍。好久沒有踮起腳尖繫襟扣，待琳怡看過去時，周十九已經繫好了。若是日後他都能如此，她倒是省事不少。

琳怡剛要落下腳，周十九又將襟扣解開了，晶亮的眼睛帶著笑意仔細地看著她，雪白的衣袍襯得他的臉龐極為柔和，長長的睫毛尤其幽黑，看她沒有伸手，就微微欠了身子迎上來。

琳怡對周十九的無賴向來沒有法子，伸出手靈活地將襟扣繫好。

周十九拉起琳怡的手。「今天身子怎麼樣？有沒有覺得累？」

比別人已經多躺了十九天，怎麼還會覺得累？這些日子攢起的精氣一時也發放不完。

琳怡搖頭。「不累。」

周十九抿了抿嘴唇，忽然一笑。「那就好。」

這人好像總是讓她看不透似的，眼睛裡明明有深意，卻不肯直說。琳怡剛要轉身，周十九環住她的腰將她抱在懷裡，低下頭在她耳邊。「御醫有沒有說房事？若是妳不累，今天晚上讓人燒水。」

琳怡想起懷孕時周十九和她耳鬢廝磨的模樣，不禁臉上一紅，外面傳來撩簾子的聲音，琳怡微微掙扎，周十九才鬆開，夫妻兩個一前一後從套間裡出來。

橘紅上前行了禮。「廚房將飯菜準備好了，問擺在哪裡？」

琳怡看向周十九。「擺去東次間吧。」這些日子，周十九都陪著她擺了炕桌吃，現在她坐完月子，一切都該恢復從前。

「我一個人吃，不用那麼麻煩。」

周十九坐在炕上，琳怡吩咐小丫鬟擺炕桌。

他吃過飯，乳娘將孩子抱進來給琳怡看，小孩子還沒睡，眼睛一眨一眨地不知道在想什麼。

琳怡將孩子抱在懷裡，學著乳娘的樣子輕輕顛著，孩子好像很喜歡，不哭也不鬧靜靜地看著她，比起剛出生時好像結實多了。

乳娘恭謹地道：「世子爺長得快，奴婢家裡的孩子比世子爺大，還不如世子爺呢。」說到這裡頓時住了嘴，知道言語有失，不該拿自家的孩子和世子爺相比。

琳怡抬起頭向乳娘微微一笑。「穩婆說世子爺生下來就長得大些。」要不然她也不至於會難產。

乳娘小心地回答。「世子爺底子好，吃奶也多。」

兩個人一問一答地說話，旁邊的周十九也按捺不住，走過來看孩子。長輩們都說抱孫不抱子，尤其是長子將來要承繼爵位，做父親的不能太多關愛，周十九這個父親就一直恪守本分，早早就擺出一副嚴父的模樣。

琳怡將孩子向周十九眼前湊了湊，父子兩個就對視起來。

屋子一下子陷入靜寂，氣氛好像很嚴肅的樣子，琳怡就用手臂輕輕碰了碰周十九。「郡王爺別這樣嚴肅，小心嚇到小孩子。」

平日裡笑容滿面的男人，怎麼面對自己的孩子倒沒有笑容？

聽了琳怡的話，周十九嘴角揚起閒逸的一笑，誰知襁褓裡的孩子撇了撇嘴，突然放聲大哭，琳怡忙又搖又晃地小聲哄著，乳娘也急忙來幫忙，兩個人折騰了半天，總算是讓孩子止住了哭聲。

琳怡又晃了一會兒，小孩子烏溜溜的眼睛閉上，一會兒工夫就睡熟了。

乳娘過來接孩子。「郡王妃還是給奴婢吧！」

琳怡才將孩子送過去。

周十九站在一旁，臉上仍是掛著剛才的那抹微笑，眼睛中頗有些無可奈何。

琳怡看著抿嘴笑。誰教他總是笑著耍心機，難怪在兒子面前也要吃吃排頭。兩個人躺在床上，琳怡和周十九商量。「過陣子我想將孩子帶到身邊，就讓乳娘在外間歇下，有事喊她進來。」

初為父母，他們兩個都要適應適應孩子帶來的改變，全交給乳娘雖然輕鬆，卻少了樂趣和責任。

琳怡眼睛中晃動著期盼的神情，是不想和孩子分開吧！尤其是剛才抱著孩子時的模樣，臉上平添了不少的顏色。再想及小孩子看到他放聲大哭，好像受了委屈……周十九點頭。「妳安排就是，只是照顧不過來還要乳娘抱過去。」

周十九想也沒想就順了她的意思，琳怡道：「等過陣子孩子夜裡不大哭了，我就讓人將隔斷打開。」

周十九伸出手將琳怡抱在懷裡，另一隻手掀開她的小衣握上她的腰身，手指輕撚，帶著濃濃的情慾。她轉過頭，周十九側過身侵襲過來，一吻落在她鬢間，沿著她的鬢髮一直到她的耳垂。

她的衣帶被解開，周十九除下身上的衣衫，兩個人緊密無間地貼在一起，覆在她身上的身體堅硬而灼熱。

好長時間不曾在一起，她的身體不由自主地繃緊，怎麼也鬆不開似的。

「今天皇上召見了我，問起張風子的事。」

琳怡抬起頭來。「皇上怎麼說？」

周十九臉上漾著的笑容讓琳怡放下心來。

「我據實說了，妻兒性命不保，別說是張風子，就算是有番僧能救命，我也會將番僧找來。當年皇后娘娘小產，皇上也是將太醫院的御醫全都叫去了後宮為皇后娘娘診治。」周十九說著頓了頓。「皇上好半天才走到我跟前，說雖然妻兒情形凶險情有可原，國有國法家有家規，不能讓我任意妄為，罰了我半年俸祿。」

只是罰俸祿。

在君主心中，銀錢是最不值一提的，也就是說，若不是要給下面一個交代，皇上根本不會罰周十九。

琳怡想起皇后娘娘賜下來的女官，定是那女官回宮之後將康郡王府的情形說了一遍。皇后娘娘處處幫著她，她生產也是有女官從頭到尾仔細侍奉，否則她定要再多吃些苦頭。

「皇上問了張風子，我就將張風子的醫術說了，是難得的杏林聖手，不是有他，你們母子兩個也難以平安，皇上可讓太醫院的院使大人前去考問。張風子並不是旁人所說，只是和番僧學了旁門左道蠱惑人心。」

皇上能問起張風子，就是對這件案子有所疑惑，說不得真的能像她想的那樣，張風子不會被驅逐。

想到這一點，壓在琳怡胸口的石頭被搬開了些，整個人輕鬆愉悅起來。張風子是為了救她才會被官府抓走，若是因此讓姻先生和張風子分開，她怎麼也不能心安理得過她的日子。

感覺到柔軟的身體慢慢打開，周十九伸手托起琳怡光滑的大腿，緩緩地挺進。琳怡只覺得脹得難受，微有些疼痛，周十九沒急著大幅動作，而是極輕地緩慢移動，只等她適應過來，下身慢慢濕潤，他才開始用力。

以為已經準備好了，轉眼間她就開始吃不消，緊緊地攀住他的肩膀化在他懷裡……

第二天送走周十九，琳怡換好衣服去看孩子。

乳娘和奶子已經起身，正給孩子換尿濕的小褥子。小孩子邊哭邊哆嗦，看起來彷彿很冷似的，琳怡走上前問乳娘。「要不然讓人燒個薰籠？」

乳娘恭謹地道：「小孩子都是這樣，郡王妃不要擔心，奴婢們手快一會兒就換好了。」

琳怡親眼看著乳娘將孩子裹好，又用繩子將腿綁起來。

「不是出了月子就不用綁了？」琳怡問旁邊的乳娘。

乳娘面帶笑容。「世子爺將來要騎馬，再綁兩日腿長得結實。您安心吧，小孩子喜歡這樣。」

真是奇怪，小孩子竟然喜歡被緊緊地裹住，手腳都縮在襁褓裡。剛才還放聲大哭，現在倒是安穩地閉上了眼睛，還是乳娘有法子。琳怡坐了一會兒，去外面見了幾個管事嬤嬤，將府裡的中饋安排一遍。

周十九被罰了半年俸祿，家中開支難免要縮減些，免得到了年下不能用。各個莊子上都已經開始播種，琳怡的意思先要給種地的佃戶一些養家的銀錢，上次鞏二鬧出買賣草藥的事之後，琳怡特意問了朝廷讓交人丁稅的時間，京畿是在上半年，既然如此就不用押著佃戶、長工的工錢非要等到年底再發，提前發下來免得大家為生計發愁。

這樣一來，家中銀錢要提前支出，加之前後鋪子裡採購了許多布料和字畫，算起錢來有些捉襟見肘，琳怡乾脆將府裡管錢的管事叫來，隔著屏風算這筆帳。

管事算得大汗淋漓，寫好的帳目不停地送到琳怡手上，一項項的支出都是固定的，就算節省也省不下多少，本來給長工、佃戶的銀錢準備在莊子秋收之後，現在提前拿出來，這筆錢的確不好拿。

管事欲言又止，擦了兩次汗終於忍不住。「郡王妃，現在真是拿不出來。府裡平日裡拿出的禮錢就占了花銷的大半，總要準備妥當，否則……」

否則準備得少了在外面要沒有臉面。

琳怡想了想，放下手裡的帳本。「可算上了兩個店鋪的收益？」

管事一怔。「這倒沒有，現在兩個店鋪還沒有盈利，小的也不敢估計。」

琳怡就將店鋪大管事送來的單子遞給橘紅，讓她拿出去給管事的看。

管事的拿到手裡，琳怡開口道：「看看夠不夠？」

管事的仔細看了一遍，又用算盤核算一番，才恭謹地道：「照這樣算倒是差不多，就怕到時候沒有預想的好，您也知道，凡是店鋪上的大掌櫃總要多估些。」

誰也不願意讓自己管的店鋪虧銀子，特別是年初送來的帳目都是樂觀的估算。她才當家不久，不如府裡管事有經驗，家裡的銀子看似夠花銷的，其實花起來就難說了，左手進右手出，特別是人情禮往很多都是意想不到的。

琳怡已經拿定主意。「無論怎麼樣也不能端了那些長工、佃戶的銀子，一定要從年底發銀錢改到上半年發一半。」這樣也公平。

管事的只好應下來。「小的這就去籌備銀子。」

管事的退下去，琳怡接著看帳本。府中有些變化，很快將上上下下都驚動了。管事嬤嬤紛紛來問情形，鞏嬤嬤在琳怡身邊道：「都請我去宴席，彷彿我知曉什麼似的，連老夫人那邊也讓人來探口風。」

琳怡點點頭。她不過是改一件小事就有這樣的動靜，可以想像皇上想要推行新政有多難，怪不得很多事到了一半就沒了結果，所以在朝為官就算讀懂皇上的心思，也不能貿然行事。周十九身為不能參政的武將，卻一樣要跟著政局起伏。

佃戶和長工的工錢才發下去，府中管事的擔憂就應驗了。

琳怡在屋子裡抱孩子，學小蕭氏給小八姊哼的歌，孩子不時地將眼睛挪到琳怡臉上，聽得十分仔細。

乳娘在旁邊笑道：「到底是郡王妃，唱的歌真是好聽，奴婢們可是不會呢。」

琳怡看向乳娘。她不太會唱歌，乳娘就是順著誇她罷了。

孩子的眼睛清亮溫和，逐漸長得和周十九像起來，若是仔細看覺得還算漂亮，可是見過他父親就會覺得失望，那樣的父親卻生了平庸的孩子。不過平庸點也好，人太出眾了受苦也多。她希望孩子能平平安安地長大，前程不用比肩他父親。

琳怡才將孩子交給乳娘，鞏嬷嬷進來，走到琳怡跟前低聲道：「敬郡王妃送了帖子過來，要來府裡作客呢。」

這倒是新鮮。琳怡微抬起眉眼。上次宴席敬郡王妃說也沒說一聲就走了，今日倒主動找上門來。

琳怡吩咐鞏嬷嬷。「讓人將院子收拾一下，廚房也做些糕點。」

第三百零四章

還沒等琳怡安排妥當，敬郡王妃已經登門。琳怡出院子將敬郡王妃迎到堂屋裡坐下，敬郡王妃身後跟著一個年輕的道婆，穿著嶄新的道服，看向琳怡時目光轉動彷彿能發光一般，顯得格外有幾分清淨。

看到道婆，琳怡不免驚訝。還沒有哪個女眷領著三姑六婆登別人家的門。

敬郡王妃坐下喝口茶，臉色越發鄭重，看看周圍彷彿還有些害怕似的，倒是那位道婆眼觀鼻鼻觀心，萬分鎮定。

琳怡不想乾坐著，看向敬郡王妃道：「敬郡王妃這是有什麼事不好開口？」明明是有備而來，現在遮遮掩掩著實讓人好笑。

敬郡王妃這才吞吞吐吐地道：「上次我在府上吃宴，恐是撞到了不乾淨的東西，多虧有長寧師太為我壓著，可是這些事講究追本溯源……」說著看向琳怡。「我本不想來，可是想想對康郡王府也是有利無害，就帶著長寧師太來和妳說說……」

這話說得還真是不透澈。

敬郡王妃不知怎麼辦才好，頻頻地去看長寧師太。

長寧師太並不說話，鼓勵地看了眼敬郡王妃。

對於這些方外之人，無非是分兩種，一種有三寸不爛之舌能將人說得十分信服，第二種就是極少說話，裝作莫測高深。

琳怡詫異地道：「依敬郡王妃所說，上次在我們府上看到的不是人影？」說著看向那道婆。

道婆正好抬起眼睛和琳怡目光相接，微微頷首。

琳怡神情複雜。「那敬郡王妃以為是什麼呢？」

說到這個，敬郡王妃露出懼怕的神情。「是……恐怕是主管生死的神君。」

主管生死的神君，莫非說的是黑白無常？

敬郡王妃說著，眼睛不由自主地向身後瞧。「我看到高高尖尖的帽子，那個黑影就在我眼前一閃而過。」

戴著高高尖尖的帽子，真像是畫的黑白無常。死人才會看到的黑白無常出現在敬郡王妃眼前，說起來還真可怕。

琳怡道：「可是我並沒有看到類似的影子，我們府裡也沒有下人見到。」

這話就將所有事都推了出去。

敬郡王妃皺起眉頭。「妳想，我為什麼會在康郡王府看到呢？長寧師太說恐怕是我在府裡衝撞了什麼，要想破解還要郡王妃配合才是。」

讓她配合？琳怡臉上閃過驚奇。這煞氣難不成還是她帶給敬郡王妃的不成？

琳怡不說話，敬郡王妃接著道：「若是尋常，我也不麻煩弟妹，這事關家中運數，不光是我，就算康郡王府也是如此，既然都是要操辦，我們兩家就一起將事情辦妥當，也好家宅安寧。」

琳怡喝了口茶。「這也是應當。」說著微微一頓。「要怎麼操辦？」

敬郡王妃道：「要做水陸道場，還要拿出些銀錢消災。我們一家要出六百六十六兩，這都是有講究的，道場過後融了做成佛座蓮花，供進寺廟裡。」

敬郡王妃提起銀子，琳怡不禁遲疑。做道場還要拿出幾百兩銀子，在京裡租個三進院子不過百兩，她直言道：「會不會多了些？」

敬郡王妃皺起眉頭。「消禍的銀子怎麼能少了，再說也不是用在旁處，而是供在菩薩前，可不是好事嗎？我知曉的，京裡的達官顯貴家，每年拿出的年疏也不止這個數。」

琳怡表情淡淡。「不怕嫂子笑話，我們家的年例香例銀子可沒有這麼多。去年我們家老太爺才沒了，今年我又改了規矩動用了不少現銀，您讓我拿出幾百兩，我還真的沒有。」

敬郡王妃臉色難看，沒想到琳怡會這樣明著拒絕。

琳怡道：「嫂子誠心誠意，想必佛祖也不會怪罪，反正我們府裡也沒有異樣，我們府上的事就算了吧！若是嫂子不放心，可以請師太在我家裡察看。」

這意思是肯定不會出錢。敬郡王妃握緊帕子，額頭的青筋迸出。「妳這是不肯幫忙了？」

「不是不幫忙，」琳怡儘量委婉。「是湊不齊這麼多銀錢來做法事。」說著頓了頓，也將敬郡王妃叫得親切些。「佛祖慈悲為懷，每年送上去的年疏也是量力而為……」

敬郡王妃看向身邊的長寧師太。

長寧師太抬起頭正好對上琳怡的視線。

琳怡淡淡地笑著，不躲不避，長寧師太衝著琳怡頷首，一笑了之。「各人有各人的緣法，康郡王妃說得也不無道理。」

敬郡王妃驚訝地瞪圓了眼睛。

琳怡向長寧師太行了個佛禮，長寧師太翩然回了過去。

話不投機半句多，既然談不到一起去，敬郡王妃就坐不住了。橘紅沏了新茶進門，敬郡王妃卻沒喝一口，就起身和長寧師太告辭出去。

敬郡王妃恭敬地將長寧師太請上車，自己這才讓人扶著在長寧師太身邊坐下，馬車開始前行，敬郡王妃終於忍不住心中的火氣，大聲道：「要不是佛祖慈悲為懷，我們也不會上門提醒，沒想到她卻這般模樣，分明是要高臺看戲！」聲音越來越大，收勢不住。「師太也瞧見了，這讓我如何辦法？難不成跪下來求她？現在要消災的人是我，不是她，她自然不會在意。都說佛祖庇護信徒，我可是一心一意信著佛祖。」

長寧師太聽得這話嘆口氣。「要不是因郡王妃平日的功德，貧尼也不會來這兒一趟，康郡王妃不能幫襯，我們也不好勉強。」

敬郡王妃懼怕起來。「師太說我要怎麼辦才好？」

長寧師太思忖片刻道：「貧尼只有盡力而為，希望能拚著修為替郡王妃解煞除災。」

敬郡王妃眼睛一紅，頓時千恩萬謝起來。「若是能躲過這一劫，師太就是我的再生父母。」冰涼的手拉向長寧師太。

「上天有好生之德，郡王妃如此誠心，想必佛祖也會庇護。」長寧師太垂下眼睛低聲勸慰敬郡王妃。

敬郡王妃的憔悴用脂粉也遮蓋不住。那位長寧師太是看準了敬郡王妃的心思，不從敬郡王府拿出千兩銀子決計不肯干休。

橘紅看著神情自若的琳怡，剛才敬郡王妃說得那樣嚇人，郡王妃眉毛都沒動一下，怪不得那個長寧師太乾坐在那裡什麼話也沒說。「接下來要怎麼辦？」

接下來就看敬郡王府怎麼折騰了。琳怡道：「和我們無關，我們也不必理會，該做什麼就做什麼，到外面也不要提起。」敬郡王妃剛才的一番話，傳到府裡去難免會有人聽信害怕，只有她全不在意，身邊的人也若無其事，才能將府裡的氣氛壓住，就算有些閒言碎語，說幾日也就罷了。

橘紅低聲道：「剛才聽到敬郡王妃說，白芍姊姊就囑咐我們不可下去亂傳，一定要有人問，就說說敬郡王府上的怪事。」

白芍真是越來越會辦事了，不用她吩咐就能辦得妥當。只是白芍年紀越來越大，等她嫁出去，她身邊真就少了得力的。

琳怡去內室裡看孩子，到了晚上周十九回來，她將敬郡王妃上門的事說了。「很是著急，我說家裡拿不出那麼多銀錢作法事就推了。」

幾百兩銀子對康郡王府來說不算是太大的數目，可是用於作法事她就拿不出來，無論誰問起，她都是這樣的話。難不成佛祖的善心也是要用銀子來衡量的，那麼窮苦人家就不要逢年過節進廟燒香。

周十九換了衣服，喝了琳怡端來的新茶，目光落在琳怡臉上，因產後血虛消瘦下去的臉頰，長回了一些，只是下頷仍舊尖尖的，看起來十分單薄。「她下次再來，妳就說身體不適，不想見的人不用個個都見。」

周十九是怕她太勞累。琳怡輕鬆地笑。「我在家裡也是沒意思，多個人說話也好知曉外面的事，再說都是親戚，論理我應該叫她一聲嫂子，怎麼好拒之門外，至少臉面上也該過得去。」換句話說，有敵人比沒敵人要好，常常留幾分精神，不會太過放鬆警惕，免得應對的手段生疏了，將來才要吃虧。

琳怡笑起來目光清澈，臉頰微紅，嘴唇是淡淡的粉色，十分溫雅漂亮。

琳怡道：「敬郡王沒有和郡王爺說什麼？」

周十九點頭。「說了，我直說我是武將並不信那些魑魅魍魎，要不是家中有長輩，府裡連佛堂恐也沒有。」

琳怡聽著就笑。「郡王爺比我說得更直白，這樣一來，恐怕我們在宗室營裡的名聲要壞了。」

周十九漆黑的眼眸裡多得是溫和的笑容。「既然已經壞了，就壞得徹底些。宗室營又要湊銀錢為太后娘娘建儲發金塔，我們就拖到最後再拿銀子。我被罰了半年俸祿，家中本就財薄，頂多盡一份微不足道的綿力。」

建金塔這麼快就又提起來？琳怡想到皇上和太后娘娘的母子之情，皇上繼位開始，就母子相依為命，太后的分量在皇上心裡足夠重，否則皇上和皇后娘娘的關係也不會到今日。太后娘娘突然薨逝，雖然太醫院已經說是突發急症，可皇上還會將這歸根於要立二王爺為儲君惹得太后娘娘生氣，必然對太后娘娘心生愧疚，立儲詔書這才遲遲不肯發下來，五王爺一黨只能抓住這一點，才能將局勢徹底扳過來。

為太后娘娘建佛塔，就是最好的開始，五王爺一黨可以利用皇上的孝心，在這上面作文章。何況皇上心中喜歡的就是淑妃娘娘和五王爺，對皇后娘娘一家的愧疚，能不能敵過對太后娘娘的孝心……

宗室營很快就捐起銀錢來。先是為了敬郡王府的法事，宗室營許多家都湊了銀錢，不多不少正好是六百六十六兩。

鞏嬤嬤出去打聽了消息，在琳怡面前低聲道：「都說我們府上不顧情分，就連遠親都拿了銀錢，我們卻分文不出。」

琳怡正給孩子繡雙小襪子，聽鞏嬤嬤說著，手也不停。「法事作得怎麼樣？」

鞏嬤嬤道：「聽說敬郡王妃一下子輕鬆了不少，覺也睡得安穩了。」

還真是見效快，想必那黑白無常也被長寧師太驅走了，有這件事在先，建金塔的銀錢也容易捐上來。

第三百零五章

經過宗室營的一陣折騰，普遠大師和長寧師太的名聲漸響起來。太后娘娘的儲發金塔也選了好日子動工，信親王妃出面向皇上求太后娘娘的衣冠和長髮，皇上命侍奉太后娘娘的女官將東西準備好，只等金塔完工，舉行儀式再供奉進去。

這樣一來，局勢彷彿立即對五王爺有利了。

蔣氏頗有些擔心，來康郡王府和琳怡商量。「聽說出海的商船已經一個月沒有消息送回來，這可不是好事。」

這時候若是商船出了問題，只怕對皇后一黨更加不利。琳怡抿了口茶，能不能扭轉局面，要看天時、地利、人和，要知道商船上裝載了多半個國庫，但凡有半點閃失，不但有損國運，恐要動搖社稷。

西北、蒙古、苗疆的戰事需要大量的軍費支出，少了這筆錢，邊疆糧草不濟要吃敗仗。皇上多少年平西北、壓制蒙古、圈苗疆的偉業就要毀於一旦。

可是這種事也只能等消息，沒有別的法子。

蔣氏在琳怡屋裡坐了一會兒，看看琳怡懷裡的世子爺，低聲道：「好在郡王爺在皇上面前得力，說不得到時候還能說上話。」

這話誰敢說，伴君如伴虎，轉眼之間說不得就會起變化。

送走了蔣氏，姻語秋先生送信過來，琳怡回了封信交給鞏嬷嬷。「和先生說一聲，有了消息我立即給她送去，讓她不要太擔心。」

等到周十九下衙，琳怡迎了過去，兩個人去套間裡換了衣服，琳怡低聲問：「怎麼樣？可有消息？」

周十九搖頭。「還沒有，朝廷遣了人出海，消息接二連三傳進京，卻沒有發現商隊的蹤跡。」

這次朝廷商隊出海，大約是七月回京，現在還沒有書信送回來，恐怕是真的出了事。海上海盜猖獗，朝廷水師開路固然穩妥，可是海上的氣候變化多端，水師到底能不能顧及首位，本來就是反對派最大的顧慮。

琳怡擔心地看向周十九。「怎麼辦？」

周十九搖頭。「只能等消息，我們也沒別的法子，海上……是我們猜測不到的。」

有些事就是不在掌控之中。

琳怡臉色有些低沈。「難不成真的要看天意？」

周十九拉過琳怡的手，將琳怡擁在懷裡。「別急，就算遇到了什麼，也不會全軍覆沒，現在沒有一條船回來，也是好事。」

只能這樣想了。

周十九和琳怡從套間裡出來，大廚房開始擺宴席，琳怡特意去了內室將孩子抱了過來，乳娘在一旁笑著。「郡王妃現在抱得越來越好了，世子爺最喜歡讓郡王妃哄著。」

說到這個真的奇怪，她白天休息的時候去內室裡，將孩子放在旁邊，孩子的臉總是衝著她的方向，醒來的時候那雙清澈的眼睛也一眨不眨地望著她，噘起小嘴彷彿要和她說話似的。

周十九低頭看琳怡懷裡的孩子。現在孩子不會見到他就哭了，卻不像見到琳怡那樣開心。她畢竟是十月懷胎，又辛辛苦苦才將孩子生下來，總要有些優勢才是。

橘紅端了熱茶上來，周十九從懷裡拿出一張帖子展開放在琳怡眼前。「宗室營的長輩取的名字，妳看看有沒有喜歡的。」

寫了十多個字等著他們來選。宗室營傳了幾代，好聽的字都被用光了，現在要避開這些字又要寓意好，讀起來上口，真的不容易。

「彥、祀、暉、毓。」琳怡選了幾個字來唸。

都覺得還行，可又不是很好，長輩取的名字不能改，一定要選個滿意的才行。

周十九笑道：「選好了，我去和長輩說。」

這是將這件事交給了她。家中給孩子取名都是男人作主，女人無非是從旁提些建議罷了，琳怡驚訝地看向周十九。「郡王爺覺得哪個好？」

周十九微笑著。「都好，只要妳喜歡。」

琳怡看著跳躍的燈火。「不光是我喜歡，我也希望郡王爺能喜歡。」

他目光微動。「元元不知道，妳喜歡就是我喜歡。妳叫著順耳，心中高興，我也會高興。」

周十九拉著她的手，琳怡心裡一暖。

第二天，琳怡還沒想出取什麼名字好，宮中送來皇上的賞賜，除了賜下金銀細軟，還有孩子的名字，「暉」。
君子之光，其輝吉也。
周永暉，這名字賜下來是想要孩子光耀門庭。皇上賜這樣的名字是對康郡王府的厚愛。
琳怡笑著去抱暉哥，將皇上御賜的小麒麟掛在暉哥脖子上。
周老夫人在房裡聽到消息。「郡王爺這是出息了，得了皇上的信任，能得皇上賜名不容易。」
申嬤嬤道：「老夫人上次說董家會牽制郡王爺，沒想到卻……」
周老夫人撚著手裡的佛珠。「琳怡可高興？」
申嬤嬤一怔。「皇上賞賜不少，自然是高興的。」說著將手裡的羊奶送到周老夫人眼前的炕桌上。
「那可未必。」周老夫人眼睛不抬，手扶在炕桌上，手腕上的佛珠撞到桌面發出清脆的聲音。「若是商船回來則罷，若是回不來，那些主張建水師開海禁的武將，豈不是和害福建水師全軍覆沒的常家沒什麼兩樣？天子是沒有過錯的，錯也是下面的臣子。皇上也曾處處倚重常家，到頭來常家卻落得家敗人亡。」
申嬤嬤眼前一亮。「您是說……」
「淑妃娘娘和五王爺正四處打聽，妳只要將郡王府上的事記個清楚，將來必然會有人問起。」

申嬤嬤頷首記下了。

到了下午，姻語秋先生到府中和琳怡說話，大約半個時辰之後，姻語秋匆匆忙忙出來，正好和申嬤嬤撞到一起。

申嬤嬤伸出手去扶姻語秋，正好看到姻語秋紅腫的眼睛。

這是才哭過的樣子，申嬤嬤想要仔細看，姻語秋卻抬起袖子遮掩了過去。

申嬤嬤忙一溜煙地去報信。姻家素來和琳怡交好，如今商船沒有消息，琳怡定會幫忙打聽，看姻語秋現在的情形，打聽來的結果可想而知。

申嬤嬤走得有些氣喘，忙勻了氣，猜測著道：「這幾日蔣氏和姻語秋接二連三地上門，郡王爺也整日在外忙公事，依奴婢看，朝廷的商船隊八成是遇到了不好的事。」

申嬤嬤的話音剛落，外面的丫鬟道：「郡王妃和二太太來了。」

琳怡和郭氏一起進門，申嬤嬤特意留心看了琳怡一眼。

仍舊是滿臉笑意，沒有半點愁心的模樣，轉頭看了看身邊的丫鬟，丫鬟立即將手上粉彩八瓣盤送上去，盤子上放了三個粉紅的蜜桃。琳怡道：「本是沒有的，內務府送來了一盤，拿來給老夫人嚐嚐鮮。」說著坐到軟座上，旁邊的郭氏也上前行了禮，去旁邊坐下。

兩個人說說笑笑似親妯娌一樣，郭氏道：「還沒到桃子的季節，就算市面上能買到也是很貴的。」

周老夫人看著桃子，慈祥地笑道：「桃子是好，只是我身上不爽利，吃也吃不下，還是妳們吃吧！我年紀大了不比妳們，喜歡吃新鮮的東西。」

內務府送來東西，自然要先問了長輩，只是偏趕在郭氏來府中探病的時候一起過來，說到底是為了看她屋裡的情形。琳怡真是著了急，否則以她的性子不會四處走動察看。

琳怡坐了一會兒才走，周老夫人看向郭氏。「琳怡問了妳什麼？」

郭氏低聲道：「沒有什麼特別的，只是說了說給太后娘娘建金塔，還提起長寧師太之前來了康郡王府，想讓長寧師太來給您看看病症。」

給她看病？周老夫人心中冷笑。琳怡是在探郭氏的口風。

周老夫人道：「妳說了什麼？」

郭氏忙搖頭。「我知道的也不多，只是說長寧師太很厲害，最近給不少宗室婦看好了病。長寧師太說，人之所以生病是禍福因果而就，只要除災避禍可保無虞，就算病症不能好，也能消業。」

這話是誰都能從外面打聽出來的。郭氏有意避開不提，恰好證明這裡面有蹊蹺。郭氏和琳怡相處畢竟還是少，不知曉琳怡的手段，周老夫人半晌才道：「有些事早晚也是要知道的，反正現在想要反悔，已經是來不及了。」

第三百零六章

琳怡回到房中，讓橘紅去搬花繃子和針線，拿好繃子才分了針線，鞏嬤嬤就將前院管事帶來的消息講給琳怡聽。「都說宮中有位娘娘不舒服，想請長寧師太進宮看看，也不知道是真是假。」

琳怡想起剛才郭氏說的話。現在看來定然是真的了，有人想利用長寧師太的嘴，掀起這場風波。如今一切成熟，是該興風作浪的時候了。

長寧師太在京裡越來越有名，請她作法事的每日不斷，短短一個月時間，大大小小看了不少的病症。

一個不算有名氣的女尼，一下子成為了大師，當真是修成正果。

乳母將暉哥抱過來，暉哥在琳怡的榻上翻了個身，琳怡正在問奶子暉哥吃奶的情形，看到這個也止住話。

乳母很是驚訝。「剛才在屋裡還不會翻身呢，怎麼來到郡王妃這裡就……世子爺是見了郡王妃就高興起來。」

小孩子哪裡懂這些？琳怡看向軟榻。「是因為我這裡鋪得比較平整，天氣熱了，才讓人將褥子換下去。」

暉哥很喜歡在琳怡房間裡玩，大大的眼睛四處看著。琳怡看向乳母。「以後就將暉哥抱出來玩吧！這裡寬敞，小孩子喜歡。」

乳母忙點頭應了。

琳怡伸手將暉哥抱起來，橘紅從花房折了幾朵月季花，捧著青花折枝大花斛進來，暉哥看到後肉肉的身體動了動，琳怡正要笑著問暉哥好不好看，暉哥就打了個大大的噴嚏。

旁邊的乳母忙討吉利。「一百歲。」

看到這個模樣，大家都笑起來。

鞏嬤嬤撩簾子進屋，見到橘紅手裡的花，立即急起來。「世子爺在這裡還是不要擺花了，小孩子見花要起疹子。」

這又是什麼說法？琳怡笑著道：「暉哥好像很喜歡鮮豔的顏色，先擺著吧，等他不看了再拿出去。」

鞏嬤嬤道：「那就拿遠一點。」

拿遠了暉哥就不看了，小孩子的眼睛和大人的還不一樣。鞏嬤嬤也是為了暉哥好，暉哥萬一真的因此生病，真就得不償失，琳怡便讓橘紅將花拿去了窗臺擺著。

這時候，鞏嬤嬤稟告道：「廣平侯府那邊來人稟告，說是夫人回京了，要來看郡王妃呢。」

琳怡將暉哥交給乳母，神情有些驚訝。小蕭氏才讓人給她寫過信，說是族裡要辦學，宗長請父親幫忙選先生，要過幾個月才回來。

琳怡吩咐鞏嬤嬤。「讓人去趟廣平侯府，明日我回去看母親。」怎麼能讓長輩登門看晚輩？

鞏嬤嬤應了一聲，很快就去而復返。「廣平侯夫人來了，馬車到了垂花門。」這麼快。琳怡吩咐玲瓏拿了褙子換上迎了出去，小蕭氏已經走進院子。

小蕭氏穿著藕色小牡丹錦緞交領褙子，眉眼中有些疲憊，臉色卻很好，比走的時候胖了些。

琳怡和小蕭氏坐下來。「母親怎麼不提前寫信，我也好去迎母親。」

小蕭氏就笑。「世子爺呢？聽說妳生了，我就一刻也坐不住，作夢都是見到世子爺。老太太也勸我明日再來，我卻是等不得了，那麼多路都走了，還差這幾步不成？」

琳怡吩咐橘紅。「讓乳母將暉哥抱出來。」

小蕭氏臉上浮起一絲笑意。「我聽說是皇上賜的名字。」

琳怡點頭，從乳母懷裡將暉哥抱出來。

「不能這樣抱，這樣哪行？」小蕭氏立即拉起琳怡的手放在暉哥的脖子上。「閃了孩子的筋骨可是了不得的。」

暉哥已經能抬起頭，又能翻身，只要用手指護著些就行了，這些日子她都是這樣抱的。

小蕭氏不停地數落琳怡。「到底是年紀小不懂得，我看妳還是少抱，平日裡都讓乳母帶。」

乳母和奶子嚇得變了臉，生怕被埋怨似的，沒有教好郡王妃怎麼抱孩子是她們的不是。

都說隔輩人特別疼孩子，琳怡如今才切身體會，尤其是小蕭氏才帶過八姊兒，總覺得琳怡笨手笨腳的，生怕折騰壞暉哥。

小蕭氏抱上暉哥就不肯鬆手，琳怡生怕她勞累。「母親還是歇歇。」

小蕭氏搖頭。「暉哥的模樣真像郡王爺。」

琳怡抿嘴笑。「母親還是第一個這樣說的，大家都說長得像我呢。」

「可不像妳。」小蕭氏道。「妳小時候像粉團似的，大大的眼睛可漂亮了，世子爺是丹鳳眼，長開之後就和郡王爺一樣了。」

小蕭氏直抱到暉哥睡著了才遞給乳母。

琳怡問起陳允遠。「父親怎麼樣？在族裡住得可習慣？」

「習慣。」提著這個小蕭氏就笑起來。「回三河縣的路上可是百般不情願，好幾次都想轉頭回京，我好不容易才勸住了，到了族裡就不同了，族裡上下請他幫忙的人太多，整日裡都沒閒著，就算我也難得見一面，我看比在京中做官時還要忙。我前幾日給妳來信，是想過兩個月等妳父親閒下來我們一起回來，現在我看，別說他個把月閒不下來，就算忙個一年半載也是尋常。」

其實父親的情形，琳霜已經和她寫信說了。她請琳霜幫忙給父親在族裡尋些事做，沒想到開了個頭，後面就不用琳霜和葛家再插手，大家都自動找上門去。

琳怡道：「母親過幾日還要回去嗎？」

小蕭氏搖頭，笑容微微收斂。「我給妳父親收了個妾室，留在族裡照顧他。妳祖母年紀大了，我整日在外面也放心不下。」說到最後，小蕭氏笑容帶了些無奈，眼睛也不如說到孩子時那麼明亮。

父親一直沒有抬妾室，沒想到現在致仕在家，倒納妾了。女人就是這樣，既要顧著長輩和兒女，還要侍奉夫君，一旦兩者有了衝突顧及不到，就要想法子兩全，這時候受委屈的就是女人，所以要教女子賢良淑德。

小蕭氏不想提及太多，話鋒一轉問琳怡。「我聽說京裡情形不好，妳父親是避開了，郡王爺要小心才是。」

琳怡點頭。「母親安心吧。」

小蕭氏嘆口氣。「我聽說姻家那邊也愁得很，張家大爺又被抓了起來，怎麼一轉眼就出了那麼多事？」

兩個人話剛說到這裡，鞏嬤嬤匆匆忙忙進門，先向小蕭氏和琳怡行了禮，然後走到琳怡身邊稟告。「外面管事的回來說，朝廷商船的消息進京了。」

琳怡看向鞏嬤嬤。「過一會兒再讓管事來回話。」

鞏嬤嬤頷首答應了。

橘紅奉了茶上來，琳怡笑著道：「母親嚐嚐新茶味道怎麼樣。」

小蕭氏笑道：「在族中沒少喝新茶，也不知道是不是閒下來了，再好的飯菜也覺得吃得不香。」說著將茶盅湊在鼻端聞了聞。「味道香醇，不嚐也知道是好茶。」

琳怡笑著問琳霜。「他們母子怎麼樣？」

小蕭氏道：「之前受了苦，生產的時候就比妳順利多了，只是請來的奶子不好，孩子吃不慣又拉又吐，請道婆作了法事總算是好多了。現在琳霜自己帶著，誰也不肯給，晚上倒將葛慶生攆去了外屋睡，我還勸琳霜別一心顧著孩子，冷落了葛慶生，葛慶生人倒是不錯，自己在外間睡，沒有再收通房。」

琳霜和葛慶生兩個經歷了那麼多，應該不會因這些瑣事傷了感情。

「有空妳也勸勸琳霜。」小蕭氏輕聲道。「葛家對她不錯，她也該惜福，就算是郡王爺救了葛慶生兩次，可葛家也是因陳家才有這樣的禍事，我說不出很多道理，但是過猶不及，不要總是將從前的事拿出來說。」

琳怡仔細思量小蕭氏的話，想想琳霜最近給她寫的信，都是講一些好事。葛慶生對她也是越來越好了，葛家長輩也是對她百般呵護。「母親這樣說，是族中都知曉了京裡的事？」

小蕭氏頷首。

也就是說，知道了琳霜不日不夜地侍奉在葛慶生跟前，葛慶生才能醒過來。

小蕭氏道：「葛慶生對我們是再客氣不過了，琳霜覺得滿意，我看關係倒是疏遠了不少。」畢竟是長輩，年紀大見識得多，琳霜定是有不妥當的地方。琳怡點頭。「我寫信勸琳霜多注意些就是了。」

小蕭氏道：「都是自家孩子，我是不忍心看她將來吃虧。妳們姊妹兩個向來交好，妳說的話她定然肯聽。」

說完這話，小蕭氏滿臉笑容。「這幾日家中就要辦宴席，請的都是蕭家人，妳有空也回來瞧瞧，大家也好熱鬧熱鬧。」

小蕭氏笑容中頗有些深意。琳怡想到哥哥的婚事，大家聚在一起是為了給祖母相看吧，小蕭氏張羅婚事已經有一陣子，現在也到了定准的時候。

琳怡答應下來，小蕭氏也有些倦了，起身要回去廣平侯府，琳怡將小蕭氏送去垂花門。

第三百零七章

進府的路上，鞏嬤嬤在一旁低聲道：「奴婢這就將管事的叫來說話。」

琳怡點點頭，東側屋裡坐下，片刻工夫，鞏嬤嬤帶著管事在隔扇外行禮。

管事的低聲道：「郡王爺說，朝廷的商船遇到了大風浪，又遇見了海盜，船隊被打散了，現在許多船隻下落不明。」

這下應驗了外面的傳言，大周朝的國庫一下子都葬送在大海裡。

琳怡正想著，橘紅進來行了禮道：「申嬤嬤讓下人去請郎中，說老夫人胃口不好，吐了幾次。」

琳怡看向鞏嬤嬤。「我們過去看看。」

幾個人到了第三進院子，撩開內室的簾子，頓時聞到一股餿臭的味道。周老夫人剛吐完正讓丫鬟扶著漱口，婆子們進屋來換髒了的床單，周老夫人臉色發黃，動也不能再動一下。

琳怡站在床邊和周老夫人說話。「嬸娘這是怎麼了？」

周老夫人張張嘴，伸出手搖了搖。

申嬤嬤道：「也不知道，突然之間就吐起來。」

琳怡道：「是不是吃了什麼？」

申嬤嬤仔細想了想。「只是吃了一碗粥和幾個點心，沒有別的，晚上的飯還沒吃呢。」

琳怡就看向鞏嬤嬤。「是不是給我端去的粳米粥？還有一盤菊花糕？」

鞏嬤嬤道：「都是大廚房的廚娘做的。」

大家都是在一個鍋裡吃飯，她也吃了，不可能就老夫人有事。

旁邊的小丫鬟想起來。「老夫人還吃了一個桃子。」

她送上來的桃子？琳怡皺起眉頭。「是因為桃子？桃子是內務府送來的，我只留了兩個給郡王爺，其餘的都送了出去，讓大家吃個新鮮，再過半個月市面上能買到也就不稀奇了。按理說內務府賞賜的不該……」說著吩咐橘紅。「讓人去問問郡王爺，今天早晨郡王爺還吃了個桃子。」

橘紅還沒應聲，周老夫人已經擺手。「不是桃子的事……是……我病沒好……貪涼……讓郎中看看……喝些藥就好了……不用這樣大驚小怪。」

申嬤嬤上前扶著老夫人靠在引枕上。「您再忍忍，郎中馬上就來了。」

琳怡道：「我讓人拿了牌子去太醫院，還是讓御醫看看才好。」

申嬤嬤飛快地轉頭看了眼琳怡。

周老夫人長吁一口氣，點點頭。「吐出來倒好多了。」

一會兒御醫就到了，御醫診過脈，開了方子囑咐如何煎煮，琳怡這才回去了第二進院子。

申嬤嬤上前幾步到周老夫人床前侍奉。「奴婢看，就是因吃了桃子，什麼身虛體寒都是順著郡王妃的意思罷了，明日還是請郎中來。」

周老夫人不抬眼皮。「內務府送下來的桃子，大家都沒事，怎麼就我不舒服，傳出去怎麼說？不吃也就是了。」說著又覺得肚子疼，皺起眉頭。

申嬤嬤忙去拿痰盂過來。

第二天送走周十九，琳怡叫來鞏嬤嬤問：「老夫人的病怎麼樣了？」

鞏嬤嬤道：「折騰了一夜，奴婢去問了，老夫人沒有氣力說話。」

琳怡就帶著鞏嬤嬤去看周老夫人。

周老夫人躺在床上閉著眼睛歇息，臉色比昨日更難看。

琳怡坐在周老夫人床前。「太醫院的藥不見好，不然再去請別的郎中來看看。」

周老夫人搖搖頭。

琳怡忽然想起一件事。「我讓人去請長寧師太來給老夫人寫道符，咱們宗室營很多人生病都是這樣好的。」

旁邊的申嬤嬤嘴微張，十分驚訝。

周老夫人抬起眼睛看琳怡。敬郡王妃帶著長寧師太找上門來，琳怡都是一副不相信的模樣，如今怎麼會為了她將長寧師太請來？

這葫蘆裡究竟賣的什麼藥？

周老夫人不說話，琳怡道：「事不宜遲，明日我讓人拿了牌子去請長寧師太。」

等琳怡走了，申嬤嬤上前道：「郡王妃這是要做什麼？突然就和老夫人熱絡起來，老夫人怎麼就答應了？」

她不能不答應。若說她不相信，如何能去信親王府聽佛偈，琳怡是算準了她不能拒絕才這樣提起。

周老夫人咳嗽一聲。「不著急，妳仔細瞧著，看她要耍什麼花樣。長寧師太經常出入信親王府，不會任琳怡驅使。」

申嬤嬤應下來，到了晚上，派去見信親王妃的嬤嬤回到府裡，將信親王妃的話轉述給老夫人。「信親王妃請您放心，不管郡王妃是什麼意思，信親王妃都會囑咐長寧師太。」

這樣就沒有什麼好顧忌的，琳怡想要算計她，她難道就不會讓琳怡偷雞不著蝕把米？

一大早，琳怡就將長寧師太領去老夫人床前。

長寧師太和老夫人客氣了幾句，又坐了一會兒、講講佛偈，才從內室裡出來。

琳怡上前問：「怎麼樣？可好治嗎？」

長寧師太思量片刻。「老夫人的身體恐是因和府上相沖才有的。」說著有些避諱地住了嘴，眼睛中閃爍出高深莫測的神色。

這是什麼意思？

長寧師太避開不提。「我寫一道符，壓在老夫人床下，過了三日用三尺紅布裹了迎東面燒掉，病氣可除。」

琳怡將長寧師太請去第二進院子，讓人封香油錢。

二百兩銀子用紅布包好，長寧師太什麼也沒說就接了過去，留下一道符咒又交代一遍就要告辭離開。

琳怡就問起來。「師太說的和府上相沖是什麼意思？」

長寧師太垂下眼睛。「也是貧尼信口開河。」

信口開河？琳怡聽著就覺得好笑。「師太有什麼話但說無妨。」

長寧師太思忖半晌才直說。「老夫人的院子太過冷清，所以才會邪祟侵體。佛家信因果和六道輪迴，萬事要做到就會有福報。」說著不安地看了琳怡一眼。「所以佛偈講人人向善，對萬物慈悲。」

這話是什麼意思？先說老夫人院子冷清，又說佛家勸人向善，這是暗指她對老夫人不孝。

琳怡不動聲色，清澈的眼睛看向長寧師太。「師太是聽了什麼話？出家人不打誑語，既然我請師太過來，也算是有個因緣，您就說個清楚。」信親王府和敬郡王府想要利用長寧師太作文章，她就將計就計，讓大家看個明白，這裡面到底是誰暗中安排。

橘紅將長寧師太送來的符咒送去第三進院子，申嬤嬤還沒來得及壓在老夫人床下，只聽外面門上的丫鬟道：「鞏嬤嬤來了。」

申嬤嬤將符咒交給身邊的丫鬟，迎了幾步。

鞏嬤嬤向周老夫人行了禮，申嬤嬤道：「可是郡王妃有什麼囑咐？」

鞏嬤嬤一臉笑容。「真讓您猜著了，郡王妃讓我將符拿回去，說要換一張。」

哪有換符的？申嬤嬤一下子愣在那裡，好半天才轉頭去看床上的周老夫人。

鞏嬤嬤笑容和藹很耐心地等著。

申嬤嬤目光閃爍。「是不是有什麼不妥當的地方？」

鞏嬤嬤十分恭謹。「郡王妃倒是沒和我說，是長寧師太送錯了也不一定。」

只是過來取符，其餘的一概不知。

申嬤嬤將符取來遞給鞏嬤嬤，鞏嬤嬤又向周老夫人行了禮才退下去。

申嬤嬤忙遣人去打聽。很快消息傳到第三進院子，門上的婆子講得繪聲繪色。「長寧師太不知道到底和郡王妃說了什麼，兩個人就在屋子裡吵起來，郡王妃和長寧師太辯佛法，長寧師太說善惡到頭終有報，要多行善舉將來才能積福，還提到了《孝經》，讓郡王妃依此孝敬老夫人。」

申嬤嬤又驚又喜，轉頭去看周老夫人。

周老夫人雖然不露喜怒，臉色卻比平日裡好了許多。

那婆子道：「郡王妃也無話可說。哪家晚輩不要孝順長輩呢？百事孝為先，這個是誰都懂的道理，郡王妃就算再怎麼樣也不能對老夫人不聞不問。」

申嬤嬤看了那婆子一眼。

婆子知道失言忙住了嘴，向周老夫人行了禮束手退下去。

屋子裡沒有了旁人，申嬤嬤走到周老夫人身邊低聲道：「奴婢依照老夫人吩咐的和長寧師太說了，讓長寧師太小心些。郡王妃本是不相信這些的，咱們家裡從來沒這樣看過病症，更沒用到過符，如何今天將師太尋來？」若是長寧師太給了符，老夫人的病還不好，郡王妃就可以大肆傳揚，長寧師太怎麼會不明白她話裡的意思，無論誰這時候都要想方設法自保，何況之前還有信親王妃的幫忙。

周老夫人道：「琳怡讓人將符拿走，是不肯信長寧師太的話了？」

申嬤嬤頷首。「想必是如此。」

京中女眷信長寧師太的人可是不少，宗室婦還抄寫佛經為太后娘娘盡孝，都是經長寧師太一手安排，若長寧師太是騙子，那大家豈不是竹籃打水一場空，白白花了銀錢和精力？皇上現在徘徊在太后娘娘和皇后娘娘之間，琳怡為了娘家幫著皇后娘娘，不惜得罪這麼多人，就沒想想萬一皇上不立二王爺為儲君，康郡王府能不能全身而退。

周老夫人喘口氣。「嫁過來為宗室婦，就要事事以宗室營為先，整日裡顧念著娘家，將元澈迷得團團轉，我雖然老了不中用，在她手裡將來沒有好下場，她也未必能護著娘家善終。」

申嬤嬤眼圈一紅。「老夫人可不能說這種話，您身子骨向來硬朗，不過是因大老爺……才動了根本，將來好好養著，一定……」

「我還能如何？」周老夫人睜開眼睛微微一笑。「我就是嚥不下這口氣，我自從嫁到這邊來，辛辛苦苦地侍奉他，最終卻落得這個下場。年輕時我不懂還傷心，偷偷靠在櫃子裡哭，生怕被下人看到，心裡想著他對我總有些情分，他臨死前……妳也看到了，若是不看著他們沒落，將來我死了怎麼將這消息捎給他？死之後我可不怕他能不能容得下我……」

申嬤嬤的眼淚終於落下來。「您能長命百歲，將來大爺成親，還要四世同堂。」

周老夫人搖搖手。「我正經的兒子沒有前程，硬扶持了野種，能讓我嚥了這口氣，我就是下十八層地獄也值得。」

申嬤嬤掩袖哭起來。

第三百零八章

晚上胡桃尋小丫鬟去擺果盤，進了鹿頂的房子，就聽幾個小丫頭議論長寧師太失禮的事。「一個出家人怎麼能這樣張狂，連郡王妃也敢衝撞？若是脫了那層僧衣，還不要拿刀弄杖尋死覓活。」說起這個，大家又七言八語說宗室營不少府上請長寧師太醫治病症，要說這符就能醫百病，朝廷怎麼有太醫院沒有奉這些僧道呢！有的說：「怎麼沒有，不是有上清院嗎？」這話一出，頓時喧騰起來。

胡桃聽得越說越不像話，咳嗽一聲掀開簾子，小丫鬟頓時住嘴，都起來向胡桃行禮。

胡桃盯了幾個丫頭一眼，幾個人臊皮起來都低下了頭。

「郡王爺回來了，快過去伺候。」

小丫鬟應了聲，依次退出去，該擺盤的去擺盤、端水的端水，好一陣子忙活。周十九和琳怡吃過飯去內室裡說話，屋子裡才又安靜下來。

琳怡給周十九整理挽起的袖子，他道：「宮裡的信嬪娘娘召長寧師太這兩日進宮講法。」

琳怡手停下。將今天和長寧師太爭吵的事告訴周十九。「這事今天就傳了出去，長寧師太進宮講法，宮裡的娘娘一定會問。」就算不問，自然也會有人一字不漏地說到宮裡去。建金塔之事，康郡王府只出了幾百兩銀子，加上這次她幾乎是將長寧師太攆出府去，太后娘娘薨前身邊的紅人都被她得罪了。

周十九低聲道：「這幾日要好好準備，保不齊哪日就會召妳進宮。」

她知道。安排了這麼多，就是等到進宮在皇后娘娘面前說話，她一個內宅的婦人雖然微不足道，可是有些話還要經她的嘴說。

琳怡道：「若是成了，長寧師太是什麼罪名？」寫符不如從前的巫蠱，畢竟是動搖社稷的大罪。反過來，若是皇上怪罪康郡王府，將不孝的帽子扣下來，別說周十九的前程，就是爵位恐怕也要難保。這時候人人手裡都要拿把匕首，適時披荊斬棘。

琳怡抬起頭，迎上周十九熠熠的目光。

「別怕。」周十九輕聲道。「一切有我，不管結果如何，我都會想法子保住我們平安。」

琳怡靠上周十九的肩膀。無論面臨什麼結果，她都相信周十九有法子全身而退。只是每每想到皇后娘娘對她的維護，她就心中不安。

嫁雞隨雞嫁狗隨狗，如今父親已經全身而退，她不再有疑慮，周十九支持三王爺，她也會儘量順著周十九的意思幫忙。

「商船的消息進了京，衙門裡有沒有動靜？」

周十九道：「已經有文官參奏我們武將鼓動皇上建水師開海禁，動搖國本。科道那邊，接任岳父的劉承隸是個穩重的，在朝上什麼話也沒說。」

換作父親恐怕早就按捺不住，怪不得三王爺如此費心要將劉承隸安插接管科道。

周十九道：「我正讓人打聽商船的真正消息。」

琳怡靜靜地聽著周十九說話。

「我知道領商船出海的將軍和皇后娘娘一黨有些淵源，皇后一黨在商船出海前就有了些安排，二王爺被順利立為儲君則罷，若是不然，進京前必定要有些安排。」

周十九的意思，琳怡隱約明白。

他耐心地解釋。「商船若是順利進京，就沒有了現在的爭端，恰恰是商船遇險，五王爺一黨才會覺得有了時機能扳過這一局。皇上喜歡五王爺，想要皇上下定決心立二王爺為儲君，就要讓五王爺犯錯。」

所以這次應該是皇后一黨給五王爺一黨設下的陷阱。可畢竟商船在海上的那一邊，真真假假不到最後誰也分辨不清。

「三王爺從中推波助瀾，想法子先要壓住五王爺一黨，這樣才能讓二王爺和五王爺勢均力敵。」

只有兩個敵人實力相當，最終才能拚得你死我活。

政事比什麼都要血腥。

過了幾日就到立秋，宗室婦要進宮送蘇葉、椴葉和各種點心，琳怡和幾個宗室婦邊說話邊將帶來的點心放在景仁宮內殿的案桌上，宮人將點心逐一察看，然後挑選做得精美的送到皇后娘娘面前。

獻郡王妃和蔣氏將琳怡拉去旁邊坐下說話。獻郡王妃道：「聽說長寧師太治好了僖嬪娘娘的病，如今慈寧宮那邊的幾位太妃都請長寧師太過去說話。」說到這裡擔憂地看向琳怡。「妳要小心些，現下籌備中元節，難免會有風言風語。」

中元節是佛教盂蘭盆會和道教地官齋會，這時候哪家都要進香作法事，宮中請了普遠大師為太后娘娘進福。

中元節又是孝親節，去年就有風言風語說她不敬長輩，今年她將長寧師太攆出府去，更添了口舌。

大家在正殿坐了一會兒，等著拜見了皇后娘娘。皇后娘娘留下宗室婦賜家宴，眼見家宴的時辰將到卻還不見皇上的蹤影，皇后娘娘吩咐宮人開宴。

大家表面上安分守己、禮數周到，背地裡卻在悄悄議論。

商船沒有按時歸來，朝堂上亂作一團，皇上整日裡在南書房處理朝政，連同家宴都沒時間露一面。

吃過宴席，皇后娘娘開始分別召見女眷，大家在內殿進進出出，開始有各種消息傳開。

蔣氏起身走了一圈，回來坐到琳怡身邊。「聽說今天普遠大師上香祈福，誰知道那香卻從底下著起來，此為不祥之兆。」

琳怡飛快地掃了一眼內殿。怪不得剛才皇后娘娘臉色不好，臨近中元節，此時上香是很講究的。這樣一來，無論誰都會驚慌。

大家說著話，皇后娘娘讓宮人將召見過的命婦帶去後花園裡遊玩。放眼望去，大殿裡不過剩下五、六個人。

大家互相張望，禮貌地打招呼，然後低下頭和身邊的人悄悄說話。留下來的都是年紀比較小的宗室婦。內殿裡人少了，說話的聲音就格外清楚，大家不能再放肆地交頭接耳，還好時間過得很快，琳怡被最後一個叫進內室。

皇后娘娘手扶著鳳凰紅緞圓枕，看著琳怡行了禮，微微一笑讓女官賜坐。

皇后上下看看琳怡。「生了孩子，怎麼還這樣纖瘦？」

琳怡回道：「妾身是隨了母親。」長房老太太總是這樣說，蕭氏就是怎麼也豐腴不起來。

皇后頷首。「孩子怎麼樣？聽說皇上賜了『暉』字。」說著笑容更深。「是好名字，要知道宗室營裡好字用得多了，想要取好聽又寓意好的不容易。」

比暉哥晚出生行二十的孩子就用了「春」字，永春，用作女孩名字也就湊合，男孩子怎麼都覺得怪怪的。

琳怡起身謝恩。「要不是皇后娘娘賜下的女官幫襯，妾身也不能母子平安。」

說起這個，皇后娘娘鳳目輕抬。「是妳有福氣才能熬過這一關。」說著頓了頓。「我聽說是姻語秋施針才幫妳止住血。」

琳怡不敢隱瞞。「是有位張風子將止血的針法教了姻先生。」

皇后對張風子的事早有耳聞，既然提起來了，就想問個清楚。「都說張風子和番僧學了些妖術，妳親身體會可是如此？」

張風子就因這樣的罪名下了大獄。琳怡身子坐得更直。「依妾身來看，針術和灸術在《病能論》和《史記》中都有記載，最早可見《黃帝內經》，絕不是番僧的妖術。姻先生給妾身針灸過後，還依照張風子所說寫了張方子，這樣內外兼治，妾身才得以痊癒。」

皇后聽著，拿起矮桌上粉彩荷花茶碗來淺酌了一口，抬起清亮的眼睛看向琳怡。「妳是知曉本宮會問起張風子的事，所以早就想好了怎麼為張風子辯駁。」說著目光微深。「本宮第一次見到妳，就知道妳是極聰明伶俐的，只是妳年輕難免太過大意，什麼該說什麼不該說要想清楚，免得言多語失，惹禍上身。」

這是告誡她不要動太多心思。皇后娘娘向來和藹，能直言告誡她已經是萬分嚴厲。張風子的事她還該不該接著往下說，若是說多了，恐怕皇后娘娘立即就會讓她退下。

雖然已經是立秋，卻沒有半點的風吹進來，琳怡的領子上立即感覺到汗浸的濡濕。這次進宮，她還有更重要的事要做，一步走錯前功盡棄。琳怡仔細聽著內殿裡的聲音。皇后娘娘這樣說必然有她的深意。

琳怡臉上肅然，忙起身跪下來，深吸一口氣，漸漸冷靜下來，攥起了拳頭裝作是十分緊張的模樣。「皇后娘娘訓斥得是，妾身是想要替張風子說話，那是因為妾身受他恩惠，所以才拿定主意，若是有機會必然實話實說。剛才皇后娘娘問起，妾身心中大喜，一是能盡到臣子的忠心，二是能得償所願還了恩情，話就多了起來。」

皇后牡丹花的護甲輕輕一動，琳怡的頭更低了些。

「妳倒是不瞞著本宮。」皇后說著嘆口氣。「起來吧。」

琳怡這才慢慢地站起身，退到一旁站著。

皇后神情莊重看不出喜怒。「張風子的藥方妳可記得？」

琳怡忙道：「妾身記得。」

候。

「寫下來，改日本宮讓太醫院瞧瞧，是不是如妳所說，張風子用的不是番僧伎倆。」

琳怡心中一輕。張風子的案子壓了幾個月，如今朝中爭論海禁之事，現下正是該提起的時候。皇后娘娘剛才告誡她，是做給那些眼線看，好讓人知曉她和皇后娘娘並非早已經串通好。

宮人準備好紙筆，琳怡走過去寫藥方，提起筆來手一抖，墨頓時滴在紙上，琳怡歉意地看向旁邊的女官，女官頷首重新換了一張紙，琳怡又寫錯了一次，這才將藥方呈上去。

皇后只看了一眼就吩咐女官將藥方放起來。

「女眷都去哪裡了？」皇后問起來。

旁邊的女官忙回道：「都在御花園裡。」

皇后頷首看向琳怡。「陪著本宮走走。」

琳怡行禮應一聲，輕手輕腳地跟在皇后身邊侍奉。

第三百零九章

出了景仁宮，往東走就是內宮的小花園，命婦都聚在那裡說話。

女官在一旁稟告。「鳳儀亭已經收拾好了，娘娘去那邊小坐吧！」

鳳儀亭是皇上大婚之後特意為皇后建造的，原來不過就是花園中的八角小亭，後來推翻重建，亭頂是一隻鳳頭，周圍是能拆卸的雕花窗，到了夏天將窗子摘下掛上紗簾，被風一吹就像一隻飛翔的鳳凰，故名鳳儀亭。

「都說妳針線上細緻，康郡王的衣服常有些別致的花樣，上次惠和郡主進宮還說起來，我看那手做的盤扣是極好的，比內務府送上來的精緻許多。」

琳怡低頭道：「只是粗劣的本事，在福寧時見過繡娘做，自己就改了改，大家會覺得好看，是因為之前沒有人在扣子上下功夫，不過只是中看不中用，不太好繫，放在袖口做些點綴倒是好。」

皇后娘娘頷首，像是想到了什麼仔細思量。「本宮年輕的時候也愛做些小東西，族中姊妹不少，京裡還有幾個手帕交，大家聚在一起總想著自己身上出些彩，只有在佩帶上下功夫。」回想起那些日子過得很暢快，一轉眼間，她身邊的人都不在了，她做了皇后不但沒讓他們得利，反而受了牽連。

要不是太后娘娘看重的惠妃在大選前崴了腳，也不會選她為后，大家都說她命格極貴，乃是天意如此。現在想想，她情願和惠妃對換，哪怕在後宮做一個籍籍無名的貴人，孤老宮中，尚能保住全家性命。

皇后想著看到自己宮鞋上的鳳凰，嘴角浮起一絲極淡的笑意。年少時的意氣終究不敵歲月蹉跎。皇上變了，她也變了。她不能怪皇上情薄，皇上也不要怪她為自己盤算。

花園裡的青竹落在青石路上，遮出斑駁的影子。

琳怡陪著皇后走過去，一陣風吹過正覺得清涼，隱約聽到不遠處有爭執的聲音。皇后皺起眉頭，旁邊的女官立即道：「是誰在那裡？」

青石路轉彎處走出幾個宮人，接著是一位身著粉色妝花褙子的命婦。琳怡忙低下頭向來人行禮，那人也顧不得其他，上前給皇后娘娘請了安。

「麗嬪不在宮中歇著，怎麼倒來了這裡？」皇后表情平和，聲音中卻帶著威嚴。

麗嬪臉上明顯露出懼意，可不知想到了什麼，脊背卻挺直了些，對著皇后娘娘跪下來。「皇后娘娘，您救救臣妾肚子裡的孩子吧！臣妾就算來世做牛做馬也要報答皇后娘娘。」

這樣熟悉的話，就算在內宅也是常見的。妾室向來這樣求正室，尤其是麗嬪楚楚可憐的模樣，任誰看了都要心生憐愛。

「太醫院不是已經診治了？妳只要按時服藥，好生養著，自然該有好轉。」皇后說著看向麗嬪身邊的女官。「若是身邊人手不夠，本宮多給妳撥幾個伺候。」

女官嚇得腿抖忙伏地道：「奴婢該死，奴婢勸不住主子，奴婢不敢硬攔主子。」

麗嬪趁著這個機會東張西望，不知道在找誰，皇后娘娘彷彿也沒有看到似的，也不讓人將麗嬪扶起來，嘆口氣，低頭看著麗嬪。「妳到底想要本宮怎麼做？」

麗嬪彷彿看到了希望，慌忙道：「奴婢聽說作些法事能為孩子祈福，眼看就是中元節，最是靈驗，宗室營裡有婦人因此保住了孩子。」眼睛一轉看到琳怡，才想起琳怡是宗室婦，立即向琳怡求救。「那個長寧師太為僖嬪姊姊治好了病。」

聽到提起長寧師太，琳怡目光一縮，避開了麗嬪的注視，不由自主還向後退了半步。

皇后注意到琳怡的異樣，沈吟片刻讓人將麗嬪扶起來。「妳先回去歇著，我問問情形自有計較。」

麗嬪還不肯走，過去攙扶的女官低聲道：「娘娘您莫要亂動，小心傷了肚子裡的龍種。」

麗嬪這才軟下來。

等麗嬪一行人走遠，皇后娘娘在鳳儀亭裡坐下，琳怡站在一旁不敢說話。

半晌，皇后抬起頭看琳怡。「這裡沒有旁人，有什麼話妳就說吧！」

琳怡跪下來，低下頭。「妾身不敢亂說。」

皇后道：「但說無妨。」

琳怡抿了抿嘴唇。「妾身也請過長寧師太為老夫人治病……臣妾覺得長寧師太徒有其名，不可信。」

皇后訝異地看向琳怡。

到了這個關頭，琳怡倒比什麼時候都要冷靜。「出家人以慈悲為懷，長寧師太不像是這樣的人。」

皇后靜靜地看著琳怡。「妳倒是和別人說得不一樣。」

不管是對張風子還是長寧師太，她都是和別人的說法截然相反。琳怡沈著眉眼。「妾身也只是說妾身知曉的。妾身請了長寧師太來給嬸娘治病，長寧師太說的話讓妾身萬萬也想不到，就算是三姑六婆也決計不敢那樣說。」

整個鳳儀亭更加安靜下來，皇后臉色稍沈。「長寧師太說了什麼？」

琳怡下意識地深吸一口氣，將長寧師太說的話一股腦兒地稟告給皇后娘娘。「長寧師太說，我們老夫人的院子太過冷清，所以才會邪祟侵體，佛家信因果和六道輪迴，萬事要做到就會有福報，所以佛偈講人人向善，對萬物慈悲。」

皇后道：「這話仔細論起來也沒有錯。」

琳怡眉眼中更多了謹慎。「妾身也覺得沒錯，我問長寧師太該如何積福驅邪，長寧師太說，我該勸我們老夫人一心向佛、精心潛修，才能化解身上罪孽，若是不然，整個康郡王府將來也會被牽連，若是老夫人不肯，就要將老夫人遷出府去，方可讓康郡王府平安。」

皇后聽到這裡皺起眉頭，臉上多了些威嚴。「長寧師太果然這樣說？」

琳怡恭謹地道：「妾身萬不敢亂說，皇后娘娘可將長寧師太喚來問清楚。就因這個，妾身才將長寧師太請出府去。」

長寧師太在京中已經小有名氣，為什麼會這樣說？皇后娘娘思量著沒有說話。

琳怡道：「妾身這幾日想來想去，長寧師太大約是在宗室營聽到了閒話。」說著頓了頓。

「外面人都說，我們和老夫人之間因大老爺和大太太的事生了嫌隙，我將長寧師太找來給老夫人治病，長寧師太大約是以為我想要將老夫人送出府去，所以才會給我出這樣的主意。

「長寧師太以為我會藉著老夫人和康郡王府相沖的事，將老夫人送回老宅去，這樣一來算是給我了卻了一樁心事，我就會像其他人一樣年年給她供奉。」琳怡躬身道。「郡王爺和妾身是一心要奉養老太爺、老夫人終老，妾身尋醫問藥是想要老夫人康健，絕不是虛情假意，長寧師太勸我不成，再也沒敢登門。」

所以長寧師太沒有治病的本事，而是善於察言觀色、猜測人心罷了。論起來，所有的僧道都是如此，就連有名的杏林聖手都不能醫治百病，一道符怎麼能萬事大吉！

這宮中，偏偏最相信僧道的是太后娘娘和皇上，其他人只能迎合，誰敢說什麼閒話。皇后一陣沈默，才轉頭吩咐身邊的女官。「妳去太醫院再請御醫去看麗嬪。麗嬪懷著皇上骨血，大意不得，讓他們小心伺候，一定要保麗嬪母子平安。」

旁邊的琳怡吁了口氣。到目前為止，一切順利，她心中也算有了底。

女官忙將皇后娘娘的意思傳下去。

一會兒工夫，宗室婦都陸續過來給皇后娘娘請安，拜謝皇后娘娘賜宴。時辰不早了，大家陸續出宮，琳怡和蔣氏幾個走在後面，蔣氏還沒尋到機會和琳怡說話，就有宮人一路跑來將琳怡攔下。「皇后娘娘請康郡王妃去景仁宮說話。」

剛從景仁宮出來又要回去，定是因剛才她說的那些話。琳怡心中生出不好的預感。從進宮開始，為張風子辯白，揭露長寧師太，一切都太過順利。

蔣氏擔憂地看向琳怡，琳怡輕輕頷首，跟著宮人回到景仁宮。

景仁宮外，宮人站了兩排，見到琳怡行了禮，便默立著一言不發，這樣一來顯得內殿裡的哭聲尤其清晰。

琳怡抬頭看向身邊的女官，女官似沒有聽到的模樣，臉上只有謙恭的神態。

琳怡站在殿外等著宮人進去通稟，簾子掀開的一瞬間，琳怡順著聲音向殿內望進去，裡面人影幢幢，看不清楚，卻是麗嬪娘娘哭訴的聲音。

麗嬪是去年才被選進宮的，頗受皇上寵愛，如今又懷有身孕，多了依仗，連皇后娘娘的話也不肯聽，一而再再而三地找上門，明擺著是不達目的絕不干休。

內殿裡的哭聲斷斷續續，宮人來領琳怡去旁殿坐下，和內殿只隔一道隔扇，隔扇沒有關上，麗嬪娘娘的聲音更加清晰。

皇后娘娘道：「要想為小皇子祈福，德高望重的大師也不是沒有，何必非要請長寧師太？」

麗嬪哭哭啼啼道：「臣妾的孩子還沒出生，如何敢大動干戈？正巧長寧師太在慈寧宮，臣妾就動了心思。」

皇后皺起眉頭，不免斥責麗嬪。「小皇子的安危事大，豈容妳胡來？妳身子不好，我勸誡妳不要折騰，妳怎麼就聽不進去，非要我按規矩罰妳閉門思過不成？」

麗嬪哭得嘴唇蒼白，狠命地咬了咬才道：「皇后娘娘可記得信嬪姊姊請長寧師太進宮講佛的事？」不等皇后說話，接著說：「那時候長寧師太就看出臣妾氣色不好，恐有病氣，開始臣妾還不信，果然沒幾日就病倒了，太醫院開了許多劑湯藥也不見好，臣妾就想既然是長寧師太早就看出來，定然有治病的法子，臣妾是為了肚子裡的小皇子啊！」

琳怡垂著眼睛看袖口的刺繡。麗嬪娘娘也真是膽大，孩子還沒生下來就敢一口一個小皇子地叫起來。

皇后眼睛清亮地看著跪在地上哀求的麗嬪，癱哭在地上如同一朵雨後的梨花，濕潤中帶著嬌豔，在風中瑟瑟發抖，的確有旁人難及的氣色，怪不得皇上會寵愛她。皇后想著，嘴角露出一絲笑容，像是笑麗嬪又似在自嘲。沒有誰比她更清楚最靠不住的就是皇帝的寵愛。

「而且，」麗嬪捂著肚子，渾然不顧地開口。「長寧師太早就算到朝廷商船出海不利，現下也應驗了啊！」

琳怡攥起了手帕。

皇后娘娘臉色霍然變得鐵青。「住嘴！這種話妳也敢說?!」

麗嬪肩膀一縮，面如白紙。「臣妾一時口誤，臣妾也是聽宮人傳起來的，以為皇后娘娘早已經知曉。」

「妳是聽誰說起的？」

威嚴男聲響起，彷彿就在她耳邊，琳怡嚇了一跳，回過神來隱約看到一個魁梧的影子從門口一掠而過，三、兩步就進了內殿。

琳怡心中一顫，忙起身跟著殿裡的女官行禮。

內殿裡也傳來請安的聲音。

皇上所到之處必有天子的禮樂，誰也沒想到天子會悄悄地走進景仁宮。

「朕問妳，妳是聽誰說起的？哪個宮人？」

皇帝聲音低沈，壓得人透不過氣來，麗嬪腿一軟，幾乎跪立不住，可想到皇帝這些日子的寵愛，小心翼翼地抬起頭，看到皇帝熟悉的臉龐，昔日的情分頓時顯現在眼前，又重新有了氣力。

「是從僖嬪娘娘身邊的宮人那裡……宮中都在傳……也不知最早是誰說起。」

皇帝抬起眼睛看麗嬪，麗嬪欣喜地對視，卻在皇帝眼睛中找不到焦點，不知怎麼，一時之間冷汗從腳底冒上來。

第三百一十章

皇帝道：「長寧師太說妳是什麼病？」

麗嬪本已害怕，沒想到皇上會這樣問，怔愣半晌支支吾吾。「身子……虛……」

皇帝挪開眼睛，不知在想什麼。「太醫院不是已經開了補藥，妳還覺得不舒坦？」

「臣妾……臣妾……」麗嬪無話可說，看著皇上表情凝重，心中著急，想起平日裡撒嬌，皇上無可奈何的樣子，立即軟綿綿地掉起眼淚。「臣妾……是害怕……害怕小皇子有閃失……皇上……」說著膝行到皇上跟前，伸出手來拉住皇上的靴子。「皇上……小皇子在臣妾肚子裡動得少了，臣妾心慌。」說著抬起頭，看到皇上嘴角輕翹起一絲笑容，徹底僵在那裡。

「小皇子。」皇帝這次將視線都聚在麗嬪身上。「是長寧師太告訴妳的？妳懷的是皇子？」

麗嬪瞪大了眼睛，眼淚也停留在眼眶裡。

「長寧師太告訴妳怎麼才能生下皇子，所以妳才急著尋她，朕說得對也不對？妳心生不寧的是怕沒了長寧師太作法，妳就生不出兒子。」

麗嬪嘴唇嚅動兩下，什麼話也沒說出來。

「皇上，麗嬪還懷著孩子。」皇后娘娘柔聲勸說。

皇帝沒有理會，吩咐身邊的宮人。「去慈寧宮，將長寧師太帶來，我要問問清楚，看看麗嬪肚子裡懷的是不是皇子。若是，麗嬪也該抬抬位分，若不是，麗嬪就是犯下欺君之罪，禍及滿門。」

聽得這話，地上的麗嬪額頭青筋爆出、眼睛血紅，彷彿喘息困難，搖晃兩下，倒在地上不省人事。

女官忙著將麗嬪抬去榻上歇著，剛才麗嬪還哭得傷心，現在卻不敢發出半點聲音。內殿裡帝后也沒有說話，只等著宮人將長寧師太帶來。

皇上的怒氣讓整個景仁宮如置冰窖。

被宣召的長寧師太進了大殿，恭敬地向帝后和麗嬪娘娘行了禮。

皇上看向麗嬪。「用不著朕替妳問吧？」

麗嬪這才慌忙讓人攙扶著走到長寧師太身邊，看到皇帝的陰沈，話還沒問出口就又要昏倒。

皇帝臉色陰沈，不肯開口饒過麗嬪，麗嬪只得跪下來哀求。

皇后想要替麗嬪說情，皇帝伸出手來制止。

內殿一下子安靜下來，長寧師太抬起頭，視線飛快地向周圍掃了一眼。

皇帝眼睛微抬，伸出手來指向麗嬪的肚子。「告訴朕，這肚子裡懷的是皇子還是公主？妳不是有未卜先知之能，再跟朕說說，朕若是立這孩子為儲君，他能否成為賢君聖主？」

內殿裡所有人臉上都一閃驚訝，尤其是麗嬪連喘息也不能，緊緊地抓著手裡的帕子，咬死了嘴唇。

皇帝頓了頓，將手指挪向麗嬪，手腕上的碧璽珠輕晃，不疾不徐。「再替她算算，她能不能母儀天下，坐上皇后的位置？」

麗嬪徹底驚駭地喘不過氣來，忙彎下腰將光滑的額頭磕在光可鑑人的地上。「臣妾錯了，臣妾再也不敢亂說，皇上饒命，皇后娘娘饒命……臣妾錯了……臣妾知錯了……皇上饒命……皇后娘娘饒命啊……」

長寧師太也明白過來，顫抖著跪在地上。「皇上明鑑，整件事和貧尼沒有關係，麗嬪娘娘讓貧尼算，貧尼也只能聽命。這富貴榮華乃是天命，豈容貧尼來算？皇上金口玉言，說是什麼就是什麼。」

皇帝很是失望，仍舊讓人看不出喜怒。「朕聽說師太不但會講佛經，還會治病救人。」

長寧師太道：「貧尼只是侍奉佛祖，為貴人作法祈福，其他的萬萬不會。」

皇帝神情錯愕。「就是妳也不能保證麗嬪肚子裡懷的一定是皇子？」

長寧師太幾乎趴在地上。「不能……不能……貧尼……斷沒有這樣的本領。」

皇帝嘴角莫名地爬上些許笑容。

麗嬪張開手指，彷彿要抓住長寧師太。「明明是妳告訴本宮，若是請妳作法就能生下皇子！」

長寧師太更加惶恐。「出家人不打誑語，貧尼沒說過這樣的話。」

麗嬪指指長寧師太，慌張地看皇帝。「皇上……皇上……臣妾說的才是真的……」說著似是想到了什麼，膝行幾步。「臣妾知道了……是有人要害臣妾……有人看到臣妾懷了孩子就害臣妾，一定……一定是……僖嬪，是僖嬪！長寧師太是給僖嬪看過病才和臣妾說的……僖嬪有了皇子……她怕臣妾也懷皇子壓她一頭……她怕……都是因皇上寵愛臣妾，她們才會這樣對臣妾下手！皇上您說過，您什麼時候都會保護臣妾母子……皇上……」

琳怡聽著麗嬪歇斯底里的叫喊，可想而知，麗嬪臉上已經沒有了楚楚動人的神態。

皇帝沈吟著半晌看向麗嬪。「奪去麗嬪封號，禁足一年，念她平日侍奉朕也算盡心，不牽連母家。」

麗嬪聽得這話，側身躺倒在地，身邊的女官急忙上前攙扶，麗嬪哆哆嗦嗦地謝恩，退出了景仁宮。

皇帝也跟著站起身來，走了兩步到長寧師太跟前，卻又想到了什麼。「妳可是在宗室營治好了不少婦人的病症？」

長寧師太嚇得不敢抬頭。「貧尼只是受佛祖指引，麗嬪娘娘的事真的和貧尼沒有半點關係。」

「事到如今還不肯說實話。」

皇后娘娘親手端了熱茶給皇上，皇上坐下來喝茶。

皇后娘娘問長寧師太。「妳是不是和康郡王府說，康郡王府的老夫人從此之後要一心向佛、精心潛修，才能化解身上罪孽，不然整個康郡王府將來也會被牽連？若是老夫人不肯，就要將老夫人遷出府去，方可讓康郡王府平安？」

長寧師太不安地縮起頭。「貧尼不曾有這樣的話。」

皇后娘娘冷笑道：「這麼說來，麗嬪娘娘和康郡王妃都在冤枉妳了？」說完看向身邊的女官。「將康郡王妃請過來。」

女官在大殿裡立了屏，琳怡站在屏風外行禮。隔著屏風，琳怡依舊感覺到凌厲的視線落在她身上。皇上對長寧師太的事依舊有疑惑，否則就不會罰了麗嬪娘娘，還留在景仁宮。

皇后娘娘的聲音傳來。「康郡王妃將和本宮說的話，再重複一遍。」

琳怡應諾仔仔細細地將整件事說了清楚。「妾身和長寧師太起了衝突，這是宗室營都知曉的，就因為這個，妾身才將長寧師太送來的符還了回去。」

到這樣的關頭，已經不是簡單兩句話就能推個乾淨。長寧師太沒了法子，才說實話。「貧尼不敢亂說，也是確有此事。貧尼到了康郡王府，就有老夫人身邊的嬤嬤來向貧尼要鎮壓的符，那位嬤嬤吞吞吐吐說，老夫人氣勢被壓才會身子不爽利。在康郡王府能壓老夫人一頭的無非就是康郡王妃，貧尼這才猜想果然如外面所說康郡王府女眷失和，這樣一來，家宅中必不安寧。貧尼多少年出入內宅，已經見慣了這些，為了讓康郡王妃信貧尼，貧尼才在康郡王妃面前說出那樣的話，誰知康郡王妃不但沒按貧尼所說的做，還將符還給了貧尼。這次貧尼是鬼迷心竅，從前絕沒有這般……請皇上、皇后娘娘明察。」

琳怡被長寧師太的話驚得手腳冰涼。

皇后看向長寧師太。「康郡王妃聽了妳的話，就等於將把柄送到妳手中。哪個晚輩敢如此不敬長輩？說到底妳還是一心想要害人。怪不得康郡王妃說妳不像個出家人。」

琳怡跪下來，淒然道：「皇上、皇后娘娘要為妾身作主，妾身差點就被扣上不仁不孝的罪名。」

皇帝放下手裡的茶碗，去摸手腕上掛著的玉牌穗子，復又起身，走到長寧師太跟前，停頓了片刻，伸出手神情肅冷，聲音陡然高昂。「信親王還極力舉薦妳和普遠大師。」手指狠狠地點了長寧師太兩下。「還有人請妳去講佛，真是白白糟蹋了佛法。」

長寧師太嚇得縮在地上。

皇帝抑揚頓挫。「脫了她的僧衣，打入死牢，秋後處斬。」

「皇上饒命！」長寧師太忙叩首求饒。「貧尼還為太后娘娘籌辦過金塔，作過法事啊……」

皇帝收回手，聲音輕快，臉上的怒氣好似消散了不少。「原來妳仰仗的是這個。靠著太后的名號害人，更加罪無可赦，太后泉下知曉妳正法，也會欣慰。」

轉眼間，就有內侍進了內殿，將長寧師太抓了出去，長寧師太大聲嘶喊如喪考妣，聽得人更是生厭。

內侍拿出絹子堵住長寧師太的嘴，刺耳的聲音才中斷。

皇帝站在原地良久，彷彿自言自語。「他們真覺得朕老了……」說著挪開腳步走出內殿。

皇后娘娘忙行禮，琳怡也恭謹地低頭躬身。

堅定穩健的腳步從她眼前一晃而過，接著是聖駕禮樂聲音漸行漸遠。琳怡終於鬆懈下來。

女官忙著撤掉屏風，殿內沒有別的聲音，不知道哪裡來的一陣風吹到身上，讓人覺得有些冷。皇后娘娘就坐在臨窗的大炕上，風依稀能捲起她的衣襬。

想想皇上對麗嬪和長寧師太的處置，反過來，如果她們落了下風也會是這種下場。

伴君如伴虎，也怪不得皇后娘娘會心灰意冷。

皇后娘娘長長地嘆口氣，看到琳怡目光柔和起來。「時辰不早了，回去吧。」

第三百一十一章

琳怡回到康郡王府，才覺得壓在身上的重石真的落下。

白芍忙捧來熱茶給琳怡，琳怡端起茶碗顧不得喝，吩咐白芍。「將屋裡屋外仔細找一遍，看看有沒有什麼古怪的東西。」

白芍一怔，隨即明白過來，叫走了剛進門的胡桃，兩個丫頭帶著人還是翻箱倒櫃地找起來。內室裡沒找到東西，東側室和小書房裡也沒有。

乳娘將暉哥抱過來給琳怡看，琳怡忽然想起，吩咐橘紅。「將暉哥的屋子找一找，只要不是我們屋裡的都拿過來給我看。」

乳娘和奶子都嚇了一跳，小心翼翼地去看板著臉的琳怡。

不多時，橘紅拿著只粉緞繡了雙蝶的荷包進門，乳娘身邊的奶子一下子就跪在地上。「這是申嬤嬤給奴婢的，要奴婢縫在世子爺床下的墊子裡，奴婢不敢做，就放在包袱裡。」

琳怡接過荷包，從裡面抽出一張符紙，上面用朱砂寫畫的圖案遠遠看去就像一張鬼臉。旁邊的乳娘驚呼出聲，手也抖起來，看向跪在地上的奶子。

「這符是什麼意思？」琳怡看向地上的奶子。

奶子拚命搖頭。「奴婢也不知道，奴婢看著駭人才藏了起來。」

乳娘也跪下來。「奴婢沒見過這個，若是見到一定會向郡王妃稟告。」府裡選奶子，是她幫著鞏嬤嬤一起選的，前兩日她還為兩個奶子說好話，要了些賞賜，沒想到這就出了事。想到這裡，乳娘狠狠地看奶子。「郡王妃待妳不薄，妳怎麼能做出這種事來?!」

那奶子不敢隱瞞。「是申嬤嬤。奴婢來府裡之後才知道，和申嬤嬤娘家沾著親，申嬤嬤來了幾次，囑咐奴婢要看好小世子，將來幫奴婢說話留在府中尋份差事，奴婢這才和申嬤嬤有了往來。奴婢是吃了豬油蒙了心，早該將這件事告訴郡王妃。」

乳娘道：「怪不得這兩天世子爺睡不安穩，原來是妳做的好事。」

乳娘的話才說到這裡，只聽外面傳來低沈的聲音。「這是在找什麼？」

是周十九回來了。

琳怡站起身就看到周十九大步進了門。

看到屋裡的情形，周十九將目光落在地上的乳娘和奶子身上。

那目光如刀刃般鋒利，跪在地上的人嚇得瑟瑟發抖，那奶子歪在一旁，又連忙努力地跪直。

周十九坐下來，自然而然地去看矮桌上的符咒。「從哪裡搜出來的？」

琳怡道：「是暉哥屋裡。」

周十九平日裡臉上的笑容消失殆盡。「查清楚了沒有？誰拿過來的？」

已經查到了申嬤嬤那裡，算不算清楚？

琳怡還沒說話，周十九道：「關起府門，仔細地查一遍，只要有關係的人全都綁起來。」說著看向旁邊的鞏嬤嬤。「將何總管叫到小書房，我要親自和他說。」

鞏嬤嬤立即應了。

琳怡跟著周十九去套間裡換衣服。左右沒人，琳怡低聲道：「我來處置就好，郡王爺不用管內宅的事。」

說完話，手指就被握住，周十九低下頭嘴邊含著柔和的笑容。「在宮中怎麼樣？」

琳怡搖搖頭。「沒事，都很順利，只是……長寧師太被打入死牢，等待秋後處斬。」

周十九道：「長寧師太也是求仁而得仁，早就料到會有這個結果。淑妃害她全家，她在寺裡隱忍這麼多年，輾轉從陪都進京隱姓埋名，等的就是這一天。」

要不是周十九早就告訴她，她從長寧師太臉上真的看不出紕漏。長年青燈古佛，當真已經修得心如止水，卻又未能忘記恩仇，長寧師太雖然沒能真正成為四大皆空的出家人，卻是一個奇女子。

琳怡想著，臉上閃過敬佩的神色。

沒有長寧師太，任憑皇后娘娘和她怎麼說，皇上也不會這般動怒，連身懷六甲的麗嬪娘娘都不顧了，下一步定會懷疑到淑妃和五王爺身上。

從敬郡王妃將長寧師太帶進康郡王府，這個局就已經設下了。

她和長寧師太爭吵，也是為了讓流言傳滿宗室營，將來更能讓皇上相信，不管是長寧師太還是普遠大師，都是五王爺一黨尋來引起流言，改變皇上立二王爺為儲君的決心。尤其是長寧師太說，朝廷商船出海時就卜算到大凶，重建水師、開海禁，本來就用來中傷皇后娘娘，現在舊事重提，用意不言而喻。

外面傳來暉哥啼哭的聲音，周十九眉毛微皺。

「沒事，」琳怡擰了帕子給周十九擦臉。「大約是換尿布，小孩子就是這樣。」她早就讓人盯著奶子，沒有將那符咒縫到暉哥的被褥裡，周十九還是怕那符咒會嚇到暉哥。寺裡傳出的各種符咒總還是有各種靈驗的說法，她雖然不信，可是輪到暉哥，她就沒法毫不在意。「那符已經不是長寧師太拿來的，我已經讓橘紅偷著換了。」

周十九點點頭。

鞏嬤嬤在外面回話。「何總管來了。」

周十九將手裡的帕子還給琳怡。「我去安排，妳不用管，若是旁人有什麼話說，只說是我的意思。」

是怕她衝撞了周老夫人，擔上不好的名聲，可就算周十九親力親為，在外面看來他們夫妻一體……周十九自然能想到這一點，卻不去計較而是下意識地全力護著她。琳怡心中一暖，抬起頭，眼看著周十九撩開簾子去了小書房。

屋子裡很安靜，琳怡站在書房外就能聽得清楚周十九的聲音。

「這次是僥倖沒事……府中裡裡外外都要查個清楚，你是在祖宅時就跟著我的，府上帶過來的世僕也不用給顏面，不可靠的打發出府。」

何總管忙答應。

周十九表情冷漠地從小書房出來，何總管跟在後面，汗從額頭一直滑到臉上。

很快地，藏荷包的奶子就被帶走，鞏嬤嬤將乳娘盤問了一番，才放心地讓乳娘接著帶暉哥。

第二進院子查完了，何總管帶著婆子去了第三進院子，申嬤嬤正好出來打聽消息，一下子被捉個正著，何總管一邊賠禮一邊讓婆子綁了申嬤嬤和那奶子，都關進了柴房。

不到半個時辰，第三進院子就亂起來，琳怡帶著人過去看老夫人，將從暉哥屋裡發現符咒的事說了。「奶子說是申嬤嬤，申嬤嬤是嬸娘身邊的老人了，從來都是做事妥當，我也知道嬸娘身邊離不開她。」

坐在椅子上的琳怡，眼睛清澈，面容舒展，眼角帶著淺淺的笑意，彷彿是在看籠子裡的困獸。

尤其是後面的話，她再開口替申嬤嬤求情，這把火就會不遺餘力地燒到她身上。聽說琳怡從宮中回來，她本是讓申嬤嬤去打聽好消息。長寧師太去了慈寧宮為太后娘娘祈福，這是皇上天大的信任，和長寧師太有衝突的康郡王妃，在宮中定會受到冷落，誰知道長寧師太的消息還沒打聽清楚，小丫鬟匆匆忙忙跑回來說，申嬤嬤被關去了柴房。

原來琳怡一回府，將第二進院子翻過來是為了這個。想來是長寧師太在宮中失利，否則琳怡不會迫不及待地對她下手。到底是年輕人，這樣衝動好勝。老夫人目光冰冷。若是她有個三長兩短，琳怡就不怕背上逼死長輩的名聲？

「將申嬤嬤帶來，我要親口問她，我們周家待她不薄，她怎麼能這樣喪盡天良？」

老夫人嘴上說申嬤嬤，其實是在說周十九。

琳怡一臉為難。「姪媳還是覺得不妥，申嬤嬤是管事嬤嬤，這樣大張旗鼓地問恐怕傷了臉面，還是將下面查個大概……明日再問也不遲。嬸娘放心，申嬤嬤沒有功勞也有苦勞。」她已經說得很明白，老夫人再插手就是包庇身邊人。

老夫人要張口說話，誰知臉頰一紅，頓時嗆咳起來。

琳怡忙上前安慰。「嬸娘別急，換作旁人我也就不查了，暉哥還那麼小就被人這樣算計，我這個做母親的，心裡總是過意不去。」

老夫人伸出手來搖晃。「妳去……查……查個……清清楚楚。」

無論誰被關在伸手不見五指的黑屋裡都會害怕，旁人過一天，被關的人就會覺得過了好幾日，尤其是飯食每過兩個時辰就送進去。

鞏嬤嬤在琳怡耳邊道：「申嬤嬤忍不住了，和門口的婆子說話。」

琳怡頭也不抬。「誰也不許和她說半個字。」

鞏嬤嬤答應了。

老夫人來康郡王府時，將申嬤嬤一家都帶了過來，老夫人是為了身邊有得力人手好對付她，現在卻成了她手中的把柄，凡是帶來康郡王府的，都是康郡王府的下人，她這個主母有權處置。

第二天一早，申嬤嬤的兩個媳婦就進府，吵著要見申嬤嬤。何總管昨日將申嬤嬤兩個兒子帶走了，至今沒有半點消息。

申嬤嬤開始坐立不安。在內宅中，她見慣了被誣偷盜的下人，官府不會細查很快就要定案，京中年年被送去流放的犯人，最多的就是家奴。

終於聽到外面傳來鞏嬤嬤的聲音，申嬤嬤奮力撲向門板，拚命地敲門。「鞏嬤嬤，讓我見見郡王妃！鞏嬤嬤……」

翬嬤嬤目光閃爍，不去理會。火候未到，就算放出來也是問不出什麼，申嬤嬤處置下人向來有耐心，這一點，她還是和申嬤嬤學來。

翬嬤嬤細細地講給琳怡聽。「差不多了，這時候無論郡王妃怎麼問，申嬤嬤都會說實話。關的時間久了，反而能讓她想到脫身的法子。」

就是要申嬤嬤去想，怎麼才能脫掉身上的罪責。琳怡端起茶來喝。她並不是要對付老夫人和申嬤嬤，她更希望申嬤嬤能將整件事講清楚，避重就輕，將過錯推給別人，這樣的事申嬤嬤應該是常做的。

又關了一整日，申嬤嬤才被帶到琳怡面前。

琳怡還沒開口問，申嬤嬤已經迫不及待地道：「郡王妃，奴婢真的不知道那符是害人的，長寧師太說那符是安神的，陳二太太也常用，只是不能讓旁人知曉，我才讓奶子偷偷縫上去。世子爺那幾日睡不安穩，奴婢也是想幫忙。」

琳怡皺起眉頭。「哪個陳二太太？」

申嬤嬤吞嚥了一口，手緊握著，青筋在手背上浮起。「就是您娘家，陳二太太田氏。」

第三百一十二章

琳怡驚訝地怔愣片刻。「陳二太太田氏？」

申嬤嬤忙點頭。「是……不信您去讓人問，陳二太太和長寧師太早就交好，最早在信親王府見到長寧師太，就是陳二太太介紹來的。這一次長寧師太提起陳二太太，奴婢不疑有他……長寧師太特意吩咐，那荷包裡的符不能打開見光，否則就不靈驗了，所以奴婢也沒看到底畫的是什麼。」說著伏在地上。「奴婢失察，奴婢有罪，奴婢差點就害了世子爺！」

琳怡皺著眉頭思量。申嬤嬤接著道：「長寧師太是出家人，怎麼會有這樣歹毒的心腸？說不得是想讓我們世子爺因此生病，她好進府祈福拿賞銀。」

總之這件事申嬤嬤一點也不知曉，就算有罪，不過是馬虎大意。

琳怡低下頭看申嬤嬤一眼。「申嬤嬤向來都是小心謹慎，這府裡多少丫頭都是您手把手教出來的，要說旁人馬虎我信，這過錯落在申嬤嬤身上，著實讓我驚訝。」

申嬤嬤眼淚直流。「只要能見到長寧師太，奴婢要好好問她，為何這樣害我們世子爺……」

說得比唱得還好聽。鞏嬤嬤奇怪地道：「申嬤嬤真的為世子爺祈福，怎麼連我也不說一聲？大爺平日裡事無鉅細，就算是換件衣服，申嬤嬤也要問乳娘的，什麼符是說出去就不靈驗了，我可從來也沒聽說過。」

地上的申嬤嬤渾身一抖。

鞏嬤嬤恭謹地看向琳怡，道：「陳二太太知曉，不如奴婢就跑一趟去陳家問問，若有其事，也算還申嬤嬤一個清白。」

琳怡頷首。「也好。」思量片刻。「將申嬤嬤一起帶著，免得二太太想不起來。」

只是要她去陳家二房和陳二太太對質。郡王妃年紀輕輕好狠的心腸，不管陳二太太怎麼說，這個黑鍋她是背定了，申嬤嬤想到這裡就覺得心裡發顫。

屋子裡一時寂然無聲。

琳怡喝了口茶。「申嬤嬤，要不要我多叫幾個粗使婆子跟著？」

申嬤嬤嘴唇一抖。「不用、不用，這點小事奴婢一定辦好。」申家大小幾十口都在郡王妃手裡握著，她就算跑又能跑去哪裡？

「事不宜遲。」琳怡站起身，從乳娘手裡接過睡著的暉哥。「妳們早去問清楚，我心裡這塊大石也好放下。」

郡王妃的聲音柔和起來，彷彿真是一個焦急的母親。申嬤嬤正愣著跪在地上，只覺得臂彎一輕，抬起頭來看到鞏嬤嬤。

鞏嬤嬤面無表情。「換好衣服，我們就走吧！」

旁邊的小丫鬟忙捧來乾淨的衣物。

申嬤嬤又轉頭去看琳怡。自始至終都沒有提她兩個兒子的事，嘴上不說其實是在威脅她，這差事辦不好，兩個兒子就別想再回到府裡。

申嬤嬤讓兩個婆子攙扶著下去，鞏嬤嬤幾步上前來。

琳怡將暉哥交給乳娘，讓乳娘放在搖車裡。「慢慢搖，別驚了他。」

乳娘看著琳怡和悅的神情，鬆了口氣。多虧遇到這樣開明的主子，否則出了這種事，她一定會被攆出府，這樣一來哪家還敢再用她，賺不到工錢她就沒法貼補家用。乳娘將暉哥緊緊地抱在懷裡，滿面愧疚。「郡王妃，以後奴婢一定注意，再也不會出這種事。」

琳怡頷首。「我看出妳是個伶俐人，平日裡我不能時時刻刻跟著暉哥，妳要多幾分精神，別讓暉哥吃了虧。」

乳娘紅了眼睛。「奴婢記住了。」

乳娘帶著幾個丫鬟下去，鞏嬤嬤才上前。

琳怡道：「陳家是我的娘家，妳也是從陳家出來的，有些話不必遮遮掩掩，二老太太那邊問什麼妳就說，妳和申嬤嬤只是去問問，並不是興師問罪。」不管她們做什麼，都要讓外面人挑不出紕漏。

鞏嬤嬤明白。「就像是回廣平侯府求助一樣，外面不是常說打斷骨頭連著筋，哪有娘家人不向著姑奶奶的？」陳家二房一定會炸開鍋，拚命要說自己的委屈，不會替郡王妃著想，越是這樣，陳二太太反而越和這件事脫不開干係。

琳怡頷首。她就是要田氏和長寧師太牽扯起來。現在皇上已經疑心五王爺，一定會派人細查，這時候不將隱藏的五王爺一黨捉出來，要等到何時？找到了陳家二房，進而就能牽連到姻親董家，董家也該嘗嘗被皇上猜疑的滋味。

鞏嬤嬤和申嬤嬤去了陳家二房，拜見了老太太和大太太，鞏嬤嬤上前低聲說出來意。

二老太太和大太太坐得近，鞏嬤嬤特意稍放聲音，讓大太太也聽得清楚。「我們郡王妃有事想問二太太，因都是自家人就讓奴婢跑一趟，也不知二太太有沒有時間。」

二老太太董氏看向站在一邊的申嬤嬤，申嬤嬤臉色頗為難看，不安地緊捏著手帕。二老太太董氏還沒說話，大太太忙搶過去。「正好在家，這個時辰也該從紫竹院出來了，我就讓人去喊。」

二老太太董氏頓時皺起眉頭。無論何時大太太都要爭一爭，關鍵時刻寧可看自家妯娌的笑話。二老太太董氏臉色僵硬，大太太看得笑容一收。

話已經說出口，哪有再收回來的道理？鞏嬤嬤聽得這話已經站直了身子，一副二太太不來不願意多言的樣子。

丫鬟去叫二太太田氏，鞏嬤嬤乘機看向申嬤嬤，待到二太太田氏進了門，鞏嬤嬤反而向後縮了縮。這時候要申嬤嬤先開口，申嬤嬤為了自保，只會說不利於二太太田氏的話，她作為郡王妃身邊的管事嬤嬤，有任何針對陳家二房的表現都會被說成是郡王妃唆使。

申嬤嬤猶豫不安地向二太太田氏行了禮。要是從前，她一定不會被郡王妃所用，可這一次不同，她被關起來的幾天，老夫人沒能想到法子將她放出來，她聽外面的婆子議論，老夫人現在也是自身難保，到了生死關頭，她只能自尋活路，再說她的話並沒有錯，要不是陳二太太田氏引薦，老夫人也不會認識長寧師太。

申嬤嬤哆哆嗦嗦。「二太太您還記不記得長寧師太？」

說起長寧師太，屋子裡的氣氛兀然一冷。二老太太董氏放下手裡的茶碗，大太太董氏也驚訝地豎起眉毛。

被問的二太太田氏倒是很鎮定。

不等二太太田氏說話，申嬤嬤一股腦兒地說出來。「上次在信親王府，您將長寧師太介紹給我們老夫人，說長寧師太算得準還能驅鬼改運，您菩薩心腸，就替奴婢證實一下吧！」

這下，二太太田氏驚愕起來。

旁邊的大太太董氏眉梢一動，不知怎麼地心中倒有些快意。從前凡事說到佛法，神神鬼鬼之類的東西，田氏都被供起來，這一次，看康郡王府兩個嬤嬤的神情，田氏這次是被長寧師太牽連了，以琳怡的性子，既然找上門必然不會放過。

都說陳二太太田氏是為真菩薩，看這次她要怎麼普渡眾生。鞏嬤嬤垂下眼睛像要睡著了似的，任申嬤嬤在一旁說。

田氏道：「我是認識長寧師太，上次去信親王府，也確實是見了老夫人，只是——」

田氏的話還沒說完，申嬤嬤急著打斷。「您府上的哥兒是不是用過長寧師太的安神符？那符是不是要縫在哥兒的褥子裡？」

終於還是引到了正題上。

大太太董氏想要說話，只覺得兩道凌厲的視線落在她身上，她這才將嘴邊的話縮了回去。

田氏道：「沒有啊，要說安神的符，從前就在清華寺求過，還沒有用完，怎麼會另找旁人來寫？」

申嬤嬤著了急，看向旁邊的鞏嬤嬤。「真的！二太太您好好想想，您仔細想想看，若不是您說的，奴婢也不敢問來。長寧師太給了我們世子爺一張安神符，沒想那符成了害人的東西——」

「好了。」鞏嬤嬤終於忍不住，疾走兩步上前扯下申嬤嬤。「二太太說沒有就是沒有，既然這樣我們就回去和郡王妃說，看看還有沒有別的法子。」

鞏嬤嬤在申嬤嬤腿上一頂，申嬤嬤向著二太太田氏撲跪下來，鞏嬤嬤忙上前拉扯，這樣一鬧，外面的下人聽到聲音都探頭來瞧。

鞏嬤嬤一臉尷尬地解釋。「我們郡王妃也怕是弄錯了，二太太原是懂各種符的，也是要二太太看看，若不是什麼壞的，我們也不必這樣著急了。世子爺還小，經不起折騰啊。」

田氏一臉慈悲，彎腰拉住申嬤嬤。「別著急，慢慢說，我還沒聽仔細，到底是怎麼回事？」

誰知道這樣一拉，申嬤嬤再也不肯鬆開手。

鞏嬤嬤在旁邊勸和。「申嬤嬤，妳回去再好好想想。」

申嬤嬤想起這兩日發生的事，頓時打了個冷顫，嘴上更是哀求。

足足鬧了一炷香時間，大太太董氏才讓兩個粗使婆子上前將申嬤嬤拉開。申嬤嬤已經滿臉淚光，頭上的髮簪一鬆，頭髮更是垂下來，好不狼狽。

鞏嬤嬤忙向老太太和兩位太太賠禮。「申嬤嬤平日裡極為妥當的，誰知今天會這樣，奴婢回去一定和郡王妃說，驚了老太太、太太是奴婢的不是。」

第三百一十三章

翟嬤嬤和申嬤嬤從陳家回來，申嬤嬤跪在琳怡跟前。

翟嬤嬤不說話，申嬤嬤哆哆嗦嗦地道：「二太太大約是忘了，只記得將長寧師太引薦給我們家……二太太經常出入內宅還幫人畫符，大約是這些事太多了，所以……貴人多忘事，郡王妃信奴婢，奴婢沒有說謊話。」說著伸出手來發誓。「奴婢有半點謊言，就讓奴婢生了瘡爛作水，日後再也不能托生成人。」

這麼惡毒的誓言，琳怡表情有些鬆動，看向翟嬤嬤。「讓申嬤嬤下去歇著吧！」

翟嬤嬤故意面露驚訝。申嬤嬤如同死裡逃生拚命地磕頭，好半天才站起身恭敬地退了下去。

琳怡去內室裡歇著，翟嬤嬤跟在後面。「這樣就放過她，奴婢心裡總是過意不去。世子爺那麼小，她也能動這樣的歹念，就算真的生瘡爛了水也不冤她。」

她饒了申嬤嬤，旁人才能猜測到陳二太太田氏身上，她達到了目的。「申嬤嬤也不敢再輕易胡來。」

說著話，橘紅端著笸籮進了屋，笸籮裡面都是這兩年府裡求來的符。

橘紅上前道：「都在這兒了。」

琳怡看了一眼，吩咐翟嬤嬤。「明日嬤嬤去趟清華寺，將這些符都化了，旁人問妳也不要說。」一家中要裝作大事化小、小事化了的樣子，不管是周老夫人連同長寧師太還是陳二太太田氏那邊有所算計，對她來說都一樣，家醜不可外揚。

翬嬤嬤將橘紅手中的筐籮接過去。「郡王妃放心吧，明日一早奴婢就出府。」

申嬤嬤腳一踏進第三進院子，整個人一下子就軟下來，多虧身邊丫鬟上前攙扶，才只是踉蹌了幾步。

大家急忙將申嬤嬤攙扶去了老夫人房裡。

申嬤嬤一進屋就跪在老夫人腳下，哭得十分傷心。「都是奴婢連累了老夫人……」

周老夫人讓人將申嬤嬤攙扶起來。「到底怎麼回事，慢慢說。」

申嬤嬤哭聲不止，丫鬟開始勸慰，申嬤嬤的情緒慢慢穩了下來，抬起頭發現屋子裡除了老夫人和她，已經沒有了旁人。

申嬤嬤不用再避諱，沙啞地開口。「老夫人看在主僕一場的情分上，一定要救救奴婢的兩個兒子。」

周老夫人臉色微沈。「我已經使人去打聽，說是跟著府裡管事去了莊子上。」

眼下就是秋收，現在調人手過去也無可厚非，郡王妃是早就謀算好了，她是平白就著了人的道。

周老夫人皺起眉頭問申嬤嬤。「那符可真是妳交給奶子的？」

申嬤嬤臉上一熱滿是羞愧，不敢去看老夫人的神情。「是奴婢。」

周老夫人身體兀然支起來。「妳怎麼這樣糊塗！」

不是她糊塗，她是覺得長寧師太真的很靈驗。她第一次見長寧師太，長寧師太就斷言她家中會出事，果然不出三日，她哥哥就沒了。哥哥發喪那日衝撞了嫂嫂，嫂嫂回來之後渾身打冷顫，她想到長寧師太事先交給她的符，親手燒了之後將灰和在酒裡餵了嫂嫂吃，嫂嫂立即就好了。她這些年見過不少的大師，也跟著老夫人聽過不少講佛，這次是發生在她身邊的事，她還將兩個兒子的生辰八字拿給長寧師太卜算。

長寧師太說，兩個兒子若是想要出人頭地，就要藉老夫人這個主子的氣力，若是老夫人能度過難關，整個申家才能有所改變，反之也會災禍臨頭。

她這輩子就在老夫人跟前盡心盡力，早就明白申家要一直仰仗老夫人，長寧師太這樣說她並不覺得意外，可是接下來的話卻讓她聽著心驚。

申嬤嬤滿頭冷汗。「長寧師太說老夫人和郡王妃命中犯沖，若是不放個符，恐怕老夫人的病不會好轉，怕連今年冬天也熬不過去。長寧師太說老夫人命中有此一劫，奴婢問長寧師太如何化解？長寧師太開始沒有和奴婢說，奴婢擔憂了幾日，讓家中媳婦去找長寧師太幾次，長寧師太才終於想到了化解的法子。長寧師太親自作法，只讓奴婢拿了幾件老夫人平日裡用過的物件，奴婢就拿了老夫人賞賜給奴婢的把件，也沒有要多少銀子。奴婢也是被嚇怕了，這才瞞著老夫人……」

周老夫人聽得手心都是冷汗。琳怡在她身邊安排了這麼多，她竟然一點都沒有發覺，這些日子第二進院子消停，她還以為琳怡是剛做了母親，滿心掛著暉哥。

周老夫人道：「最後一步就是要妳將符放在暉哥房裡？」

申嬤嬤頷首。「要放在郡王妃最牽掛的人身邊，奴婢想著也就是世子爺了。長寧師太說這是機緣，也是唯一的機會，奴婢就想著冒險試試……」

「妳真是糊塗！」周老夫人怒其不爭。「怎麼不和我商量就敢這樣？」

她不是不想商量。申嬤嬤委屈道：「長寧師太說不能讓老夫人知曉，否則就不靈驗了。」放在往常，任誰都會起疑心，只是放在這時候，又是她相信的長寧師太，她竟然沒有半點猶豫。她不只是擔心老夫人，更是擔心整個申家被牽連，可現在她不能將實話說給老夫人聽。「都是奴婢的錯，害了自己不打緊，就怕連累老夫人……」

琳怡這樣費心安排絕不會就這樣算了。周老夫人沈著臉半晌才道：「這兩日的事，妳仔細說給我聽。」

申嬤嬤說得仔細，周老夫人越聽臉色越難看，不等申嬤嬤說完，周老夫人一掌拍在椅子的扶手上。「怪不得琳怡會將妳放回來。她不是要害我們，是要利用我們對付陳家二房。琳怡懷疑陳二太太田氏，也是因為妳——」

申嬤嬤嘴唇裂開，鮮血也流了滿唇，加上青黑的眼窩，看起來有幾分駭人。「奴婢說的是實話，長寧師太本就是陳二太太引薦，每次來咱們府裡，長寧師太都不忘要說陳二太太的慈悲。」

周老夫人冷笑。「只怕是陳家二房也著了琳怡的道。」

申嬤嬤仍舊不肯相信。「可長寧師太……是五王爺……還是信親王妃那邊……」

所以申嬤嬤才會深信不疑。周老夫人抿起嘴，心中油然生出不好的預感。「讓人去打聽，看看她到底要做什麼。」

過了兩日，京裡的氣氛漸漸緊張起來，女眷們連宴席都去得少了。

琳怡在府裡專心照顧暉哥，握著暉哥小小的手。「暉哥眼看著沒有什麼變化，衣服卻短了不少，真的是長了，長得也比剛生下來時好看了似的。」

旁邊的乳母就笑。「世子爺本來就生得好看，現在長開就更好了。」

自己生的孩子當然是覺得最好。琳怡笑著逗暉哥，暉哥只是睜著大大的眼睛瞧著她，偶然才發出喔喔的聲音。琳怡正要問乳娘家中孩子的情形，抬起頭看到乳娘正謹慎地行禮，琳怡轉過頭，看到穿著官服的周十九。

「郡王爺今天回來得早。」琳怡笑著起身將暉哥抱給周十九看。

父子兩個安靜地互相看著，暉哥還辨別不出父母和尋常時候有什麼兩樣，不時地蹬動著小腳。

琳怡又抱了會兒暉哥，才將暉哥交給乳母，自己去套間裡服侍周十九換衣服。

「外面的情形怎麼樣？」琳怡低聲問。

周十九伸出手來攬住琳怡的腰。生產之後琳怡復原得很慢，身子虧了不少，這些日子總算略微豐盈了些，終究不過是一指之餘。

琳怡抬起頭，看到周十九閒逸的笑容。許是為了現在的政局高興，二王爺被立為儲君，五王爺被打壓，真正離三王爺出頭只有一步之遙。

剩下的這一步，也是最難走的。

琳怡和周十九去了東側室用飯，周十九才拿起筷子，外面就有嬤嬤來道：「衙門裡有事，在門口等著見郡王爺。」

周十九放下筷子起身出門，琳怡在屋子裡等候，不多時候，周十九返轉。「有商船的消息了，船隊大約十日就能靠岸。」

也就是說，商船遭了海盜和風浪是謠傳。

周十九道：「這樣一來，普遠大師說的商船未出海之前就卜算到惡兆，不但蠱惑人心而且動搖朝綱。」

宮中知曉消息不知會怎麼樣。

他拉起琳怡的手，兩個人又回到東側室坐下。「皇上命人細查長寧師太，查出長寧師太和淑妃娘娘同出一族。」

萬事俱備，要想這把火燒得旺，還要多添些柴。

第三百一十四章

商船平安無事的消息很快進了京，朝堂上爭論不斷，京中內宅府邸也開始不安起來，女眷紛紛將從普遠大師、長寧師太那裡求的符拿去清華寺燒化，清華寺中的高僧也被紛紛請去內宅作法事。

京裡的女眷為家中的符咒繁忙，琳怡整件事上先行一步，現下倒閒了，讓人準備了禮物去看蔣氏。蔣氏才出了三個月就豐腴起來，這胎懷相好，沒有覺得噁心難受，就是經常餓，喜歡吃酸酸甜甜的東西，恰好現在是秋天，不管是蔬菜還是水果都應有盡有，這樣一來將母子供得格外壯實。

周家好不容易盼來孩子，上上下下都伺候得周到，蔣氏屋裡多增了不少人手，尤其是周老夫人撥過來的管事嬤嬤，讓蔣氏覺得打理內宅得心應手。蔣氏嫁過來時始終被壓制，現在終於能深深透口氣了。

「太醫院的程御醫看過了，和我說脈象看著是男孩。」蔣氏紅著臉和琳怡說。

琳怡替蔣氏高興。「我那時程御醫也是這樣說的，只是我沒和旁人提起……」

「我知道、我知道。」蔣氏連應幾聲。「我不與外人說就是，不過我也覺得應該是男孩，總要沾沾妳的喜氣吧！」

難得蔣氏孕中這樣開懷，很多婦人懷了孩子情緒都不如從前，她懷暉哥的時候也是，看到周十九就想起前世經歷，心中就覺得委屈。周十九也有所察覺，他們兩個都像走在薄冰上，生怕每次用力都會將腳下踩碎。隨著月分長大，暉哥會在她肚子裡動了，才慢慢改善，她也真正地放下心防。

蔣氏接著道：「自從妳府上發現長寧師太害人的符咒，我家老夫人就怕得不得了，讓人將園子裡搜了幾遍，連前些年在信親王府得的符都挖了出來，一起拿到清華寺化了。我們家才化了符，就有幾家過來問情形，我婆婆就支吾過去了，誰知道那幾家就像得了什麼消息，將家中也清理了一遍，我聽說清華寺的香火格外旺，住持大師的法事已經排到了年底。」說著掩嘴。「還有幾家鬧出了不小的事，不仔細搜查還好，這一查，幾乎家家都有些害人的東西。」

蔣氏說著掩嘴。「妳有沒有聽說？敬郡王府被鬧了幾次，都是宗室營裡的嫂子上門問要個說法，怎麼敬郡王妃極力推薦的長寧師太竟然是這樣的人？」

大家不敢去找五王妃，自然就將氣撒在敬郡王妃頭上。蔣氏和琳怡相視而笑。這些話不用說透大家都明白。

五王府這次是逃不過去了。

都說佛法引人向善，佛祖悲憫世人，可鬧出這些事來，太篤信這些彷彿是弊大於利。不管是宗室營，一向視自己為觀音再世的田氏也不敢再出門。

兩個人說了會兒話，琳怡起身去宗室營宴席。

蔣氏不由得嘆氣。「偏是這時候我不能出去，不過也好，免得沾了晦氣。」

蔣氏說的正好應驗，整個宴席，信親王妃愁眉不展，敬郡王妃如喪考妣，一大半宗室婦被牽連悶悶不樂，還有些人乾脆尋了藉口未到。

宴席上，敬郡王妃就一把鼻涕一把淚地向信親王妃哭訴。「知人知面不知心，長寧師太也是有名的……我哪裡知道她會這樣……不光是我，宮裡的娘娘還不是也受了騙，太后娘娘的祈福法會還是她主持的，怎麼就說我因此得了銀錢？」說著盯著信親王妃看。「都說長寧師太得了銀子分給我，我才會捐那麼多建金塔，我是冤枉啊！信親王妃您是知道我的，您要為我作主啊！」

信親王妃的臉一下子冷下來，滿屋子女眷都在安靜地喝茶。建金塔是信親王府牽線，敬郡王府捐得最多，現下敬郡王妃這樣說起來，還真的給大家解開了些疑惑，說不得真是為太后娘娘盡孝是假，從中謀利是真。

信親王府的宴席很快就結束了，宗室婦們才坐車各自回府，就看到衙門裡引一隊官兵向信親王府靠過去。

普遠大師和長寧師太的這場鬧劇終於要落幕。

周十九巡城回來，琳怡還沒睡，服侍他換了衣服梳洗乾淨，兩個人進內室說話。

周十九低聲道：「信親王革職查辦，皇上升了主管太常寺的惠親王為宗人府丞。」

惠親王、惠親王妃平日裡行事低調，穿著也不顯眼，大家聚在一起時，她也極少有什麼話。琳怡想起在皇后娘娘跟前惠親王妃恭謹的模樣，她幫忙姻家時，惠親王妃倒是在旁邊幫了忙。

看周十九含笑的模樣，很多關係不會是表面看的，周十九藏得深，惠親王一家自然也能如此。

「我們府上和惠親王府只是走份常禮，我還以為郡王爺和惠親王沒有交情。」

雖然她很尋常地說出來，鼻子輕微一皺，彷彿帶著些許埋怨。

周十九將琳怡摟在懷裡。「大家各行其事，事情做不成，將來也不會有交集，不管是誰家有難，都不會伸手幫忙，真論交情，也只是等到最後關頭……」

「我知道。」琳怡輕聲道。「政局比我想得要複雜，不知道比知道要好。」藏得越深越不容易被抓出來，可是反過來整件事不成，也就會被歷史埋沒，政局表面總是光鮮的。

信親王府被查抄，惠親王領宗令，這些變化似是一眨眼的事。普遠大師和長寧師太及幾個經常出入內宅府邸的弟子沒有等到秋後處斬，就被殺於鬧市。

幾個人當中只有長寧師太的屍身被收走，其他人都被扔去了亂葬崗。

鞏嬤嬤回來報信。「聽說是長寧師太剃度的小尼姑，兩個人將長寧師太搬上了車，出城去了。」

琳怡讓人去瞧瞧，不過是想著等到將來風平浪靜再想法子將長寧師太厚葬，沒想倒是有人不懼危險，由此可見長寧師太的為人。

普遠大師的血還未乾，敬郡王府也被查封，敬郡王名下的棗林被朝廷歸還給原主。

朝廷的這些動作都指向五王府。五王爺沒有被責罰，宮裡也沒傳出淑妃娘娘受訓斥的消息。

皇上對淑妃和五王爺的寵愛好像到了讓人想不到的地步，無論怎麼樣都動搖不了兩個人的地位。

第三百一十五章

大周朝出海的船隊靠岸後，由皇上欽命的總兵護送進京。出海時，商船固然帶的財物夠多，這次回到大周珍奇異寶更是不計其數，國庫從來沒有這樣充盈，財物讓人覺得歡欣鼓舞，言官御史仍舊不忘了這時候潑盆冷水，提及市舶司設立時的種種弊處，不過這不能阻擋當今皇帝改革的腳步，設立市舶司的事正式被提起來，皇上還特開恩科，一時之間，市舶司成了全國上下熱論的話題。

不管外面多亂，廣平侯府倒是一片寧靜。小蕭氏不再為陳允遠擔驚受怕，終於將大部分精力都投注在廣平侯府內，尤其是陳臨衡身上。

琳怡被請回去宴席，看到了蕭家的兩位小姐。兩位小姐都是大方得體、恭謙有度的閨秀，尤其是二小姐面容清秀，十分有書卷之氣。小蕭氏也很傾向二小姐，趁著蕭家女眷和老太太說話，小蕭氏將琳怡拉去一邊。「妳看蕭二小姐如何？」

琳怡坐下來喝了茶仔細地想。「祖母怎麼說？」

小蕭氏嘴邊浮起一絲笑意來。「老太太說也不錯，年紀稍長可以早些為府裡添枝加葉。」只說年紀長卻沒有說性子如何，要嘛是二小姐表裡不一，要嘛祖母對蕭家並不滿意。

小蕭氏道：「我今天就想將婚事大概定下來。」

「是不是太著急了？」琳怡放下茶碗。「我看二小姐年紀還小，是不是還沒有及笄？」

小蕭氏沒有聽出弦外之音。「哪有等到及笄才訂婚事的，都是先有了婚約過幾年才成親。」說著頓了頓。「老太太嘴上不說，心裡一定想要抱曾孫。妳哥哥的婚事要再拖下去不知什麼時候是個頭，從前是想著妳哥哥的前程是要經科舉的，現下妳哥哥一心想著從戎，我怕哪一日他真的就去打仗……屋裡連個主事的人都沒有。」

原來小蕭氏是這樣思量。

琳怡小心提醒小蕭氏。「婚姻大事，母親還是不要急，再慢慢看看才好。前些日子，您不是說蕭家不如父親在朝為官時熱絡……」

小蕭氏聽得這話一怔。「那時是妳舅母病了。」

琳怡低聲道：「那舅舅一家有沒有問父親復職的事？」

這倒是有，每次見面都要提起。小蕭氏一臉尷尬。

畢竟是蕭家人，有些事即便是祖母看出來了也不好深說，琳怡笑容一下子綻開了。「這變化也太大了，就算我是小人之心，還是謹慎為上。反正現在也不能成親，看個一年半載也並非壞事。」

小蕭氏頓時失望起來。「那就依妳，先看看再說。」

吃過宴席，大家聚在花廳裡說話，老太太覺得身上乏了，小蕭氏忙扶著去歇著，蕭太太還沒有要走的意思，笑著和琳怡說起話來。

蕭太太握著茶杯。「聽說最近朝中不安穩……我還以為郡王妃不會過來。」

沒有告辭離開是想要向她打聽消息，怪不得祖母對這門親事有所顧慮。琳怡抬起頭來看蕭太太。「那是男人們的事，和我們女人不相干，前幾次沒能趕上是宗室營中有事，一時脫不開身。」

蕭太太目光微閃，臉上笑意不減。「說得也是，我平日裡對這些也不在意，只是聽說世子爺的事，才多了嘴。」

琳怡不說話，只是應付地一笑。蕭太太已經聽明白她的意思，不想提起政事，卻還繞著彎地打探，這種事是不達目的絕不干休。

琳怡看向旁邊的蕭二小姐，蕭二小姐正擺弄矮桌上的汝瓷茶碗，動作很慢很小心，顯然是注意著屋內的聲音。

蕭太太仍舊不放棄。「唉呀看我，淨說這些。」說著微頓。「這兩日京裡熱鬧起來，說是商船帶回京的東西要正式買賣，也不知道都有些什麼珍奇物件。」

蕭太太說到這裡左右看看，低聲道：「聽說皇上要設市舶司也不知道作不作得準，從前都是在福建、寧波、廣州那邊，對了……泉州也設過。」

蕭太太終於說到正題上。琳怡微微一笑，乾脆聽蕭太太將話說完。

蕭太太道：「廣州那些大地方我們不敢比，正好咱們家在泉州有塊地，我就想著不如換成店鋪。我算過帳了，泉州真的設了市舶司，房價就會翻好幾倍，就算不賣地，將來開鋪子也是穩賺不賠的……郡王妃現在裡裡外外地忙乎，大約顧不得這個，不如我幫郡王妃也買幾間鋪子……都是自家人，我家老爺在泉州也有熟人……」

琳怡聽著好笑。蕭太太將話說到這個分上，還要遮掩一半裝作莫測高深。父親就說過蕭大人被言官彈劾貪墨，看來這是坐實的，否則提起利益來，蕭太太臉不紅心不跳。

「舅太太聽誰說的？」琳怡緩緩開口，詫異地看蕭太太。「怎麼連在哪裡設市舶司都知曉？」

蕭太太笑容一僵。「大家都在傳呢。」

琳怡道：「那恐怕沒有等舅太太下手，泉州的地皮就漲價了。既然舅太太有地在泉州，坐等著就是了，何必再折騰一手？在外面置地我不在行，京裡的兩個店鋪我都管得焦頭爛額，舅太太可別算上我。」

這樣拒絕，蕭太太臉色有些不好看，咳嗽兩聲端起茶來喝，茶已經見底，卻沒喝出味道來。

琳怡有意不說話，屋子裡的氣氛一下子僵下來。

蕭二小姐這時候開口。「郡王妃的帕子很漂亮，這樣的花形我還沒見過。」

比起蕭太太，蕭二小姐更能應付這樣尷尬的局面。

琳怡還沒說話，小蕭氏就進門笑道：「在說什麼？」

蕭二小姐笑容滿面。「說郡王妃的針線好，我總是笨手笨腳的，家裡請了幾位針線師傅都教不好我呢。」

小蕭氏看向琳怡。「郡王妃喜歡靜又手巧。」

蕭太太臉色已經恢復正常，看向蕭二小姐。「妳回去要好好學才是。」

蕭二小姐忙答應，這樣一來，氣氛就好多了。

時辰不早了，蕭太太和兩位小姐起身告辭。小蕭氏一路將人送出垂花門，琳怡去長房老太太屋裡和長房老太太說話。

說起暉哥，琳怡就有說不完的話。「過幾日就將暉哥帶回來給祖母看。」

長房老太太忙搖手。「不行、不行，孩子太小不能出府，要等到滿了周歲再說。」孩子頭一年是不能出門的，老話說小孩子要扎根不能輕易挪動，否則長得不壯實。

長房老太太拉起琳怡的手。「妳身子怎麼樣？月事可恢復了？」

琳怡點頭。「已經好了，早就將藥斷了。」

長房老太太慈祥地笑起來。「那就好，月子裡不能落下病根，日後才好懷孕。」說著提起陳允遠。「要不是妳父親有爵位，族裡就要選他做宗長了，聽說處理族裡的事不偏不倚，嘴上硬心裡還軟，來信要了好幾次銀錢，都是給家境不好的族人。」

京裡的勛貴都將銀錢用來包戲子設賭局，很少有人像父親這樣將銀錢用在該用的地方，怪不得族裡想推舉父親做宗長。

長房老太太道：「這樣也好，族中昌盛才是正經的，我們這些年只顧自己，也沒有幫襯族裡。」

祖孫倆說著話，小蕭氏進門道：「馬車備好了，早些回去吧。」

自從有了暉哥，琳怡出了門也總想著要早些回去抱孩子。

琳怡應了聲，囑咐長房老太太要注意身子，這才和小蕭氏一起出去。走到長廊，琳怡說起蕭太太的事。「向我打聽泉州能不能立市舶司，要拉我一起買地置店鋪呢。」

小蕭氏皺起眉頭來。

琳怡小聲道：「母親心中知曉就好。」

小蕭氏半晌才抬起頭來看琳怡。「妳這樣說，我還真是要好好思量。」

琳怡頷首。結親本意是好的，要陳家和蕭家姻親關係更牢固，只是親事還沒定下來就先談起了利益，這種親家將來只怕是會不少生事。

小蕭氏嘆口氣。「我心裡又何嘗不知道？妳父親在福寧時他們誰也沒問一聲，都躲得遠遠的，後來搬來京裡，妳父親得了爵位才又走動起來……」

可是誰都希望自己的夫家和娘家能相處融洽，琳怡明白小蕭氏的心思。

小蕭氏道：「凡事不能強求，還是順其自然吧！」

琳怡在垂花門上了馬車，馬車才走了兩步，外面跟車的婆子就來稟告。「二房門口堵了馬車，我們要等一等才能過去。」

這時候來陳家二房，是為了找二太太田氏吧？琳怡看一眼橘紅，橘紅頷首，撩開簾子出去吩咐婆子去打聽。

過了一炷香的時間，馬車才能繼續向前走。

「是林家的車馬。」婆子在外低聲道。「聽說是林大太太來了。」

林正青的母親。琳怡想到琳芳學著田氏到處講佛偈的事，現在出了事，林家會想方設法將罪責推給旁人，以後琳芳的日子只怕沒那麼好過了。

第三百一十六章

琳怡回到康郡王府，徑直去看暉哥。

暉哥還沒有睡覺，睜著大大的眼睛看花斛裡插的紅牡丹。乳娘上前行禮，琳怡笑著走到床前將暉哥抱在懷裡，又問了乳娘暉哥的情形。「怎麼樣？」

乳娘笑道：「吃得好，睡得好，剛才伸出手來還要抓床上繫的荷包呢。」

琳怡將手指遞給暉哥，暉哥立即牢牢地抓住。「別看個子小，還挺有力氣。」

大家都跟著笑起來。

將暉哥哄睡了，琳怡才從套間裡出來。

玲瓏在內室裡鋪好了床，琳怡正要去休息，鞏嬤嬤從外面進來，遣退了小丫鬟，陪著琳怡去了內室。

「聽說四姑奶奶被禁足在家了。」

琳芳被禁足？聽起來讓人覺得驚訝，可想想也是林家的作風。

琳怡坐下來道：「怎麼說？」

鞏嬤嬤道：「還是因普遠大師和長寧師太……京裡女眷都怕被牽連，連陳二太太都不去後宅講經了，四姑奶奶卻渾然不怕似的，出去宴席時還替長寧師太說了話，說長寧師太也做過不少的善事，講佛經也盡心盡力。」

這話別的時候說大家都不覺得有什麼，現在說起來，好像長寧師太是被人冤枉的，要知道是皇上定了長寧師太的罪。

「林大太太回去說了四姑奶奶，四姑奶奶也是強，說為林家盡心盡力沒有錯，不過說了句話，哪用得著這樣大動干戈？她說的也是實話，那些收上去化掉的符，基本都是保家宅平安的，如果說長寧師太害人，那之前的道姑、師太、大師就沒有一個好的，佛祖對世人慈悲，佛的弟子還曾殺過人，聽聞佛的開示後放下屠刀重新做人。」

琳芳雖然衝動任性，也不至於這樣說話。琳怡看向鞏嬤嬤。

鞏嬤嬤道：「林大太太氣得不得了，讓人將四姑奶奶房裡的佛經都拿出去，說四姑奶奶是鬼迷了心竅。從前她勸說四姑奶奶小小年紀不要迷這些，總要先給林家傳宗接代才是要緊，四姑奶奶就不肯聽，現在到了這個分上，她也由不得四姑奶奶再胡鬧下去，就將四姑奶奶房裡的佛龕也請了出去。四姑奶奶決計不肯，又哭又鬧了一番，硬說這樣做林家會大禍臨頭，林大太太就將四姑奶奶關了起來。」

也就是說，林大太太這次去陳家是因為琳芳。

按理說林家內宅出事，林家應該掖著藏著，怎麼鞏嬤嬤這麼快就能打聽出來？除非是林家故意讓人知曉……

琳芳如果發了瘋，那是因和二太太田氏學佛法才來的，林家不但給自己脫了罪，還將一切都怪在陳家頭上。

受委屈的就是林家。

這和她當年差點被林正青燒死何其相像，只不過林家又換了手段。

她只有一樣不解。這一切彷彿是林家早就安排好的，不像是臨時為了保住自己才想的法子。

琳芳沒有孩子又忤逆長輩，現在更被說成癡癡傻傻，林家提出要休妻，陳家也無話可說。

琳怡正想著，外面的婆子進來回話。「鎮國公家來遞帖子，說是三姑奶奶明日要來。」

琳婉也是得了這個消息。

琳怡看向鞏嬤嬤。「回個帖子，就說我明日在府中。」

她躺在軟榻上歇著，屋子裡留下橘紅伺候。鞏嬤嬤小心翼翼地關上隔扇走了出去，白芍站在廳堂裡吩咐胡桃。「一會兒郡王妃醒過來，拿那件紫色蜀錦褙子進去。」

院子裡一片安寧，鞏嬤嬤鬆口氣。當時跟著郡王妃來到周家，看到笑容滿面的周老夫人和虎視眈眈的大太太，她還發愁不知什麼時候才能有今天的光景，沒想到來得這樣快，大老爺和大太太死了，老夫人的地位一落千丈，郡王妃生下了世子爺，這郡王府大多數下人都和郡王妃一條心。

怪不得來之前長房老太太說，給她一家尋了個好去處。

這樣想著，鞏嬤嬤的腳步格外輕快。

鞏嬤嬤才走出月亮門，就看到門上的婆子迎上來。

鞏嬤嬤快走幾步。「什麼事？」

那婆子道：「門外有官家，讓郡王妃有些準備，朝廷有賞賜下來。」

鞏嬤嬤心中一喜，忙問婆子。「管事的可去了？」

婆子頷首。

鞏嬤嬤這才提起裙子回到第二進院子，白芍吩咐小丫鬟將新折的花擺上，正要帶人出來。

鞏嬤嬤上前道：「快去打水伺候郡王妃梳洗，外面官爺來報信，皇上有賞賜下來。」

白芍掩不住臉上的笑容。「奴婢這就去安排。」

聽到隔扇響動，琳怡睜開眼睛。「什麼時辰了？」

鞏嬤嬤上前伺候。「您才剛睡下，」說著將外面的事說了。「奴婢已經吩咐人去打水、拿衣裙。」

很快，丫鬟、婆子相繼進門服侍琳怡穿戴。

半個時辰的工夫，周十九和禮官進了府，琳怡去前院裡和周十九一起跪下謝恩，在禮官的唱和下，大大小小的箱子被搬進院子。

周十九親手接過賞賜的文書，禮官笑著請琳怡查驗，周十九從管事手中接過銀票打點禮官。

禮官笑著道：「京裡勛貴、宗室得賞賜的不少，郡王爺這份是少有的貴重，可見皇上心中倚重郡王爺。」

周十九笑著和禮官說話，禮官還有公事在身，坐了不多一會兒就起身告辭。

回到第二進院子，琳怡才將賞賜仔細拿來看。

都是商船從海外帶回來的東西，讓人覺得樣樣都很稀奇、別致，尤其是送來的鍍金自鳴鐘，塔底上接蓮花座，上面鑲滿了各色的寶石環成一個圓，如同雲海中的太陽，閃閃發光。紫金花檀木盒子裡還放著兩隻小巧的鐘錶，拿起來能握在手裡。

用銀子做的妝匣四角都掐絲做了薔薇，周圍鑲著紅色的寶石，打開之後，裡面雕著一個披頭散髮、衣衫不整的美人，橘紅在一旁看得驚呼起來。

琳怡笑著看向橘紅，橘紅驚魂未定。「好端端的怎麼弄個這樣的上去？」

琳怡讓人拿出自鳴鐘擺放在多寶格上，又選了幾件精美的首飾、掛件，其餘的就讓鞏嬤嬤和白芍兩個帶人收起來。

周十九送完禮官回到內宅，琳怡跟去套間裡換衣衫。

周十九笑著看琳怡。「將那些賞賜選一些出來送去廣平侯府，讓大家都看個新鮮。明年開了市舶司，這些物件就常見了。」

也就是說，市舶司的事定了下來。

琳怡微微一笑。「還真有不少新鮮的東西。」

周十九接著道：「這幾日皇上頻頻召見二王爺，南書房傳出話來，皇上欲召鄭閣老回朝。」

這一天終於到了，皇上要立二王爺為儲君。琳怡抬起頭來。「這麼說，就這幾日的事？」

周十九頷首。「皇上心意一定，不過就差一紙詔書。」

這下子，皇后娘娘和二王爺就被牢牢綁在一起，就又和前世的情形一模一樣了。按照三王爺的謀劃，離成功只有一步之遙。

琳怡想起皇后娘娘看她時慈祥的笑容。二王爺真的謀反，皇后娘娘定不能保全。皇后娘娘幫她救過姻家，不知道有沒有想過，他們這些人並不可靠。

周十九看著琳怡眼底飛快地閃過一絲黯然。「我和妳說過我殺了上清院的道士。」

提起這個，琳怡回過神來。

周十九笑容不減，目光微深。「上清院的道士成琰有個雙生兄弟，旁人卻不知。」

雙生兄弟，若是真的要模仿對方，旁人是決計看不出來的。

周十九向來對殺成琰的事避而不提，現在說起來是想要告訴她實情。

周十九低聲道：「我去陪都帶成琰，三王爺讓人密信給我，讓我尋機會除掉成琰。」

琳怡抬起頭，對上周十九清澈的眼睛。「成琰的雙胞兄弟在三王爺那裡。」三王爺迫切殺成琰，是因會因此從中獲利。只有殺了真的成琰，才能體現另一個成琰的價值。

成琰失蹤，皇上的反應滿朝皆知。皇上篤信成琰，若是失而復得更會緊緊抓住不放，尤其是經歷了普遠大師和長寧師太，在皇上眼裡，真正有本事的也只有能解讖言的成琰。

琳怡手心微濕。這是一步好棋。繞了一大圈只為了達到這樣的結果，三王爺心機之深真讓人驚嘆。

「如果當時我將成琰藏起來，也許將來還有機會改變。然而成琰已死，這一切已成定局。」周十九看著琳怡。「假成琰不但會解開讖言，還會將被人追殺之事全盤托出，就算這一切是早就安排好的，皇上也會深信不疑。」

假成琰會說是二王爺派人殺他，還會說五王爺一黨也在找尋他，他想要回到宮中是歷盡千辛萬苦，只因為一心牽掛大周朝的安危，一定會送上讖言的解釋，只有平息二王爺和五王爺的爭鬥，大周朝日後才能昌盛。

琳怡只覺得額頭起了一層汗。她要慶幸周十九支持的是三王爺。「郡王爺也要小心，殺了成琰郡王爺固然是功臣，可將來新帝登基，就會想到那些不光彩的手段。」擁立之功固然光耀，背後卻是萬丈深淵。

周十九露出個堅定的笑容。「妳放心，我總會有法子避開。」

第三百一十七章

第二天，琳婉帶了禮物上門，看到乳母懷裡的暉哥，琳婉羨慕地笑。「還是妳有福氣能一舉得男。」

琳婉生了女兒後微有些發福，卻顯得臉色很好，梳著圓髻，頭上戴紅牡丹紗花，插了支赤金雙蝶步搖，看起來比從前明豔不少。自從嫁了人，琳婉將所有的精力都放在鎮國公府，上能哄得公婆高興，下能服侍夫君妥貼，就算這次沒有生下兒子，也沒有受多少埋怨。琳婉聰明的地方在於知曉怎麼做才能得到自己想要的，又不會像琳芳一樣好高騖遠。

琳怡微笑著客氣。「聽說鎮國公夫人讓人算過了，妳下一胎會生個兒子。」

琳婉眉眼微揚。「也不知道是真是假。」眼睛中有些期盼又有些歡喜。

琳婉的樣子總是讓人覺得很真切，所以大家願意和她親近，如今為人母親，好像更多了些和氣。

兩個人圍繞著兩個孩子說笑。琳婉道：「不知道是不是尋的奶子不好，琇姊兒總是吐奶，有一次突然就燒起來，可把我急壞了，請了御醫來看，足足燒了三天起一身的疹子，精神這才好了。太醫說小孩子大多都有這樣一次，妳也小心些。」

琳怡就問：「現在琇姊兒怎麼樣？吃了奶水還吐不吐？」

琳婉道：「倒是不會吐了，只是總是嗆奶，不知是不是我孕中不足，琇姊兒長得格外小似的。」
琳怡聽著抿嘴。「我聽說琇姊兒漂亮又好動，做娘的總是比旁人擔憂得多。」
琳婉提起帕子掩嘴笑了。「可不是，生了孩子一心都撲在孩子身上，別的也懶得去想了。」
這是在告訴她不會再打別的心思？琳怡看一眼琳婉，琳婉也望過來。
琳婉臉上笑容逐漸收斂，嘆了口氣。「郡王妃聽說四妹妹的事沒有？」
琳怡頷首。「聽說了些閒言碎語，也不知到底是如何。」
琳婉慎重地看琳怡。「是真的，林大太太登門讓二嬸去勸勸琳芳，要先做好妻子、媳婦的本分再唸經拜佛。二嬸一早就去林家了，也不知到底是什麼結果。」
琳怡問道：「嫂子來找我也是為了這件事？」
琳婉頷首。「我們好歹都出自陳家，二嬸勸不住，我們也該上門勸勸，一是要盡盡姊妹之情，二是總要有個立場，四妹妹再這樣折騰下去，不知要牽連到誰。」說著看向琳怡。「郡王妃可覺得我說得有道理？」
琳婉是想藉著她和整件事脫離干係。誰都知曉是她在皇后娘娘面前揭穿了長寧師太，不過琳婉說得也不無道理，她們和琳芳畢竟都是陳家女，琳芳失德她們難免受牽連。「嫂子說得是，我們先聽聽消息，若是四妹果然不能回心轉意，嫂子再回去問問二老太太，我們要不要走這一趟。」
有這樣的表示就好，未必要真的做到。陳家二房防著她，她何必枉做小人。
琳婉答應下來。「但願四妹妹能想通。」

陳二太太田氏看到琳芳穿著素淨的衣裙跪坐在蓮花墊裡，不停地轉動手裡的佛珠，彷彿只要停頓一刻就會有大事發生般，不由得想起在清華寺裡看到的老尼姑，皮膚皺在一起，隨著手指的轉動，能看到皮膚下起伏的骨頭，沈迷在佛香繚繞之下，不管有什麼動靜都不會抬起頭來看上一眼，默默地對著佛像，青色的僧衣也彷彿蒙上了一層灰塵，她整個人像穿著僧袍的泥胎。

讓人看了害怕又會覺得悲涼。

田氏走上前幾步，伸出手拉住琳芳的手腕。「快起來，妳這是做什麼，妳想要一輩子被關在這裡不成？」

琳芳看到田氏彷彿終於找到了依靠，哆嗦著嘴唇。「母親、母親……」

田氏心中不禁欣慰。這樣就好，還知道難過就是還有救，她只要像從前一樣勸說幾句，琳芳就能按她的話去做。

「先起來，我們去旁邊坐著說話。妳看看妳都瘦成什麼樣子了，再這樣下去可如何是好？」從前她是勸琳芳瘦一些身段漂亮，卻沒想到幾日不見，琳芳變成這個模樣，臉色枯黃如同老嫗，哪有半點年輕的神采？怪不得姑爺不肯替琳芳在長輩面前說話。

琳芳和田氏略微對視，立即挪開眼睛去看擺放佛龕的地方，那裡空空的什麼也沒有。「我不能走，母親，要讓娘將佛龕還回來。菩薩不會怪罪我了，我才能起來，否則我們家一定會大禍臨頭。」

田氏心中頓時一涼，皺起眉頭看琳芳。「妳這說的是什麼話？佛祖慈悲，一定不會怪妳。」

琳芳詫異地看田氏。「不是母親說的？不敬佛祖要下阿鼻地獄，永受痛苦。」

琳芳的眼睛緊緊地盯著田氏，田氏被問得一怔，一時不知說什麼才好，半晌才道：「妳這樣不算不敬佛祖。」

琳芳不知想起什麼，打了個冷顫。「怎麼不算……佛龕、香爐碗、供品全都沒有了……我什麼都沒有了，母親不知道最近屋子裡常有奇怪的聲音，還有、還有……佛香的味道……母親有沒有聞到？」

佛香的味道。田氏看向供桌，香爐已經被挪走，哪來的佛香味？

「又說傻話了，妳不喜歡不讓人燒就是。」田氏說著去動琳芳手腕上纏的佛珠，上面有好幾串，將手臂繞得緊緊的。

琳芳突然用起力來，將田氏推開。「別動我的佛珠！好不容易……」說著用手指在嘴邊噓。「好不容易這屋子裡沒有了聲音，只要我停下來，等到天黑了，祂們就會找上門，帶我去阿鼻地獄。」

田氏張著手，琳芳躲得更快，屋子裡的丫鬟都上前去勸。「大奶奶，您還是聽二太太的吧！」

身邊的婆子看不下去，伸出手來攔琳芳，琳芳卻大喊大叫起來。「妳們躲開、躲開！別害我，讓我唸經，讓我為自己消業！」說著扭頭看田氏。「母親、母親，請師太過來給我作法事，作了法事我就好了，我屋子裡再沒有聲音，再沒有人在我耳邊說話……母親……母親……」

田氏看琳芳越來越瘋狂的模樣，終於忍不下去，吩咐婆子。「將大奶奶放開，隨她去吧！」

婆子一鬆手，琳芳跌跌撞撞又爬回蓮花墊，仔細將衣裙都收好放在蓮花墊上，彷彿只有蓮花墊才能讓她安全，一雙大大的眼睛空洞地四處看著，然後緊張地唸起經來。

田氏心跳如鼓，沒想到琳芳會變成這個樣子……抬起眼睛看到琳芳身邊的四喜，四喜意會，慢慢地走過來。

田氏走出內室去東側室裡和四喜說話。「琳芳這是怎麼了？上次回家還是好端端的，怎麼這幾日就成了這個模樣？」

田氏身邊的嬤嬤左右看看，走出去關上隔扇。

四喜忙跪下來。「二太太，您去清華寺請大師來給奶奶驅邪吧，說不得這樣一來也就好了。」

四喜竟然也這樣說。田氏攥起帕子，臉色深沈。「妳在奶奶身邊不好好勸著，怎麼還鼓動她接著亂來？」

四喜眼睛一紅，慌張地道：「奶奶最近常聽到怪聲，晚上有人在她耳邊說話，屋子裡也莫名其妙地有佛香的味道，還有人敲木魚……可是奴婢們都聽不到，只要天黑下來，屋子裡的燈就都要點起來，就算這樣奶奶也不敢睡覺，只要一閉眼睛就是一身的冷汗。太太請了郎中給奶奶瞧，郎中開了壓驚的藥，奶奶吃了也沒用，奶奶說要請人作法事，太太不肯……奶奶這才求著太太請您過來，您就給奶奶求求情，請人作幾日的法事，好歹讓奶奶好起來啊！」

田氏仔細看著四喜，四喜眼睛沒有躲閃，裡面滿是焦急。「實在不行，您將奶奶接回陳家住一陣子……」

接回陳家，這要讓人怎麼說？說不得林家會乘機休了琳芳。

田氏不作聲，旁邊的沈嬤嬤道：「哪有什麼神神鬼鬼的？別亂說。」

四喜立即看向田氏。奶奶也是因二太太才看佛經的，否則也不會在屋子裡供佛龕，這樣年紀的主子，哪個早早就天天吃齋唸佛，還不是二太太菩薩的名聲在外？

屋子裡安靜下來，外面隱約傳來琳芳唸經的聲音，四喜鼓起勇氣接著道：「太太，您若是不管奶奶，奶奶的病不知還能不能好了……這才幾日就瘦成這個樣子，飯食也不進，再這樣折騰下去，人怎麼受得了？」

田氏板著臉。現在這個關頭怎麼好再提做道場，林大太太上門說的就是別再讓琳芳這樣信佛。

田氏站起身從側室裡出來。琳芳盯著佛經看，田氏走上前拿起佛經，琳芳一把搶奪過去，牢牢地抱在懷裡不肯放開。

田氏提高了聲音。「琳芳，妳還聽不聽母親的話？」

琳芳眼睛這才挪到田氏臉上。「母親，我一直……都聽您的……我什麼都……聽您的……您說有佛祖，是真的有……佛祖天天和我說話……她們都聽見了，所有人都聽到了……母親，您也信我一次，誰都能不信我，母親怎麼能不信？這裡面的事，母親最明白……」說著扔掉懷裡的書，緊緊地拉住田氏的手。「母親……」說著眼淚也流下來。「母親，您救救我，我再也受不了了，祂們就在這裡……只要我閉上眼睛……祂們就在我耳邊說話，母親您帶我回去吧，帶我回紫竹院……」

沈嬤嬤見狀也來勸說。「奶奶穩穩心神，什麼都好說。」

田氏看著琳芳黯淡無光的眼睛，心裡一軟。「琳芳，妳聽母親說，妳哥哥才成親，家中事多不好現在就接妳。妳先養病，過些日子身上好些了，母親再和妳公婆商量，讓妳和姑爺一起回陳家住幾日。」

琳芳聽得這話，一下子跌坐在墊子上。「母親這是不肯救我了……」

旁邊的沈嬤嬤面露不忍，用袖子擦擦眼角。「好好的奶奶怎麼就……病成這樣。」

田氏想到琳芳平日裡的模樣，拉起琳芳的手。「母親回去問問妳祖母，若是行，我就來和林家商量，妳看可好？」

琳芳抬起死灰的眼睛。「母親……說的……可是真的？」

田氏點頭。「是真的，妳放心，是真的，妳只要聽母親的話先不要這樣唸佛，好好去床上歇著，母親自然有法子。」

琳芳不停地點頭。

田氏臉上露出一絲笑容，忙招呼下人將琳芳扶起來，誰知趁著這個機會，琳芳又將地上的佛經抱在懷裡，轉動起手中的佛珠來。

第三百一十八章

林大奶奶的病越來越重。這消息像長了翅膀一樣，很快鬧得滿京城都知曉。林家去陳家幾次商量整件事，京裡所有的郎中也都請了個遍，林大奶奶的病還不見好轉。

林家的事才傳了幾日，就被一件大事壓住了——皇上立二王爺為儲君，即日起入養心殿旁聽皇上處理政務。

整個京城如同開了鍋的水，一下子翻騰起來。

大周朝雖然早已廢了東宮，當今皇上卻將從前的潛邸賜給了二王爺。

朝廷經了這樣的大事，先是人人不安，等到一切成了定局，又異常安靜下來。二王爺佐理朝政，一絲不敢放鬆，每日進宮最早出宮最晚，這樣勤懇頗讓皇上欣慰。

得了消息，淑妃娘娘在後宮鬧了兩日，被皇上因禮數不周責罰禁足三個月，從此之後就像失了寵。皇上每晚睡在景仁宮，帝后的感情也愈加篤厚。

轉眼從秋天到了冬天，政事彷彿也暫時被擱置下來，所有人張羅著過年，街面上張燈結綵，異常熱鬧。

琳怡在京中的兩個鋪子都賺了不少銀錢，給下人的紅包加了不少，府裡的管事嬤嬤領了銀錢來謝恩，琳怡讓鞏嬤嬤準備。「將送來的點心也拿來些讓大家都嚐嚐，累了一年也該吃些好的。」

鞏嬤嬤笑容可掬。「奴婢已經準備好了。」

大家忙又謝恩。

琳怡正要讓大家散了，門上的婆子進來傳消息。

鞏嬤嬤去聽了，臉色微變，走到琳怡身邊稟告。「林大奶奶不行了，陳家準備去瞧呢。」

琳怡收起笑容，將手裡的茶碗放下。「什麼時候的事？」

鞏嬤嬤道：「聽說前兩日就米不黏牙了，陳二太太過去看了幾次，說是精氣都快熬沒了，要是這樣下去，最多只能挺到春天。」

琳怡問鞏嬤嬤。「有沒有聽說陳家二房準備怎麼辦？」她以為田氏總該有些動作，不至於讓琳芳就這樣病死在林家。如今二王爺已經是儲君，長寧師太的風波也算是過去了，怎麼田氏還讓林家這樣為所欲為？

鞏嬤嬤搖頭。「二房那邊最近謹慎得很，像是沒有要接林大奶奶回娘家的意思。」

田氏在人前總是一副慈母的模樣，到了關鍵時刻，卻不過也是顧著自己的利益。琳怡很慶幸沒有田氏這樣的母親。

鞏嬤嬤接著說：「廣平侯夫人明日就要去看，雖然是在正月，和親家走動走動也是應該，外面也不會生出閒話。」

琳怡點頭，也應該這樣。她看向鞏嬤嬤。「讓人去廣平侯府說一聲，明日我和母親一起去林家。」

鞏嬤嬤應聲出去，琳怡進了書房，周十九正好看完公文，撩開袍子和琳怡一起坐在臨窗羅漢床上。「看完禮單了？」

都是正月裡親戚、朋友往來的禮物，今日沒事，琳怡就和管事的一起核對出來。

白芍親自送上茶，周十九喝了一口，她才道：「琳芳不行了，明天我想和母親一起去林家看看。」

周十九抬起眼睛。「秋天得的病，現在才正月？」

琳怡頷首，下面的話不用說，彼此都心知肚明。表面上林家是保全自己，其實是從背後給了陳家一刀，陳二太太田氏在外的名聲大不如從前，很多人議論琳芳有今日都是果報，陳二太太田氏為了謀利連女兒都利用，將來陳家還有更大的禍事。

這樣的話題一開，陳二太太田氏這些年出入內宅，借著講佛經和權貴拉攏關係的事一件件都被扯了出來。普遠大師和長寧師太鬧出的事，本就該有個人來承擔，既然皇上沒有明著將五王爺叫去訓斥，五王妃那邊也毫不留情面地將錯信奸人的罪過一股腦兒地推給旁人。

那個人自然就是和長寧師太交好，整日去五王府講佛的田氏。

田氏為了避禍只能深居家中，就算去清華寺上香，也沒有人願意和田氏說話。

按理說林家的目的已經達到了，大可不必再急著為難琳芳，她雖然和琳芳沒有什麼姊妹之情，可是仔細想想。「琳芳年紀輕輕……林家也真下得了手。」

琳怡話音剛落，橘紅進門稟告。「書畫鋪的管事來了。」

京裡的兩個鋪子都在初八開張，大約是又收到了大銀錢的書畫，於是來問問主意。琳怡就看周十九。「郡王爺去吧，妾身的眼光不如郡王爺。」書畫的事大部分都問周十九，周十九在外面知道的消息多，很少會看漏眼。
他笑看琳怡。「讓人將棋盤擺上，我們下盤棋。」
琳怡起身送周十九出去，回到屋中吩咐白芍。「挑兩件禮物來，明日我要帶去林家。」
白芍到後面挑了兩塊硯臺。
林家是書香門第，就連下人都知曉要送筆墨紙硯這些東西應景。琳怡搖搖頭。「我記得前幾日宗室營送來兩只花開富貴的大花瓶，就用宣紙包好放在盒子裡。」
白芍應了一聲，將硯臺捧了下去。
琳怡坐著喝了碗茶，將上次周十九和她沒下完的殘棋擺出來。棋子還沒擺完，周十九大步進了屋，手中還拿著一幅畫，神情淡然。
莫不是書畫店收到了贗品？他向來不看重錢財，就算這樣，不過一笑了之罷了。
周十九將手上的畫卷給琳怡，琳怡邊將畫展開邊問：「怎麼了？」
畫展開了一半，她面露驚訝。「這是……」這是田氏的觀音像，可這觀音像和她在田氏房裡看的不一樣，都是以田氏為模子，只是這張畫像中觀音穿著打扮不似佛像描述的那般，嚴格來說，這不是觀音像而是田氏的肖像，畫卷裡的田氏嫣然一笑，有幾分風流媚態。
周十九道：「鋪子裡還有幾張類似的，管事作不了主來府中問，賣畫的人被扣在店中，是不是要驚動官府？」
驚動官府，免不了要一路查下去，田氏要羞憤而死，陳家也會被牽連。琳怡道：「從前我就見過以陳二太太相貌畫的觀音像，現在陳家還有一幅，真的查起來，這畫不知算是被誰流傳出去的。」

她和周十九商量。「畫都買下來，賣畫的人就送去陳家二房，二房那邊有二老太太這個長輩在，這些事就請長輩定奪。」京裡不止他們一家書畫店，他們收到了別人未必沒有，不出半日，京中就會炸開鍋。

陳二奶奶的畫像流入市井，讓外面的男人評頭論足，這只怕是京中最難堪的事。

周十九道：「別人家未必沒有，都在等這個機會罷了。為了陳家的名聲，只能悄悄行事。」

也就是同意了她的安排。

琳怡吩咐下去，將手裡的畫收好，將來也好有個對證。

天已經黑下來，廊上的紅燈籠都點起來，照得屋裡屋外十分明亮，外面煙火聲音不斷，還能讓人感覺到年中的喜氣，不過在陳家二房聽來如同平地驚雷。

琳怡喝口茶，和周十九下棋。

第三百一十九章

陳家二房那邊，陳大太太董氏捂著慌跳不停的胸口，急急忙忙往二老太太屋裡去。

大奶奶蔡氏正陪著二老太太笑著說話，轉頭看到大太太董氏連斗篷也沒穿，蒼白著臉如同撞了鬼般闖進來，不由得一怔。

二老太太也收起臉上的笑容，看向大太太。「一把年紀的人了，怎麼還這樣冒失？」說著招呼身邊的丫鬟。「快去給大太太拿杯熱茶暖暖身子。」

大太太不等丫鬟下去，徑直走到二老太太跟前，聲音低沈。「老太太，出事了。」

二老太太皺著眉頭看過去，大太太董氏緊攥著手帕，忍不住顫抖。

蔡氏看看陳臨斌，陳臨斌起身向二老太太告辭，兩口子從二老太太房裡退出來。

大太太董氏將身邊的下人也打發出去，這才將話說清楚。「康郡王府的書畫店收到幾幅畫，畫的好像是咱們二太太，康郡王府那邊不敢聲張，偷偷將賣畫的人綁了送來咱們府上，請老太太定奪。」

二老太太正拿茶來喝，聽得這話，指尖彷彿被茶碗燙了，連忙將手收回來，抬起頭看向大太太董氏。「妳說什麼？」

大太太董氏面上焦急。「咱們二太太扮過觀音，紫竹院裡不是還有一幅觀音圖？同樣的畫還送出去幾幅，五王府就有，我想是不是因這樣……才被人拿出照著描了些。從前那些畫都是在內宅，現在被賣去了市井……」

二老太太只覺得一股熱血一下子燒上了頭，握著椅子把手起身，誰知沒有站穩差點就摔下去，大太太忙上前去攙扶，二老太太心中火氣上漲，伸手將大太太甩去一旁。「是不是琳怡動的手腳？」

大太太愕然，想到琳婉囑咐她的話，現在二王爺是儲君，琳怡又和皇后娘娘交好，日後說起康郡王府都要小心些，於是低聲道：「應該不會……琳怡又沒有二太太的畫像……再說如果是這樣，何必將賣畫的人送到咱們府上？」

二老太太伸出手。「快，讓府裡管事將人帶下去細問！」

大太太應了，又想到什麼。「我看還是將二太太也叫來，問問二太太將畫像都送給了誰。」

二老太太看向董嬤嬤。「去……將二太太叫來。」

董嬤嬤一路去紫竹院，大太太董氏走出月亮門吩咐身邊的方旺媳婦。「我忘了拿二太太那幅畫，快，去前面將畫拿來給老太太送去。」

方旺媳婦去拿畫，大太太回去屋裡將話說給陳允寧聽，陳允寧眼睛一亮。「這是真的？」

大太太頷首。「人和畫都帶來了，還能有假？」

陳允寧先是一怔，臉上露出笑容來，委實笑了好一陣。

大太太故意板著臉問陳允寧。「虧你還笑得出來，咱們陳家的名聲算是沒了。」

陳允寧冷笑。「她也有今天？我還以為她要當一輩子的善人。」說著一頓。「這些年，我們沒少被她算計。」

說到這個，大太太董氏眼圈一紅。「別的也就罷了，敦哥她也不放過，老太太現在也不喜歡我們敦哥。」敦哥用彈弓打鳥，卻將陳臨斌的大丫鬟杏兒眼睛打瞎了，這件事傳到了外面，讓陳允寧好久都抬不起頭來。她本是幸災樂禍，琳婉囑咐她這時候要替敦哥抱屈，她這樣一說，陳允寧果然感激她大度，從那以後，她事事都聽琳婉的。

陳允寧道：「看老二怎麼掩住醜事，田氏會不會一死保清白。」

大太太道：「她怎麼捨得死？」

「不死？」陳允寧有些陰陽怪氣。「由不得她，族裡也不會這樣不了了之。」

夫妻兩個說了會兒話，大太太去二老太太房裡打聽消息，才走到房門外，就聽到田氏哭泣的聲音，接著是陳允周的怒吼。「讓我查出這個人是誰，定要將他碎屍萬段！」

大太太董氏在門外聽得心中歡跳，半晌才揭著簾子進內室裡去。陳允周正在看手中的畫像，捏著畫軸的手不停地顫抖，終究是沒能按捺住心中的火氣，惡狠狠地看向田氏。「妳說！妳都將畫像給了誰?!」

自從成親以來，陳允周第一次和田氏動氣。

田氏心中本就慌張，如今被這樣一吼，硬是愣在那裡。

大太太董氏走過去，神情憐憫地攙扶著地上的田氏。「二叔也別光怨弟妹，還是先想法子。還好現在畫像沒有傳出去，外面還不知曉。」說出這些話，大太太的心幾乎躍起來。多少年了，田氏都扮演著她如今的角色。

田氏也似乎發覺出什麼，抬起頭怔怔地看著大太太。

二老太太看向陳允周。「你遣幾個執事將京裡的書畫鋪子都看一遍，明著暗地都要仔細打聽，有類似的就買回來，銀錢不夠我屋子裡有，快去——」

陳允周應了一聲，將手裡的畫扔在几案上，轉身大步出了門。

二老太太看向地上的田氏，田氏下意識地捏住手，手心裡是一串紫檀佛珠。

大太太董氏將田氏扶到一旁坐下，似是不經意地撿起畫來看，看到畫上的人，大太太忍不住驚呼。「這是誰？怎麼能做出這種事？」

田氏眼望著大太太董氏拙劣的表演，心底的那根刺越扎越深。

從此之後，她要常常在大太太眼睛中看到這種神情，譏誚、得意、嘲笑……想到這裡，她心底一熱，彷彿有熱流一下子湧了出來，一直到了她的喉嚨，讓她噁心得想吐。

第三百二十章

琳怡安安穩穩睡了一覺，睜開眼睛時天已經快亮了，外面的自鳴鐘錚錚作響，白芍和玲瓏正商量要將自鳴鐘先請下去，讓琳怡再睡一會兒。

琳怡起身伸手勾了勾床邊的圍鈴，白芍忙進屋裡來。

琳怡問：「怎麼沒有叫起？」

白芍笑道：「郡王爺走的時候特意叮囑讓郡王妃多睡會兒。」

她很少有睡這麼死的時候，起身也覺得十分疲倦似的。「暉哥怎麼樣？」

白芍道：「正和乳母玩呢，郡王爺走的時候特意去抱了一會兒。」

周十九抱兒子，還要選她不在場的時候。君子抱孫不抱子，在她面前偏要裝作是翩翩君子。

琳怡起身梳洗，門房來說東西已經備好，等廣平侯府來馬車。

比原定的時候晚了會兒，廣平侯府的車馬才到，琳怡讓人將禮物搬上，踩著腳蹬上了車。

小蕭氏將琳怡拉到身邊坐下，仔細打量琳怡兩眼，覺得琳怡氣色很好，也就放下心，等馬車開動，伸手整理琳怡的鬢角。「要開恩科了，街上都是轎馬人役的好不熱鬧，我們是為了避開才多繞了半圈，因此耽擱了時辰。」

宗室營是不經科舉入仕的，琳怡也就沒將這件事放在心上。琳怡道：「咱們族中可有子弟下場？」

小蕭氏笑道：「有呢，家中的西園子已經收拾出來，專供族中人落腳……」說著頓了頓。「往年有些都去二房那邊，今年都登了我家的門，想來是妳父親在族中名聲好了，大家都肯來。」

族中人氣旺也是廣平侯府的臉面。

琳怡看看小蕭氏，她們這次去林家，林大太太難免會試探小蕭氏的口風，於是低聲叮囑。「我們只是去看琳芳，母親不要和林大太太多說二房那邊的情形，免得因此落人口實。」

小蕭氏臉上一紅。「來之前妳祖母已經囑咐過我，我從前不知曉林大太太是何等人，現在我也看透了，她有半點的善心，琳芳又怎會成如今的模樣？」

琳怡頷首。「我是怕林大太太見了母親要哭訴，母親想起從小的交情來。」

小蕭氏倒沒想過林大太太能做到這一步，誰知馬車才在林家門前停下，琳怡的話就應驗了，林大太太頂著通紅的眼睛出來，見到小蕭氏，眼淚汪汪。「該我先去府中拜會夫人才是，怎麼反倒讓郡王妃和夫人過來？」

小蕭氏笑道：「大太太客氣了，都是親戚，誰來不是一樣的。」

林大太太親切地看向琳怡。「郡王妃生產之後氣色倒是好多了，真是讓人羨慕。」說出這樣的話，不由得讓人想到琳芳嫁進林家以來身無所出的事來。林大太太果然又用帕子擦了擦眼角。「不像我們大奶奶，是個沒福氣的，小小年紀就……」

小蕭氏忙勸慰。「琳芳年紀還小，等身上的病養好了，生養孩子還不容易？」

「但願是這樣。」林大太太嘆口氣。「郎中都請遍了，還託了人請到御醫來，都是束手無策，我是眼看著琳芳這樣熬，著急也是沒法子。」說著看向琳怡。「郡王妃幫忙勸勸，怎麼也要吃些東西，再這樣下去撐不過兩日了。」

小蕭氏驚訝地道：「現在還不肯吃東西？」

林大太太搖頭。「我是喜歡這孩子的，只是沒想到她會……這樣和佛祖有緣……難不成年紀輕輕就要被帶走……」說到這裡，林大太太垂下頭，彷彿步子也沈重了許多。

往事一幕幕地從琳怡眼前掠過，沒有誰比她更清楚琳芳的處境。

幾個人走過長廊，沿著抄手走廊到了林大太太住的南正院。

丫鬟打起軟簾，林大太太將琳怡和小蕭氏請進屋中坐下來。

小蕭氏就問琳芳的病。「到底是怎麼回事？」

林大太太道：「都怪我將那佛龕挪出來，我也是怕她被長寧師太騙得迷了心竅，誰知道從此就發了病，大家都睡得安靜，她就突然叫起來，先是將正青趕出了屋，然後就說佛祖要將她打入阿鼻地獄。」

這和外面傳的一般無二。

和林大太太說了會兒話，小蕭氏無心久坐。「我還是去看看琳芳。」

林大太太頷首，帶著琳怡和小蕭氏去琳芳的院子。

寶瓶門前站著一個回事的小廝，看到來了人忙上前行禮。

林大太太道：「大爺在嗎？」

「在呢，」小廝恭謹地回話。「大爺帶了郎中去給奶奶診脈了。」

林正青在家——

小蕭氏看向林大太太。「大爺沒有去上衙？」

「沒有。」林大太太嘆氣。「琳芳病成這樣，我怎麼敢再放他走？萬一有個不好，他總是有個主意。」

剛踏入琳芳的院子，小蕭氏臉色頓時變得難看。「這大白天的……怎麼這樣……」整個屋子四周都用簾子擋住，半點陽光也透不進去。

林大太太眼淚就掉下來。「是琳芳讓的……不能讓佛祖看到她，否則就會將她捉走了。這屋子裡是半點光也不能見的。」

琳芳怎麼到了這個地步……

厚厚的簾子撩開，屋子裡的丫鬟挑著燈在一旁迎接，屋子裡的燈架上點著不少的燈，饒是這樣，比起外面的陽光普照，還是十分陰暗。

林大太太吩咐丫鬟。「將燈旋亮些。」

話音剛落，林正青就領了郎中從內室裡出來。

琳怡抬起眼睛去看林正青，儒雅的臉上帶著濃濃的憂慮，眉毛緊皺，彷彿真是憂心妻房。

那郎中去側室裡開方子，林大太太忙問林正青。「怎麼說？」

林正青搖搖頭。「都是一樣。」

「這可怎麼辦呢！」林大太太一時面如死灰，眼淚又淌下來。

屋子裡傳來琳芳斷斷續續的喊叫聲。

小蕭氏和琳怡對視一眼，急走兩步，林大太太也忙跟在後面。

進了內室，琳芳的聲音格外真切。「佛……珠……佛……珠……呢……」

旁邊的四喜忙將手裡的紫檀佛珠遞過去。「在這兒呢……在這兒呢，奶奶，剛才郎中診脈礙事，奴婢才摘了。」

琳芳仰面躺在床上，臉頰深凹下去，頭髮散亂著，一雙黯淡無光的眼睛直直地盯著床頂，骨瘦如柴的身子在錦被裡瑟瑟發抖。琳怡心裡早有準備，卻還是嚇了一跳。

小蕭氏驚訝地止住腳步，好半天才又上前拉起琳芳露在外面的手。「孩子，妳怎麼成了這個樣子？」

琳芳像是沒看到似的，眼睛動也不動，只有嘴唇還囁動著。「經……經……經……」

四喜哭道：「奶奶是想聽經書……」

林大太太道：「快，那就講給大奶奶聽。」

屋子裡傳來小丫鬟磕磕巴巴讀經的聲音。

林大太太解釋。「特意找了個認識幾個字的，讓女先生教了一遍。琳芳沒有經書，連水也不肯喝的。」

屋子裡久不見光，有一種特別奇怪的味道。

琳怡走上前仔細看著琳芳，小蕭氏在旁邊苦口婆心地勸著，琳芳絲毫不動容。琳芳這個模樣哪裡還能聽得進旁人的話？琳怡順著琳芳的目光向床頂看，黃花梨的八步床上，雕著卍字花紋。

琳怡看向琳芳的陪嫁丫頭四喜。四喜眼中沒有半點異樣的神情，沒有什麼話要說的樣子。

林家連陪嫁丫鬟也籠絡住了，琳芳自然只有等死的分。

小蕭氏又靠得琳芳近些。「妳想吃什麼、想做什麼就和嬸娘說。」

琳芳聽到這話，彷彿有了反應，嘴唇激動地開合起來。

四喜要湊過去聽，琳怡伸出手攔住四喜，自己彎下腰在琳芳耳邊。

琳芳用盡全身力氣。「清……清……華……寺。」

琳怡直起身子，轉頭去看林大太太，林大太太眼睛一縮，緊著問：「怎麼樣？說什麼？」

琳怡頓了頓。「四姊想去清華寺。」

林大太太皺起眉頭。「這孩子，怎麼、怎麼——」

琳怡打斷林大太太的話。「這也就是四姊最後一個心願了。」

林大太太為難地搖頭。「病成這樣，別說去清華寺，就算連這個院子也出不得的。」說著轉頭去看林正青。「你說呢？怎麼辦才好？」

林正青淡淡地看了琳怡一眼，目光帶著幾分譏誚，很快卻充滿了傷心，走幾步到琳芳床邊。

「等妳身子好了，我就陪著妳去清華寺，妳說好不好？」

琳芳看到林正青，不知怎麼慢慢地安靜下來。

無論誰來看，都不會懷疑林正青。

小蕭氏和琳怡回到林大太太房裡商量對策。

林正青過了一會兒也過來說話。

「怎麼樣了？」林大太太關切地問。

林正青道：「已經睡著了。」

林大太太連連點頭。「有時候也就能聽正青的話。」

林正青忽然看了一眼琳怡，然後挪開眼睛。「依我看還是要找好一點的郎中來，這些藥怎麼吃都不見效用，說不得是沒有對症。」

林大太太神色肅穆，為難地看琳怡。「正青說，琳芳這幾日神智不清亂說話，不是我不讓她去清華寺，她的情形真的是去不了。」

琳怡很好奇林正青指的亂說話是什麼，靜靜地望了一眼林正青。

林正青目光深遠，若有所思。「看著燈光說是著火，害怕得不得了。」

著火……琳怡心中冷笑。林正青是要提醒她，前世要不是琳芳一家逼迫，他也不會想要燒死她。

可畢竟那把火是林正青放的，她不會和林正青不計前嫌同仇敵愾地對琳芳。琳芳固然是自私、驕縱，卻還沒有真正傷到她，和林家的狠毒比起來，琳芳比白紙還乾淨。

第三百二十一章

琳怡思量了片刻。「這幾日我正讓人去清華寺打聽著，看看能不能請一位德高望重的師太來幫四姊，不用挪動四姊出去，不知方不方便？」

林大太太沒想到琳怡會這樣說，怔愣片刻。「怎麼不行？我們是求也求不來呢，清華寺的師太並不好請，現在又是正月香火正盛……本想著求人幫忙，卻沒找到門路，郡王妃能伸手，自然是最好不過。」

琳怡道：「我有這個心，卻怕給府裡添亂，總要找親家太太商議商議。」

林大太太滿面笑容。「那就煩勞郡王妃。」

又過了一盞茶的工夫，琳怡和小蕭氏起身告辭。坐在馬車上，小蕭氏提起琳芳頗為心酸。「妳們姊妹幾個，琳芳相貌最俊俏，這才出嫁幾年竟成了這個模樣……」說著擔心地看琳怡。「妳要幫忙是好事，也不知道林家會不會因此記恨妳，或又去害琳芳。」

她倒是不怕林家記恨。「琳芳病成這個模樣，話也說不出。」眼見是更沒識破林正青的真心，林家自然不必怕什麼。「我們走了林家就害死琳芳，反倒引人猜忌，母親放心，不會怎麼樣。」

小蕭氏嘆口氣。「看樣子琳芳的病是不會好了。」

林正青今日至少有一句話說得對，琳芳的病究竟沒有對症，琳芳的心結始終在冒犯了佛祖上，說不得請師太來講講佛法倒能好些。

小蕭氏道：「人各有命數，就看琳芳能不能想通了。」

晚上等周十九回來，琳怡將琳芳的情形說了。「讓人唸佛經才能安穩地躺著，還想要去清華寺。」

周十九聽了頷首。「獻郡王爺才捐了幾本經書去清華寺，想必這時候開口，清華寺的住持定能應允，明日我和獻郡王說一聲，請他幫幫忙。」

琳怡笑著看周十九。「這樣倒是讓妾身省了事。」

周十九看向琳怡手裡的針線。「家裡開了鋪子，就讓管事從鋪子裡拿活兒，家裡的針線交給下人來做，妳也歇一歇。」

琳怡抿嘴笑。「我也沒做什麼，就是郡王爺的東西。馬上換裝了，我想著多做幾塊襯子，將來做袍子也方便。」說著去分線。「現在屋裡的針線都還夠用，過幾日就真的要去外面買了。」

周十九放下手裡的茶杯。「屋裡要調人手？」

琳怡頷首，臉一抬，嘴邊多了些笑容。「我的幾個陪嫁丫頭，若是郡王爺不要，就該放出去了。」

這是在逗他，周十九清亮的眼睛閃爍。「妳要是不捨得，就留在屋裡。」

看著琳怡眼睛一抬，周十九接著說：「家裡有幾個管事家中尚有長子未婚配，這幾日我讓管事帶進府讓妳相看，合適的話嫁過去，將來妳想招回來用也方便。」

她倒是有這個心思，還沒想好怎麼和周十九開口，畢竟那些管事都是跟了周十九多年的，要論忠心，終究不是拿一半家僕來衡量，她將自己信任的人嫁過去，就等於伸進去一隻手，沒想到周十九倒是不在意。

琳怡臉上露出溫柔的笑容來。「好。」

獻郡王出面去清華寺，很快就有位講經的師太去了林家。琳怡得了消息，讓人拿了份香油錢送去清華寺。

琳芳的病雖然沒聽說見好，好在病情卻穩定下來。

自從二王爺做了儲君，好消息就一件接著一件。二王爺為張風子求情，張風子從大牢裡放了出來，提拔去了太醫院供職，張家原被朝廷查封的屋產也悉數歸還。

獻郡王妃說起這個津津樂道。「我們郡王爺這些日子高興得不得了，將這些年和幕僚們整理的書籍也呈了上去，海禁一開，朝廷也不那麼拘束了似的。」

海禁一開，多了許多新鮮玩意兒，琳怡想著就好笑。「也不好，我們府上的銀子花得可是多了，我看到那些新奇的就想買來。」

「都一樣。」獻郡王妃頓了頓。「聽說陳二太太的事沒有？」

田氏？她想不聽都難，現在京裡傳得沸沸揚揚，陳二太太是個假菩薩，和那些道婆一樣打著菩薩的幌子做壞事。田氏的畫像被陳家買走了不少，可還是有傳遞出去的，這種事向來都是一傳十、十傳百，男人有男人的渠道，表面上是沒有什麼，陳允周臉上早就掛不住了。

陳家府裡傳出幾次消息，說是田氏尋死覓活，不過一直都沒結果。

田氏不是那種輕易肯尋死的人，更何況畢竟五王爺沒有滿盤皆輸，若是將來能翻身，不管多少污點都能遮掩過去。

琳怡道：「聽說一些，大概都是幾天前的消息了。」

獻郡王妃道：「田氏要去濟慈寺裡住一段日子。」

濟慈寺是京裡女眷專門落腳的地方，香火並不旺盛，整個寺廟能維持都是靠收內宅中犯了錯的女眷，又因和太妃們出家的長慈寺同在一處，守衛極其森嚴，不怕有誰進去之後能私自出來。

田氏想要不死，濟慈寺是唯一的去處。

獻郡王妃和琳怡正坐著，外面的婆子來道：「悟寧師太來了，說是為了四姑奶奶的事。」

獻郡王妃聽得這話就起身。「時辰也不早了，我就先回去，改日我們再說話。」

琳怡笑著將獻郡王妃留住。「才來怎麼就走呢，反正也沒有別的事，只是為了琳芳，郡王妃在這裡還能多一份主意。清華寺的師太還是通過您和郡王爺才能請到的。」

獻郡王妃想了想。「也好。」

兩個人去東側室裡坐下，片刻工夫，鞏嬤嬤將悟寧師太請了過來。

琳怡和獻郡王妃行了個佛禮，悟寧師太很客氣地回過去，三個人都坐在椅子上，下人端了清茶上來。

悟寧師太不似長寧師太那般懂世故，坐了一會兒，喝口茶就道：「貧尼是為林大奶奶而來，大奶奶的病已見好轉，只是貧尼還有課業，不方便總去林府為林大奶奶講經。」

琳怡和獻郡王妃對望一眼。獻郡王妃先道：「都說救人一命勝造七級浮屠，師太千萬不要推辭……好不容易見了好，總不能前功盡棄啊。」

悟寧師太雙手合十唸了「阿彌陀佛」，頓了頓看向琳怡。「貧尼就是為了救人性命而來，林大太太已經看破紅塵，想要剃度侍奉佛祖。」

琳怡頗感驚訝。「大奶奶是被師太經法打動，才有這樣的心思？」

悟寧師太道：「林大奶奶本就和佛祖有緣，這是命中定數，這些日子經我講法更定了心。貧尼是侍奉佛祖之人，怎好推託？特意替大奶奶走這一趟，盼郡王妃能幫襯，讓大奶奶能得償所願。」

琳芳想要去清華寺參佛，當時在林家，琳怡也是聽到這話的，卻這樣剃度……琳芳是林正青的正妻，真的要如此也要林家長輩同意。悟寧師太是知曉癥結在哪裡，才會來康郡王府走這一趟。

去寺廟養一段日子，或許琳芳的病能痊癒，就這樣讓她留在林家，到頭來也是死路一條。琳怡看向悟寧師太。「我知道佛門還有俗家弟子，我四姊究竟年輕，難免一時氣盛，若能先被收為俗家弟子，去寺中暫住些時日，等心境平和再做打算，是最好不過了。」

悟寧師太沒有作聲，慢慢地轉動著手中的佛珠。「此事該由林大奶奶權衡，並非貧尼和郡王妃所能左右。」

也就是說琳芳已經下定決心。

獻郡王妃還要勸說，琳怡輕輕搖了搖手，吩咐鞏嬤嬤取香油錢來。「初一、十五難免供奉，還請師太定要收下。林家那邊我去一趟商量對策，恐這些日子還要煩勞師太先幫襯著。」
悟寧師太答應下來，起身告辭。
鞏嬤嬤忙送了出去。
琳怡這才看向獻郡王妃。「妳看這事該如何是好？我怎麼好去林家開這個口。」
就算琳芳要剃度出家，出面的也該是田氏，可如今田氏也顧不得這些了。
「依我看，妳還是回娘家商議商議。」獻郡王妃道。「就算救人也不能光憑妳一人之力，將來傳出去也不好聽，還當是妳硬要拆散人家夫妻。」
琳怡頷首。「我也是這般想法，不是我珍惜名聲，沒有長輩在場，林家那邊我也不一定能說服。我的意思是寫信去族中，請族中長輩出面安排。」
獻郡王妃道：「如此倒也名正言順。」說著嘆口氣。「林大奶奶能保住性命已經是萬幸，將來如何妳也不要思慮太多，走一步看一步吧！」

第三百二十二章

獻郡王妃又去看了暉哥才走。

琳怡第二天回到廣平侯府，向長房老太太問個主意。

長房老太太將陳允遠的信函拿給琳怡看。「田氏也算救了她女兒一把。族裡不知何時也收到一幅田氏的畫，如今族中幾個嬸子和宗長一家都來京裡，說是為了族中子弟恩科之事，其實是想問問二房要怎麼處置。咱們陳家是大族，可從來沒這樣傷過顏面，三河縣都傳遍了，人人當作笑話，越是壓越是鬧得厲害，已經不是裝作若無其事就能解決的。」

大約二房是聽說了這個消息，才會急著將田氏送走。

琳怡道：「父親也要回京？」

長房老太太笑著頷首。「一起回來。妳母親這些日子正忙著籌備中饋，免得妳父親進家門受委屈。」

長房老太太的戲言讓小蕭氏紅了臉。

屋子裡的氣氛十分歡快，小蕭氏出去準備宴席，長房老太太讓琳怡扶著起身，在屋子裡走動。琳怡側頭看著長房老太太全白的鬢角，想及剛進京的時候，長房老太太的身子比現在硬朗不少。

長房老太太似是看出琳怡心中所想，笑著道：「一年不如一年了，倒也熬了過來，能看到今天，我也知足了。」

琳怡笑著給長房老太太寬心。「您好好用藥，等過幾日暖和了，身子骨還能活絡呢。」

長房老太太頷首。「放心吧，這屋裡十幾隻眼睛都盯著我的藥碗，差不了。」

琳怡被逗笑了，想起陳臨衡的婚事。「母親怎麼說？」

長房老太太走到羅漢床邊扶著坐下，琳怡忙蹲下服侍著脫了鞋，從旁邊拿過薄被給長房老太太蓋了，橘紅又從丫鬟手裡請過手爐讓長房老太太抱著。

長房老太太喝了口茶，這才道：「我看是死了心，再也不提和蕭家結親的事，」說著嘆氣。「我也是有心要兩家親上加親，的確是沒有好女兒。」

小蕭氏也不是小心眼的人，只要看明白了，就不會一條路走下去。

長房老太太道：「鄭家給七小姐定了親事，是通政司崔參議的長子，這次恩科也下場了，聽說八成能中，這樣一來喜上加喜，說不得今年也會將婚事辦了。」

琳怡有些驚訝，目光微閃。「之前一點也沒聽說，鄭七小姐和我寫信也沒提起，這是什麼時候的事？」

長房老太太將手爐放在矮桌上，眼睛不抬。「鄭老夫人那隻老狐狸，早就看準了崔家，只是怕惠和郡主嫌門戶低，就讓惠和郡主去碰碰釘子，等到惠和郡主洩了氣，才讓惠和郡主求著找了崔家。惠和郡主看了崔家的後生很是滿意，沒有怎麼思量就將婚事定了下來。」

鄭老夫人是琳怡見過最聰明的，總是能將所有事化解為無形，從貞娘到鄭閣老的致仕，再看如今鄭七小姐的婚事，件件都是穩穩當當、不疾不徐。

崔家雖然門戶不高，可通政司參議是要職，又有後輩子孫肯上進，比起那些有爵位、名聲在外的世家，是真正的實惠。

琳怡也替鄭七小姐高興。「改日我去鄭家看看七小姐。」

長房老太太頷首。「也應該。」說著嘆口氣。「妳母親聽了這個消息很喪氣，從前沒有看好鄭家，現在轉眼就被別人捷足先登，妳哥哥的親事還有得磨。」

雖然都是長輩說親，也要看緣分。鄭七小姐的性子好，卻不一定和哥哥般配。

長房老太太半瞇著眼睛。「我就說，妳別急，將來等衡哥年長些立了軍功，好女兒多得是，妳看康郡王爺還不是這樣……」

琳怡被說得紅了臉，拿來美人拳給長房老太太鬆腿，再抬起頭來看長房老太太，長房老太太已經睡著了。

琳怡輕手輕腳地將薄被拉上去，剛要走開，長房老太太又醒過來，慈祥地看著琳怡。「說到哪兒了？」

琳怡坐下來，接著和長房老太太說話。「說到我哥哥的婚事。」

「對了，」長房老太太想了想。「我可沒有鄭老夫人的精力……這些就讓妳老子自己操心去……」

琳怡和長房老太太相視一笑。

兩個時辰裡，長房老太太迷迷糊糊睡了三覺。

回去康郡王府之前，琳怡將白嬤嬤叫到長廊裡，仔細地問老太太平日裡在屋中的情形。

白嬤嬤道：「吃喝都還好，就是愛睡覺，還只睡眨眼的工夫，到了晚上卻又睡不著了，奴婢和府裡幾位老嬤嬤輪流陪著說話，前兒夜裡還說要回族裡看看，幸虧接到侯爺的信。」

琳怡聽著有些不安。「嬤嬤還要多多在意些，發現有不妥當的地方就請御醫來。如今張家大爺在太醫院供職，過幾日我讓人遞牌子將他請來。」

白嬤嬤頷首。「多虧有郡王妃臉面在，不然……老太太是最怕看郎中的，平日裡吃藥也是奴婢們打著郡王妃的名號，這樣老太太才肯吃呢。」

琳怡道：「嬤嬤是祖母身邊的老人了，最瞭解祖母的脾性，就算換了我也不一定能侍奉得這樣妥當。」

白嬤嬤笑容滿面。「郡王妃這樣說，奴婢臉都沒處放了。」

正說著，小蕭氏迎上來，白嬤嬤退去一旁，小蕭氏笑著將琳怡送上馬車。「等妳父親回來，我就讓人去知會妳。」

琳怡答應下來。「母親也保重身體，不要太操勞。」

小蕭氏笑容滿面。「家中一切都好，妳就安心吧。」

回到康郡王府，暉哥還沒有睡覺，乳母拿著博浪鼓逗得他小手不停地揮來揮去。琳怡過去將暉哥抱起來。「暉哥睡得好像越來越少了？」

乳母笑道：「長大了就睡得少了，現在世子爺坐著一玩就是一個時辰。」

看著暉哥一點點地長大，好像自己也老了似的。她小時候的情景還歷歷在目，轉眼孩子都要學走路了。

琳怡將暉哥抱去主屋，鞏嬤嬤送上來宴席的單子，琳怡邊哄暉哥邊看單子。

等周十九回來，琳怡也將單子上的事宜安排妥當。「郡王爺看看，還有什麼要加減的。」

周十九接過去，和琳怡一起坐在臨窗的大炕上。「這是要做什麼用？」

琳怡笑著道：「郡王爺的生辰，我們家要開宴席，去年是因太后娘娘和叔父家裡一切從簡。」

周十九笑容明亮。「不是說好了，只要一碗長壽麵，有妳和暉哥陪著就好了？」

暉哥伸出手去捉琳怡頭上的步搖，一眨眼的工夫就被周十九用博浪鼓替代了。琳怡笑著看暉哥，自從上次暉哥將她的髮釵拔下來弄亂了髮髻，她就已經吩咐鞏二媳婦要用額外的長簪固定，和闐玉的鳳尾玉簪固定在髮髻後，鞏二媳婦手巧，梳得十分漂亮，她這樣打扮去了幾趟宴席，女眷們都和她學綰這樣的髮髻。

琳怡將暉哥交給周十九，周十九很自然地接過去。「沒法子，今年送來的賀禮比平日裡多了幾倍，有寶錠、各種擺件、文房四寶、弓箭刀槍，還有一匹馬在馬廄裡。」琳怡嘴角一翹。「大家都想送些特別的物件給郡王爺賀喜，我們不能不聲不響就算了，最少也要開二十桌。」

皇上對周十九青眼有加，這些禮物就多起來。

應酬是一件很累人的事，內宅裡還好說，大家只是坐著說話、看看戲，外院的男人們總是藉機試探軍國大事，在外面酒席已經不少，周十九回到府裡，吃喝上都要得很簡單，最常吃的就是陽春麵，好像怎麼也吃不膩似的。

說到宴席，周十九將手裡的單子放下。「明天晚上要準備些酒菜在西院的書房。」

西院是給府裡的幕僚準備的，那邊最安靜，周十九選去那裡是要談政務。

琳怡想問都有誰，話到嘴邊卻又嚥下。明日來了人自然就清楚了。

「我也不知道都有誰，是三王爺私下安排的，我們府中最安全。」

這些事，總是在最後關頭所有人才會聚在一起。琳怡頷首。「我會讓人安排好。」說到這裡，琳怡才發現暉哥已經趴在周十九懷裡睡著了。

周十九一隻胳膊托著小小的暉哥，看起來很溫馨。

乳母忙上前去將暉哥接過來。

琳怡吩咐橘紅。「讓廚房擺飯菜吧！」陪著周十九去東屋裡用飯。

廚房做了鱸魚，丫鬟將魚端上來還冒著熱氣，琳怡拿起箸要去給周十九挾魚，恰好丫鬟撩開軟簾，帶了一股風進門，將蒸騰的熱氣都吹向琳怡。

濃濃的鱸魚香氣撲面而來，琳怡忽然覺得喉嚨裡有一股澀苦的血腥味道。

眼看著琳怡蒼白了臉，周十九皺起眉頭，忙站起身去扶她。

琳怡慌忙之中只顧得放下筷子，就忍不住彎腰嘔了起來。

屋子裡的下人頓時一陣忙亂，橘紅拿了痰盂，玲瓏遞過帕子。

琳怡嘔了好幾次，總覺得魚腥味在鼻端，掙扎著想要讓人將魚撤下去，周十九已經吩咐。

「將魚端下去，拿薰香來。」

一陣騷動過後，屋子裡充滿了百合花的香氣。

琳怡深深地吸一口氣，這才舒服了些，脫力地坐在錦杌上。

鞏嬤嬤聽到消息，掀開軟簾進屋，還沒有站穩腳，周十九已經吩咐。「去太醫院請程御醫過來。」

琳怡是做過娘的人，眼看著周十九這樣緊張，再仔細想想信期，立即驚訝。她該不是又有了？

這幾日的倦怠，加上剛才無緣無故的噁心，信期也推遲了三、五日，她生了暉哥之後一直吃姻先生的藥，沒想到將身子養得這樣好。

琳怡起身讓周十九半抱著送去暖閣裡躺下，半個時辰的工夫，程御醫請到了。

程御醫細細診完，周十九才問：「怎麼樣？」

琳怡撐起身子，隔著帳子仔細聽過去。

「恭喜郡王爺，郡王妃有喜了。」

真的是喜脈。她這次的反應彷彿和上次不同，說不得會給暉哥生個妹妹。

程御醫開了副滋養身體的藥方，鞏嬤嬤笑著去抓藥，橘紅、玲瓏將帳幔挽起來，琳怡抬起眼睛，看到周十九的笑臉。

那笑容晶亮，讓琳怡看著臉紅。

周十九坐下來將琳怡抱在懷裡。「妳給暉哥準備的小衣服能用得上了。」

懷暉哥的時候，她不知是男孩還是女孩，特意做了雙份的小衣服，周十九的意思她這一胎是女兒。

「郡王爺不是喜歡男孩？」她懷暉哥時，周十九言之鑿鑿定是世子。

周十九低下頭看著琳怡染了一層薄媚的臉頰，含著笑，聲音比剛才還要輕柔。「她有哥哥，日後沒有人敢欺負她，將來嫁了人也有人為她撐腰，不是很好嗎？」

從前周十九說，有了女兒會寵壞她，現在看來，他是真的為女兒著想。男人都頗重子嗣，難得他會這樣大度。

琳怡靠在周十九懷裡，微閉起眼睛，不知不覺地揚起一抹笑容。

第三百二十三章

懷了身孕，府中的中饋也跟著有了變化，一切都要以她肚子裡的孩子為重。經過上次生產的危險，周十九似是過於擔憂起來，第二天就請了兩個從宮中回來的嬤嬤，要從飯食、起居上照顧琳怡。

才懷孕一個多月就這樣大張旗鼓，琳怡頗有點哭笑不得，偏偏兩個嬤嬤還煞有介事，已經著手改廚房的食譜。

琳怡囑咐大廚房準備好了晚上要用的飯菜，讓鞏嬤嬤將西園子收拾出來，鞏嬤嬤不動聲色地打發走了西園子的下人，只安排了信得過的老嬤嬤伺候。

周十九先下衙回來，琳怡服侍著換好了長袍，他帶著幕僚徑直去了西園子。

鞏嬤嬤在門上聽消息，不多一會兒回來稟告。「是國姓爺來了。」

琳怡頷首，手上的針線沒停。意料之中，周家一直都是抱著這個心思的。

又來了兩個人，都是府上下人不熟悉的，只知道打的燈籠上一個寫的是「劉」，一個是「安」。

劉承隸是新任的都察院六科掌院給事中。

安……安會是誰？

琳怡仔細思量，忽然想起一個名字。安道成，在南書房行走的安道成，林家的世交，曾在成國公一案中幫過忙，卻和林家一樣偏向五王爺一黨。

這幾個人看似沒有半點牽連，沒想到都被三王爺籠絡在身邊。

這下子，人快到齊了。

琳怡道：「先上茶，聽郡王爺的吩咐上酒菜。」

鞏嬤嬤應下來出去安排，轉眼間卻又抿著嘴唇回來走到琳怡跟前。

琳怡抬起頭，看到鞏嬤嬤臉上驚異的神色。「怎麼？還有誰？」

鞏嬤嬤目光閃爍。「是四姑爺。」

四姑爺？琳怡一時沒反應過來，可是立即一道光在她腦子裡閃過，幾乎讓她一下子站起來。

林正青。

當然是林正青。

有安道成就有林正青。

周十九能假作二王爺一黨，林正青和安道成就能假意投靠五王爺，所以林家敢如此折騰琳芳，所以會在長寧師太事發的時候火上澆油、落井下石，將矛頭指向陳家。陳家和五王爺府上走動過密，那麼董家也自然會被牽連其中，他們的目的是讓皇上對手握軍權的董長茂起疑。

林家是陳家姻親，這件事只有讓林家揭出來才更容易讓人相信。

怪不得前世林家和國姓爺、周十九一起出現在城外，這一切根本就不是巧合，前世林正青在官兵追殺中去而復返，不光是為了救她，也是為了救他的前程。現在一切重新來過，三王爺這輛馬車，林正青終於攀了上去。

三王爺成就大業之時，今天在場的所有人都會成為新朝的功臣。想到這個，琳怡心中一陣噁心。

林正青早就投靠了三王爺，他自然知曉周十九也不是真心想要扶持二王爺。所以自從林正青想起前世的事，每次見面都會提醒她周十九的用心。

說起來也讓人覺得可笑，一個滿手鮮血的人卻來揭發旁人的罪行。

一時之間，琳怡覺得很疲倦，滿身上下如同被冰凍住，一點也不想動彈。她放下手裡的針線，橘紅忙上前攙扶。

琳怡搖搖頭。「才一個多月哪裡用得著這樣？」懷暉哥的時候，她還不知曉呢。

玲瓏已經鋪好了床，琳怡躺了上去，橘紅調暗了燈，去了外屋值夜。

屋子裡靜悄悄的，琳怡這時候睜開眼睛。

政局總是不像她想的那樣，如果真的是二王爺承繼皇位，那該有多好？至少在儲君位上，二王爺表現出了寬容、勤政、賢良，宮中還有皇后娘娘支撐。對於統帥六宮的皇后來說，皇后娘娘的慈悲、聰明，以及身上的嫻靜、從容，都讓她敬服，政治和女人無關，女人總是被各種感情牽絆。

成者王侯敗者寇，世事就是這樣簡單又殘酷。

琳怡嘆口氣。大約是因她懷孕了，情緒才這樣波動，她不想和上次一樣在這個時候和周十九有任何衝突。

嫁雞隨雞嫁狗隨狗，這是她早就想開了的。

琳怡對著燈恍惚出神，不知道過了多久，手上一暖，周十九回到房裡。

琳怡抬起頭來看他。

周十九抿著笑容。「怎麼還不睡？」

「早就累了，就是睡不著。」琳怡邊說邊起身，吩咐丫鬟端水服侍周十九梳洗。

屋子裡折騰了一會兒，橘紅關門出去。

「懷了身孕睡在裡面吧！」周十九坐在床邊，伸手撩開被子的另一邊。

她懷暉哥的時候就是睡在裡面，等到她晚上起身想要喝水，周十九總是能很快遞過一杯溫熱的。

想到這個，之前的不快在琳怡心中微微化開了些。

琳怡躺在裡面，閉上了眼睛。

琳怡盡可能地忽略周十九和國姓爺、安道成等人的密談，將注意力放在養胎和主持家中中饋上。很快地，陳家族中長輩進京，田氏被送進濟慈寺，陳家媸子也和林家談好，將琳芳暫時送去清華寺靜養。

陳二太太田氏母女兩個一前一後進了寺院，陳家二房的臉面有些掛不住。田氏一走，蔡家立即找上門去，要讓陳臨斌和蔡氏回娘家住些時日，二老太太礙於陳家正值多事之秋，只好答應下來。

經過這件事，二老太太董氏病倒了，整個二房正式落在大太太董氏手裡。琳怡不得不佩服琳婉的心計，否則大太太一家哪能有今時今日？

處理完田氏的事，族中長輩乾脆留下來等朝廷發榜。陳氏族中有一人考中了貢士，廣平侯府開了宴席，緊接著就有提親的人找上門，等到廷對過後，婚事也定下來。

這一折騰，轉眼就到了夏天。

蔣氏生下了位公子，琳怡讓人送去賀禮，蔣氏又將公子穿過的肚兜還了回來，讓琳怡借借喜氣。

琳怡看著麒麟的肚兜，笑著讓橘紅收起來。大約是有了暉哥，這一胎她格外盼著生下個女兒。

今年夏天格外難熬，整個京城像一個蒸籠般，到晚上才能有一絲涼爽。龍體始終欠佳的皇上決定要去陪都避暑，京中就留了二王爺監國。

琳怡喝了碗酸梅湯，想到整件事就忍不住心中揪起。「皇后娘娘不跟著一起去陪都嗎？」

周十九搖頭。「聽說皇后娘娘身上不適，皇上本來因此也決定不去了，欽天監說暑氣還要一個多月才散，御醫們擔心皇上龍體難以承受不停地諫言，皇上這才應允。」

欽天監和太醫院都有三王爺安排吧？想要改變現在的情形就要趁著二王爺根基尚淺，五王爺一黨還有餘力，否則等到二王爺的儲君之位坐穩，任誰都再難動搖。

皇后娘娘得了什麼病才會不跟去陪都？

第二天，姻語秋進宮診脈回來，琳怡問起整件事。

姻語秋道：「皇后娘娘身邊的宮女有孕了，只是胎氣不穩，加之皇后娘娘最近時覺眩暈，乾脆就留在宮中。」

皇上都已經是花甲之年，沒想到還能得子，怪不得皇上、皇后會這樣緊張。不過稍稍細想，琳怡又覺得心寒。這一切都太巧合了，皇后娘娘和二王爺一起被留在京中，皇上遠在陪都，這是最好的離間機會。

皇后娘娘身邊的宮女定是一早就安置好的。

琳怡小心地問姻語秋。「脈象如何？是真的有喜了？」

姻語秋喝了口茶。「還說不準，脈象是喜脈，只是過於弱了些，再過一個月就能確定了。」

有些藥石是能造成喜脈的假象。

皇后娘娘一定沒有想到，她好意留下來照顧龍脈，實則走進了一個圈套。

眼看著琳怡面色不豫，姻語秋也收起嘴邊的笑容，問琳怡。「怎麼了？」

這時候她就是有心，也不好和姻語秋說，只怕這是一串鎖鍊，真的扯起來不知道那邊連的到底是誰。

姻語秋是皇后娘娘的心腹，張風子得益於二王爺，很容易就被牽連進去。

她很少瞞著姻先生，可是這件事涉及謀反，和姻先生說了，說不得對姻家傷害更大，倒不如什麼都不知曉。琳怡拉起姻語秋的手。「聽說婚期定下來了，姻先生就要留在閨中待嫁，不能隨意出門。」

說到這個，姻語秋一下子紅了臉。「正要和妳說，父親和哥哥的意思讓我先回福寧，張家的馬車要去福寧迎親。」

離開京中是最好的選擇。琳怡頷首笑。「準備什麼時候動身？」

「三、五日就走。」姻語秋擔憂地看了眼琳怡。「妳自己要仔細著些。」

琳怡笑道：「先生安心，這次不比之前，身子比孕前還好了不少。」

姻語秋頷首。「也不能大意了，尤其是生產的時候，一定早作準備。」

第三百二十四章

朝廷的文書很快下來，十日後，聖駕去陪都，周十九在隨行名單上。

琳怡吩咐看著橘紅給周十九準備隨身的衣衫。

等周十九回來，京城已經亂起來了。想想前世京中的情形，免不了心驚肉跳。

京裡亂成一團，分不出哪些是叛軍，哪些是趁亂作案的盜匪，京中女眷不知死傷多少。

琳怡正想著，鞏嬤嬤道：「廣平侯夫人來了。」

琳怡扶著鞏嬤嬤起身出迎。

見到琳怡，小蕭氏忙上前攙扶。「這孩子，怎麼倒出來了？」

母女兩個來到內室坐下，小蕭氏道：「東西都收拾好了？咱們家中是亂成一團，老太太和八姊的東西最多，妳哥哥想要在京中讀書，妳父親跟著去書院裡問，看看能不能准幾日假。好不容易一起都去陪都，怎麼也不能捨下妳哥哥自己。」

琳怡驚訝地看小蕭氏。「母親要去陪都？」

小蕭氏笑容一斂也很詫異。「妳不知曉？郡王爺說妳要去陪都，老太太恐怕妳無人照應，這才同意全家一起都去避暑。恰好我們家在陪都有間老宅子，只是不知道來不來得及收拾。」

周十九是要她和娘家一起去陪都避禍，她沒有問周十九，周十九也沒和她說過打算。

小蕭氏道：「妳父親不願走，還是郡王爺再三請他，他才答應。」說著滿臉笑容。「郡王爺都是為了妳啊！」
周十九知道祖母和父親、母親不離京，她斷不肯走，所以先想方設法讓父親點了頭，又請母親來幫她收拾東西。
前世她被周十九扔下，這一世同樣的情形，周十九卻花心思安排她全家。前世死前不甘心的感覺又重回心頭，只是這一次卻沒那麼難過。
想及周十九明亮的笑容，琳怡只覺得眼睛一熱，忙低下頭來。身邊有周十九這樣的依靠，她已經心滿意足。

大雨總是下得很急，因之前準備充分，一切看起來都順理成章。
先是在二王爺府上抓到一名刺客，接下來，京中的氣氛就變得奇怪起來。
刺客一案幾經周折，輪到三法司會審的時候，牢中空空如也，刺客已經被押送陪都，皇上親自審問。消息一傳出來，大家互相打聽，終於探到些端倪，那刺客是早應該死在法場上的成國公世子。
成國公世子想要為父報仇，潛入二王府本不讓人覺得驚訝，可是接下來的消息卻讓人心驚肉跳——成國公世子並不是刺客，而是二王府的座上客。要知道皇后一黨的起復是從成國公一案開始，如果這一切都是早就安排好的，那麼二王爺和皇后一黨根本就是早已覬覦儲君之位。
瓢潑大雨傾盆而落，大家這才發現京城是真的變天了。

一切來勢洶洶。皇上派人進京質問二王爺，卻在二王府遇到後宮中的內侍，想來是皇后娘娘和二王爺串通。太后娘娘臨死前念念不忘囑咐皇上莫要讓皇后娘娘干政，現在全都應驗了。

皇上還沒有下一步動作，陪都行宮一夜之間被人帶兵圍了個水洩不通，多虧了皇上早有準備，周圍埋伏了三千精兵，這才護住了聖駕。

抓住了叛軍將領一問，才知曉是皇后娘娘黨羽。

皇后娘娘和二王爺叛亂之事正式拉開帷幕。

皇上對妻子尚存一念信任，遣內侍進京試探情形，內侍回來之後，帶來更壞的消息，整個京城已經被叛軍守住，二王爺打著清君側的旗號，聯絡各地封疆大吏，準備攻打陪都。

皇上頓時氣得一病不起。

比起京城的慌亂，陪都的局勢還算平穩。周十九將琳怡送去陳家的宅子，小蕭氏看到一家人安然無恙地避過了災禍，雙手合十直唸「阿彌陀佛」。

大家都聚在老太太房裡，陳允遠緊皺眉頭。「也不知道會怎麼樣，二王爺和皇后娘娘不像是會謀反的人。」

小蕭氏聽得這話，臉上露出驚駭的表情。「老爺快別這樣說，萬一讓人聽去，那可怎麼得了？皇上已經命舅爺帶兵征討叛賊，這是朝廷已經定下來的事。」

陳允遠嘆口氣，看向琳怡。「郡王爺是不是也要回京平叛？」

周十九帶的是護軍營，營裡有不少宗室子弟，深得皇上信任，如今這樣亂起來，該是護在皇上身邊，琳怡搖頭。「郡王爺留在陪都。」

小蕭氏道：「這就好。不管怎麼樣，一家人好歹在一起，不用分心牽掛。」

這次來陪都之前，琳怡已經悄悄提醒蔣氏，在京中小心行事，蔣氏也是極聰明的人，勸說父母去京外族中住一段日子。宗室營本來就是守衛且家中世奴較多，就算遇到匪盜，想必也不會太亂。

皇上的親軍將陪都圍得固若金湯，街面上各營軍士巡邏，每個府邸只准差一人出去採買，整個陪都說不出地安靜。

小蕭氏沒事可做，除了孝順長房老太太，就將精力放在琳怡身上，恐怕不等天下太平她就要生產，還打發人出去尋陪都最好的穩婆來給琳怡正胎。

在這種條件下，日子反而過得寧靜起來。

每日，周十九照常回府，陳允遠總要和周十九談幾句時政，琳怡偶爾會在屋中聽到陳允遠嘆息的聲音。

在父親心裡，二王爺謀反，最終獲利的將是五王爺一黨。

然而真正的局勢只有少數人知曉。

二王爺做了儲君以來，得了不少朝中大臣支持，皇上以為會很容易拿下的京城，卻拖了幾個月才抓到京城守將李敏。

李敏是名將之後，皇上格外開恩准他面見。見到君主，李敏就直言不諱為二王爺抱怨，若不是皇上下令斬殺，他們也不會拚命保得二王爺平安，二王爺和皇后娘娘沒有謀反，這一切都是奸人陷害，請皇上明察秋毫。

皇上拿出二王爺密信扔給李敏看，李敏一口咬定密信定然作假，二王爺沒有謀害君父。皇上命人在行宮外就地斬殺李敏。

這一場動亂足足到了臨冬才算結束，京城被攻破，二王爺被人護著逃出京城。皇上很快回到京中主事，凡是京中留守的武將皆被斬殺，二王爺身邊的文官也同樣下場，城門的兵士因將二王爺放出京城誅連九族。皇上好像殺紅了眼睛，京城還沒有從動盪中緩過神來，就又被蒙上一層愁雲慘霧，沒有跟皇上去陪都的文武百官個個都要被審查，稍有叛亂之可能立即收監。

嚴刑逼問下，皇后娘娘和二王爺謀反的證據終於蒐集齊全。

皇上下令誅殺二王爺，朝中有老臣勸諫，要保住二王爺性命，問個清楚明白。皇上大怒將那老臣打入死牢，從此之後，朝上再無人敢說話。

皇后娘娘雖未被賜死，卻打入冷宮，過了一個月餘，皇上才去冷宮質問皇后娘娘。

皇后從前的尊貴雖然不在，可作為一國之母的氣度尚存，施施然地上前給皇帝行禮。從前夫妻相濡以沫，現在卻如仇敵。

皇帝還沒問，皇后已經忍不住笑起來。

那笑容明亮得彷彿能化開屋子裡的陰霾，卻又悲哀得讓人發顫。

皇帝瞇起眼睛，低聲道：「妳笑什麼？」

皇后抬起頭來。「臣妾想起大婚那晚，臣妾有些害怕，皇上命人將所有的燈都點燃，將大殿照得通亮，還安慰臣妾，一切都有皇上。」說著嘆口氣。「皇上以後會照顧臣妾、護著臣妾，皇上緊緊地拉著臣妾的手——」

皇后還沒說完，皇帝已經陰沈地打斷。「朕的確護著妳，這些年來不管外面說什麼，一直保著妳皇后的尊貴和體面。」

終究是用這一生的榮華富貴來打發她，再也不像大婚時，那個少年稚嫩的皇帝。而她卻一直對他有期盼，希望哪日他就會回頭看，她終究不過是一個傷心人罷了，他永遠都是高高在上的君主。

不怕被人辜負一日，最難能可貴的是被人辜負一生。

其實這個結局對她來說也是極不錯的，至少讓她死灰的心永遠不再看到光亮，這樣也算是清淨。她本來就是一顆不再發亮的珠子，卻還有人為了利用，不停地拿布去擦，如今已經打碎，就讓它永遠蒙塵，無論太陽還會不會眷顧它，它都不會再被照得發光。

皇帝輕咳兩聲，伸出手來指皇后。「是妳自己把自己逼到了絕地，不要怪朕狠心。」

皇后嘴邊的笑容更深。「皇上，無論是常家出事，還是有人參臣妾干政，或是這次定罪謀反，皇上從來沒問過臣妾有沒有做過。」說著，抬起眼睛看著皇帝。「被打入大牢的人，尚能被審，而您的妻、兒卻只能因旁人的話論罪。皇上您當真能肯定您並沒有做錯？要殺人是很簡單的事，殺掉妻子不過是您一句話，可就算您是天子，卻不能讓死人復活。如今您讓臣妾死，臣妾也有一句話贈與皇上，盼皇上肯聽。」

皇帝沈著臉不說話。

皇后斂去笑意。「臣妾娘家沒有弄權，臣妾沒有干政，臣妾和二王爺沒有謀反。臣妾和臣妾母家一生言盡，不過一個忠字，若是有罪，便是此罪。」

皇后說完話要去拿案上的毒酒，皇帝倏然看向身邊內侍，那內侍忙上前將皇后娘娘手裡的酒杯搶下。

皇帝起身走向殿門，站立了一會兒，霍然轉頭。「妳要受審，朕便滿足妳的請求，景仁宮的宮人全都捉起來審問，所有口供呈給皇后娘娘細閱。」說著含了幾分譏誚。「有任何遺漏，請皇后娘娘補齊，這份口供便是朕廢后之詔。」

冷宮大門慢慢關緊，殿內又是一片黑暗，皇后身邊的宮人忙搬來凳子，皇后娘娘坐在上面，不知在想什麼。

宮人有些害怕，低聲勸慰皇后。「您要想開些，皇上既然讓人去查，娘娘定會沈冤得雪。」

沈冤得雪不知道，她今天是嘗到了斷腸的滋味。

那個人已經和她記憶中的完全不一樣，她等了那麼長、那麼久，真的很累，聽得他那些話，事到如今反而不想死了。皇后抬起頭看向殿門。她要等到走出這冷宮的一天。

不為別人，只為自己，一定要走出去。

皇后看向宮人。「都安排好了？」

宮人頷首。「娘娘放心，奴婢們拚著死也要救娘娘。」

第三百二十五章

五王爺是平叛的功臣，皇上器重，朝內朝外也對他是一片呼聲。既然二王爺儲君之位已經被廢，有人趁熱打鐵，提出要皇上另立五王爺為儲君。

五王爺惶恐地在朝堂上推辭，皇上卻彷彿動了這個心思，立儲聖旨雖然未下，卻要五王爺協理朝政。皇上向來喜歡五王爺的聰穎，現在也算是得償所願。尤其是皇后被打入冷宮，五王爺的生母淑妃娘娘就成了新皇后的最佳人選。

這一場劇變弄得轟轟烈烈，倭寇乘機擾邊，還好福建水師調動及時，生擒了幾百倭寇，皇上得知戰報，難得地臉上有了笑容。滿朝文武賀皇帝英武。

辛苦的是守衛京城的護軍營、步兵營，比往常多了幾倍的巡查，周十九一連幾日都是半夜才回來。

難得今天回來早些，琳怡親手挑著燈花，看向周十九。「時過境遷，沒有人說起福建水師還是皇后母家先流了血，後是主戰的武將推動才有今日之功。」

周十九看著手中的文書不知在想什麼，轉眼間眼睛又清亮起來。「朝臣知曉皇上愛聽什麼。」

乳母抱來暉哥，暉哥張著手要琳怡抱，琳怡抱過去，讓他站在腿上玩了一會兒，他又用力奔著朝周十九走過去。小孩子力氣不小，可是看起來不大協調，走路總是時時要摔似的，尤其是眼見幾步就要走到，卻又跑起來。

周十九張開手臂，暉哥一下子撲進周十九懷裡，小臉埋在周十九胸口「咯咯、咯咯」笑個不停。

暉哥蹭在周十九懷裡，周十九今日卻沒有想抱的意思，手臂張開著，讓暉哥扶著他的手，不停地來回晃動。暉哥彷彿玩得很興起，琳怡要將暉哥抱過來，暉哥正好發現了矮桌上她平日裡玩的孔明鎖，伸手就去搆。孔明鎖散放著，暉哥一動頓時散了一炕，平日裡都是在一起的東西一下子散了，暉哥嚇了一跳，癟癟小嘴，委屈地就要哭。

周十九伸手將孔明鎖拿起來，笑著和暉哥說話。「還能擺在一起。」

他將暉哥抱在懷裡，修長的手指將一塊塊木塊慢慢地合在一起，琳怡邊捏著針線邊瞧著，眼見最後一塊要放好了。

周十九抬起眼睛來，靜靜地看著琳怡。琳怡不明就裡，從周十九那雙清澈的眼睛中看不出深意，只是帶著笑容，等她回望的時候，那笑容更深了些，彷彿久等在那裡，就為了她將目光挪過來。

每次兩個人相視一笑就會分開。

今天不知為什麼，周十九一動不動，高深莫測的神情忽然之間在臉上消失殆盡，讓人覺得說不出的乾淨、柔軟，斂去了所有的鋒芒，就像往日那樣隔著一張炕桌，靠在那裡看著她忙手裡的針線，卻又比往日更專注。

彼此這樣不聲不響地凝望了良久，琳怡臉上浮起了笑容，笑容又漸漸收斂，剛想放下針線起身，暉哥伸出手去碰周十九手裡的孔明鎖。

孔明鎖最後一塊沒有搭好，一下子從周十九手中滾了下來，散在炕上，暉哥看了一眼，這次卻拍手笑起來。

琳怡低下頭去看暉哥，卻冷不防地瞧見周十九的手背一片殷紅。

琳怡只覺得整個人轟然繃緊，全身的血液霎時湧上頭頂，不記得是怎麼上前，一把抓住暉哥遞給乳母，吩咐乳母下去，連聲喊鞏嬤嬤上前，另一隻手早就已經拉起周十九，手中的絹子擦向周十九的手，片刻時間，她的聲音已經沙啞。「這是哪兒來的血？」

周十九動作僵硬，不似從前，她早該有所察覺，只是他臉上沒有特別的神情，她怎麼也沒想到……琳怡抬起頭來細看，他的嘴唇乾乾的，臉上沒有任何血跡，她伸出手四處去摸，摸到周十九腰間，滑膩膩的觸感如同刺一般扎在她指尖，扎得她心中顫抖。

鞏嬤嬤恰好這時進屋，琳怡一眼看過去，將鞏嬤嬤嚇得立即變了臉。

「拿上府裡的牌子去太醫院將張風子……張御醫請來。」琳怡聽到自己後面的聲音，已經顫抖得變了音調。

鞏嬤嬤沒弄明白，怔愣了片刻，琳怡立即急起來。「還等什麼？快去！」

鞏嬤嬤才要轉身下去，周十九開口將鞏嬤嬤叫住。「晚一會兒，門口有人守著。」

這個時候哪裡還能等？琳怡睜大眼睛看向周十九。

周十九伸出手來拉住琳怡。

他的手比平日裡冷了許多。「現在是最關鍵的時刻，不能前功盡棄。元元，妳聽我說，這是二王爺唯一的機會，錯過了就再也沒有了。」

這話是什麼意思？琳怡顧不得去想，伸手去摸周十九的腰，稍稍一動，血就透濕了衣袍。周十九沒有讓她服侍換衣袍就是因這個。

琳怡伸出手來去解周十九的衣衫。「什麼傷？我瞧瞧。」

「一會兒林正青和周老爺就要過來，我是出城巡防，如何能有傷在身？」

琳怡如今已經不去想周十九話裡的意思。

「妳冷靜地想一想，現在治傷，三王爺會懷疑。如今京裡人人自危……琳怡……有些風吹草動都會引火上身。」

她沒辦法冷靜，那些政事她早已經不去想，只要康郡王府和廣平侯府太平，她不管是誰做儲君誰會登上皇位。自從重生之後，她已經為將來打算太多，事事都憂慮將來，現在她只想安心在家待產，早已經放棄去想那些仁義道德。

周十九緊緊攥住琳怡的手，眼睛如同深夜裡的月亮，明亮卻微微濛著霧氣。「我們會闖過這一關，妳要聽我說。」

琳怡掙脫了兩下，終究敵不過周十九的力氣。平日裡很容易就能幫他解開衣袍，而今卻攀不到他半點衣袂，他的力氣那麼大，將她和他分開一步的距離，難以逾越。

鞏嬤嬤將隔扇關好，紅著眼睛出去守著。

周十九低聲道：「五王爺也派了人手四處尋找二王爺，只要發現二王爺蹤跡，一律格殺勿論。朝廷的兵馬已經追出京城，其實二王爺就在京郊，昨晚我從三王爺那裡收到消息，五王爺的一隊護衛發現了二王爺，今日我偷偷出城就是為了這件事，解決了五王爺的護衛，二王爺才算勉強保住了。可追殺還會無休無止，除非……皇上能看清楚當下局勢。」

琳怡明白過來。周十九從三王爺那裡聽到消息，卻出城幫二王爺。

「上清院道士成琰已經被人發現帶入宮中，三王爺的本意是確定二王爺已死之後再讓成琰進宮解開讖言，大周朝此難因二王爺奪嫡所致，五王爺陷害二王爺叛亂在先，二王爺自保在後。更有五王爺偽造二王爺儲君之印為證，之前搜出的帶兵令乃出自五王爺門下的幕僚，可如果二王爺未死……」

二王爺未死，冤屈得雪，不但能保住性命，或許還能恢復儲君之位。琳怡驚訝得不能言語。

周十九不是追隨三王爺，為何此時此刻卻一心為二王爺謀算？

「皇上密令禁衛將二王爺毫髮無傷帶回宮中，皇上要親自審問二王爺。張風子早就提醒皇后娘娘要有所防備，皇后娘娘已經打通關節，那假孕的宮女被審了兩日就說漏了嘴，此事是五王爺派人吩咐，宮女才會假孕將皇后娘娘留在宮中。皇后娘娘寢宮中發現了少量的朱砂，平日已經投入皇后娘娘飲食中，所以皇后娘娘才會時常眩暈，不能隨聖駕一起去陪都。」

周十九眼睛清澈，笑著看琳怡。「大義上來說，二王爺秉正是賢君良主，皇后娘娘坤載萬物、德合無疆；論私利，若是皇后娘娘和二王爺能闖過這一關，將來妳娘家也是妳的依靠。反之，三王爺登了皇位也勢必不肯用陳家，妳曾和皇后娘娘親近，難免會因此受委屈。萬一新帝再賞我良婦，我必不敢收，為了將來難免違抗聖命，不如今日爭上一爭。從前我未曾與妳說起，只因三王爺行事謹慎，旁人萬難拿住證據，沒有證據，即便是在皇上面前揭發他不軌之心，皇上也不會相信，何況尚有五王爺在一旁虎視眈眈，弄不好便會河蚌相爭。叛亂之事非一人之力能阻止，只能在一旁等到適當機會再做打算。

「等周大老爺和林正青來府中和我商議，我假意說五王爺不會殺二王爺，可道士已經入宮早晚要解開讖言，三王爺必定會著急，讓我派人去殺二王爺……我就能有機可乘，放出消息二王爺已死。」

假死是最好的保命方法，也只有二王爺一死，三王爺一黨爭儲，皇上才能真正看清身邊的幾個兒子。

周十九輕鬆的笑容安撫著琳怡。「放心，這一次我已經安排妥當，只要一會兒不被人看破，二王爺必然安然無恙。」

琳怡眼睛中泛起了淚水。今日若不是暉哥跑著去尋父親，父子兩個玩耍中讓她發現血跡，她尚被蒙在鼓裡。周十九無論有多少心事都不肯透露半句，而她蹩腳的遮掩卻早就被他戳破，她裝作不在意與林正青、國姓爺一家為伍，不在意皇后娘娘對她的恩德，其實她從來沒有一天放下，從來沒有一天不想起林家、國姓爺一家陰險的嘴臉，從來沒有一天對皇后娘娘、甚至姻家、鄭家抱有愧意，如果將來康郡王府因三王爺富貴榮華，她一輩子也不會安寧，而她一個內宅的婦人，除了關鍵時刻能順著皇后娘娘的意思做些幫襯，沒有能力和五王爺乃至三王爺周旋，府外的事，她唯有依靠周十九。

周十九也是臣子，也要聽命於皇上，他能做的不過是保康郡王府和廣平侯府平安。

她有幾次想要問周十九除了擁立三王爺，是否有別的選擇？卻終究沒能說出口，她沒有想過周十九會為了她和廣平侯府改變。

男人的抱負終究不是女人能掌控……現在她才真正清楚，周十九看透了她的心，她從來沒有看透過周十九。

第三百二十六章

翬嬤嬤輕輕敲了敲門。「周大老爺和林大爺來了。」

周十九手指微微合攏，握住琳怡的手。「去幫我拿件乾淨衣袍來。」

琳怡能感覺到眼淚霍然落下來，一直流淌到臉頰。事到如今沒有了退路，讓三王爺發現周十九存有二心，將來必定會下手處置。

琳怡不知道怎麼給周十九換好了衣服，繫到最後的扣子，手已經顫抖。她仔細將長袍撫平，周十九如平日般大步出了門，若不是親眼看到染了血的衣服，誰能相信他受了傷？

琳怡只覺得腳下軟軟的，喘不過氣來。

翬嬤嬤上前道：「郡王妃，您別擔心，郡王爺是經過戰場的人，不會……不會……」

經過戰場，他卻從來沒受過傷，可想而知今天在京郊遇到的是什麼情形，他是拚了性命才救下二王爺，現在又一個人在外苦苦支撐。

她不能這樣軟弱，不能只知道傷心。

琳怡拿起帕子抹掉眼角的眼淚，喘幾口氣，慢慢地冷靜下來，看向翬嬤嬤。「妳去太醫院找張御醫，就說我不舒服，讓張御醫務必要趕過來。」

翬嬤嬤頷首。

琳怡又道：「讓白芍去廚房找些血來。」

鞏嬤嬤睜大了眼睛，略有些吃驚，卻不敢耽擱，忙下去安排。

鞏嬤嬤出了門，琳怡吩咐橘紅。「去沏壺茶來，我們送去前院書房。」

橘紅應了一聲，小跑著就要出去，琳怡將她叫住。「不急，就像平日裡一樣，慢慢來，一件一件慢慢來。」

橘紅應了一聲，琳怡轉身去內室，讓玲瓏打開箱籠，拿出一條鵝黃色宮裙仔細地換上，穿好白綾緞的繡花鞋。

鞏嬤嬤捧了碗尚溫的雞血。

琳怡看向鞏嬤嬤。「我們到前院書房，嬤嬤就將這碗血灑在我身上。」

鞏嬤嬤目光一閃，明白過來。

琳怡道：「不管誰問起，都說我要小產，等到郡王爺和我回到第二進院子，立即就將門關起來，只留下鞏二媳婦和我貼身的丫鬟伺候，旁人不准靠近。老夫人那邊來問，妳只要說情形凶險，不管誰要過來看，都一律回絕。」

鞏嬤嬤點頭應了。

她生暉哥時產後出血是人人知曉的事，現在又有這樣的症狀也是情理之中。不管怎麼樣也要想方設法幫周十九瞞天過海。

琳怡抿住嘴唇，深吸一口氣，提起裙子帶著鞏嬤嬤和橘紅去了前院。

書房裡，周十九和周大老爺說起他今日出城打聽到的消息。「五王爺的那隊侍衛本是奔京郊，半路上接到密信，又調轉了方向。」

周大老爺皺起眉頭。「這麼說，傳言是真的？五王爺不想偷偷殺了二王爺，想要朝廷將二王爺捉住，這樣他的儲君之位來得更名正言順。」

否則二王爺不聲不響地死了，史書上會差一筆，外面卻會多條秘辛。

林正青靜靜地看著周十九。「郡王爺覺得如何是好？皇上派出去追捕的人當中可有郡王爺相識的？」

那些人都是天子十分信任的，不乏有宗室子弟。

周十九思索片刻，沈吟著。「道士已經入宮，就算我現在尋人幫襯……只怕已經是來不及……」

周大老爺道：「也不是不能拖上一日，皇上身邊有安道成聽著消息。恰好重軒今日當值，我便讓小女說家中有事，讓他與正青調換。」說著看向周十九。「朝廷中的情形你放心，只是二王爺那邊，三王爺不好出面，還要你安排才保穩妥。」

周十九沈默良久，頗有些為難。

周大老爺和林正青相視一眼。去殺王爺，不論誰都會遲疑。

林正青勸說道：「大丈夫不拘小節，此事眼見便成，將來郡王爺是首功。郡王爺此事一成，剩下的就好辦了。」

箭在弦上不得不發，周十九只好答應下來。「我即刻讓人傳書，元祈會領一隊兵馬去京郊搜尋。只是五王爺那邊……早些讓他知曉道士之事，他便能有所動作，我們也免得被懷疑。」

關鍵時刻要將罪責壓在五王爺頭上。林正青道：「南書房中也有五王爺眼線，此事就讓我去辦。」

話音剛落外面傳來驚呼，緊接著是碎瓷聲響。「郡王妃、郡王妃，快來人啊……這可怎麼辦……」

屋子裡的人面上都是一緊，周十九起身推開門走出去。

周大老爺和林正青才相繼出門。

門前茶碗碎在地上，琳怡被橘紅攙扶著半坐在地上，白綾緞的繡鞋已經被血染紅了，露出的褲腳、裙襬上也滿是鮮血，血似是還不斷地往外湧著。

周十九幾步走到琳怡身邊，就要將琳怡抱起來。「去請御醫，快去——」

橘紅這才回過神來，扔下手裡的東西飛也似地出了院子。

琳怡緊緊攀著周十九手臂。「別……別……等一等……讓我……」

她眼睛裡滿是焦急，對上他的目光時，不為人知地輕頷，是在讓他安心。假作小產將張御醫請來，這樣就不會有人懷疑。何其聰明，讓一切看起來都順理成章。周大老爺和林正青也不好再留下來。

琳怡顫抖著手去摸周十九的後背，隔著衣服卻還能感覺到一片溫熱，不一會兒工夫濕潤就浸透過來，落在她手心裡。若是換了旁人早已經支撐不住，哪裡還能與周大老爺和林正青談論要事，遑論不疾不徐地騙過他們。

要不是周十九受了傷，整件事恐怕會更容易些。林正青雖然記得前世的事，自作聰明地謀劃好前程，可無論謀劃還是算計，究竟不及周十九的一半。三王爺還在作儲君的大夢，殊不知局面早已經悄悄扭轉，誰能想像這樣大的變化，只是周十九一人之力……

琳怡蜷縮在周十九懷裡，讓人看起來像是在哭泣。周十九的手十分熟稔地拍著她的肩膀，彷彿要撫平她的驚慌和害怕。

鞏嬤嬤帶著人進了院子，看到琳怡裙鞋上的血跡，所有人都蒼白了臉，眾人七手八腳地攙扶琳怡。

周十九慌張地看向周大老爺和林正青。「家中有事，恕不能遠送。」

周大老爺神情閃爍。「快去、快去，別誤了正事。」提醒周十九妻房固然重要，三王爺交代的事也不能大意。

周十九隨著下人一起進了內院。

周大老爺這才皺起眉頭。偏偏趕在這個時候。

林正青的目光不自覺地被琳怡地上的鮮血吸引。前世在馬車前眼睜睜地看著陳氏被官兵殺死，也是這樣的情形，鮮血沿著衣襟留下來，落在地上。

直到肩膀一沈，林正青才回過神來，轉頭看到周大老爺。

周大老爺面上深沈。「先回去再說。」

周大老爺和林正青出了康郡王府，在京中各自繞了個圈，才來到三王爺的一處莊子上。

三王爺放下手裡的公務親自迎了出來，將周大老爺和林正青讓到書房裡坐下，丫鬟端來新沏好的茶水。

周大老爺面色不豫，三王爺先開口詢問。「如何？」

周大老爺微皺起眉頭，將康郡王府的事說了。「康郡王答應要妥善安排……康郡王妃眼看是要小產，只怕是康郡王難以顧及，依我看要再加安排才更穩妥。」

三王爺笑著搖手。「康郡王已有世子，大丈夫國事為重，他能分出輕重，就算顧著妻房也不會出差錯。」

周大老爺看看林正青，林正青欲言又止，好像十分為難。

三王爺轉頭對上林正青的視線。「正青有何話，但說無妨。」

林正青這才道：「康郡王夫妻感情甚篤，若讓他不顧妻兒恐是不能，為了穩妥起見，至少尋一隊人馬監視，萬一康郡王失手也能補救。」

三王爺思量良久。「也好，就派府中死士去康郡王府，一來可以幫襯，二來以防不測。」

周大老爺這才展開眉角。

三個人又將整件事細細商量一遍，周大老爺和林正青才離開。

走出宅子，周大老爺笑著看林正青。「你年紀輕輕將來必定前途無量。」成了事，武將的兵權要收回，真正得到重用的就是忠心耿耿且能出謀劃策的文官。論帶兵，康郡王固然旁人難敵，可論聰明誰又能出林家大爺左右？

林正青一陣謙遜，周大老爺想及林大奶奶的病。「只可惜，你屋內無好中饋，我兄弟倒是有一女，不知你意下如何？」

林正青驚訝地看向周大老爺，一瞬間滿臉喜色，忙拜下去。「姪兒能有此喜，還要仰仗世叔。」

周大老爺臉上露出莫測的笑容。「不著急，慢慢來，你年輕有為，總有出頭之日。」說著彎腰上了暖轎，留下躬身相送的林正青。

林正青站在原地看了一會兒，直到周大老爺的轎子不見，他才讓人服侍著上馬。不知怎麼，他眼前總是浮起那滿是鮮血的裙角。

怔愣了片刻，林正青冷笑一聲。

他雖然沒能像陳氏一般記得前世種種，但是憑著零碎的記憶，他將來也能位極人臣。想到這裡，林正青笑容更深切了些。果然是前世因今生果，沒有前世死於亂刀之下，哪有如今將要到手的富貴？同樣是死在一起的陳氏……他不是沒想救過她，只是她不知悔改，硬要走上那條路，陳氏永遠失去了翻身的機會，這就是命運。聰明人能改變自己的生活，愚蠢的人卻只有一個結局。

第三百二十七章

眼看著周十九的袍子一層層地打開，琳怡的手就不受控制地抖起來，鞏嬤嬤一手攙扶住琳怡的手臂。「郡王妃，讓奴婢來吧！」

挺著大肚子卻就將行動不便拋在腦後，只是想要看衣服下的傷到底是什麼樣子，有沒有比葛慶生的嚴重。葛慶生是張風子救回來的，這樣來算，周十九只要不比他嚴重，一定也會好的……

可是越看到最後越心驚，眼淚忍不住不停地掉下來。

周十九挽起琳怡的手。「倒些水……給我喝。」

琳怡轉身去接茶碗。

周十九抿了口水，吩咐管事。「讓陳漢將信送出去交給元祈。」

管事忙下去安排。

周十九微閉眼睛，鬆口氣躺回炕上。

鞏嬤嬤乘機靠過去，吩咐丫鬟拿剪子來。

眼看著血衣被揭下來，琳怡只能聽到心撲騰撲騰地亂跳著，每呼吸一下就好像有尖刀扎過來，疼得她顫抖。

周十九臉色蒼白，笑得卻仍舊輕鬆，好像這傷口並無大礙。

琳怡低頭看過去，肉皮翻捲著，一片血肉模糊，暗紅色的血很快就濕透了按在傷口上的巾子，根本看不清楚傷口到底是什麼樣子，早知如此還不如不解開綁縛的布條。

眼看著一塊塊白色的巾子都被血濕透，止血的藥粉一下子被沖開來，琳怡不停地向門外看。

張風子還沒有到。等待的時刻竟然這樣漫長，就像是有千萬隻螞蟻在啃她的心，又癢又疼，不知如何是好，只想用刀剜出來，撕破身體的疼痛也好過現在的痛苦。

琳怡淚眼模糊地看著周十九，聲音已經沙啞。「為什麼不和我說一聲？」

他的身體很涼很涼，卻伸出手來觸碰她的鬢角。「妳我之間總是有一道鴻溝，若是真讓三王爺登上皇位，從此之後……我怕妳會不肯原諒我……我不敢賭，也不能去賭。二王爺若能安然登上皇位，就算沒有我，還有廣平侯府、姻家、鄭家、皇后娘娘，他們會保你們母子平安。妳說得對，我只會算計利弊，扶立三王爺，並不能換來如此的好處。」

周十九將話說得輕鬆，可若是站在周十九的立場想一想……皇后娘娘對她有恩，三王爺對周十九就沒有半點恩德？二王爺承繼皇位對她和廣平侯府自然有好處，卻要周十九冒著危險來換。

如果贏了固然皆大歡喜，若是輸了又當如何？

撼動政局並非兒戲，哪裡是張口閉口那般簡單？

想想這些日子，也並非沒有蛛絲馬跡。周十九說過殺道士成琰的事，當時話中有悔意，他明明說不該殺成琰，否則將來只會被三王爺掌控，她偏是認定了他早就選了三王爺，說這話不過是告訴她結果已經無從更改……她並沒有聽明白其中的意思。

「為什麼殺道士？」如果不乘機問清楚，也許她會被瞞一輩子。

周十九呼吸有些急促，不再那麼悠長，淺淺的呼吸讓人聽著都會疼痛。「我去陪都尋成琰，成琰已猜到我會殺他，於是將勘破的讖言說與我聽。成琰說，為了明君登基，他師父真庵拚了性命為大周朝改運，時機一到，世間一切得以重來，大周朝的運數被推到正軌。他還為我卜了一卦，說妳我從前為仇現在為偶，這世上看到從前因果的唯有我的夫人，也就是妳。若我還不肯相信，只要回府問妳，便知分曉。」周十九說完笑看琳怡。

琳怡目光霎時一變。她一直覺得所謂讖言就是道士騙人的，沒想到成琰會說出這樣的話……難道真的有讖書之事？

周十九喘口氣。「我從來不信道士，可是仔細想來，妳為何知曉我是康郡王就對我有了莫名的敵意，妳為何料定我一定會利用岳父，這一切不會沒有緣由，若是讓那道士見到聖上，免不了要提妳之事，就算妳不似他所說的知曉因果，聽到這些……定會對我心生隔閡。無論我怎麼做都不會讓妳安心，想到這裡，我失手推了他一把，誰知他就摔在石頭上死了……」說著靜靜地看琳怡。「我是不是做了件愚蠢的事？既然妳對我早有防備，那成琰的話就是真的，妳既然已經清楚，我又何必多此一舉地去掩蓋？

「那日妳晚上作了惡夢，起身看到我，臉色變得難看，伸手打了我一巴掌，我卻又覺得殺成琰沒錯，至少我能裝作一無所知，讓我們彼此沒有面對的一天。」

所以那次她想要回娘家，周十九才會不顧一切地來攔，她以為周十九是為了孩子，其實是因為成琰的話。

從頭到尾，看不透的只有她一個人。她過於沈溺過去，她過於在乎她和周十九之間所有的恩仇，她在意這些，不是因為周十九害死她，而是因為她早就愛上了周十九。

她的心中已經有了他，於是怨老天不公，不能給他們一個圓滿的姻緣。

琳怡搖搖頭。「我原來以為你是聰明，很多話才沒有說，原來不承想你也能被道士所騙。人只有一輩子，哪有過去來生，只有這一輩子。」她不管什麼讖言，那必定都是道士故弄玄虛，那些道士慣會看透人心……

周十九目光閃爍，眼角微濕，他的身體忍不住打顫，彷彿沒有半點的力氣。好半天，他才輕輕地說：「元元，我後背癢，妳幫我揉一揉。」

琳怡坐在炕邊，伸出手去摸周十九的後背，上面滿是血跡，想想他的傷口就在那裡，如何能感覺到癢？

她的手沒放上去，就低頭問：「還癢嗎？」

周十九搖頭。「好多了。」

琳怡眼淚就落下來。和她想的一樣，他的後背已經沒有了知覺，他不是想要讓她伸手去揉，而是想要她低下身抱著他。

無論他想要什麼從來都不肯直說，他一直都想和她靠得近些，她卻因為他不敢表達，一遍遍地拒絕他。

琳怡彎下腰緊緊地抱住周十九，什麼都不再顧及，只是聽著彼此呼吸的聲音，互相依靠，痛苦中又讓人覺得異常平靜，只要在一起，彷彿什麼都不必害怕，真期望就一直、一直這樣下去。

她早該如此，早該放下心底的尊嚴，不顧一切。

「我們的女兒還沒出生呢，你是不是因為是女兒，就不要她了？她知道了會恨你一輩子，我們的暉哥……他還不會說話，還沒叫聲父親……」琳怡拉起周十九的手。「你說過，汝之所去，吾之將往。到頭來，你還是在騙我？」

周十九看向琳怡，笑容仍舊輕鬆、優雅，目光卻越發沈靜。「汝之所去，吾之將往。今日盟約，擊掌為誓。」周十九說著，伸出手在琳怡掌心輕輕拍了三次。「元元，無論我去了哪裡，我都會等著妳……無論何時，此約無改。」

琳怡眼看著周十九的目光黯淡下去，直到他沈沈地閉上眼睛。她的眼淚湧在腮邊，整個人卻彷彿靜立了一般，不會喘息、不會動彈，一直凝望著周十九，耳邊傳來嘈雜的聲音，可漸漸地，那聲音也遠去。

離她越來越遠，她眼前只有似睡著了的周十九，好像進來了人，要去搬周十九的身子，將他們分開，可是她卻緊緊地拉著周十九的手，不放開、不放開，只要鬆開就會離她遠去，她不能放，最終也拿她沒有辦法，任她靠在炕邊。

「元元，行不行？」好聽的聲音就像從琴瑟中彈出來的一般。

「元元。」周十九的聲音如同緩緩流淌的溪水，淡淡的笑意就像水中夾雜的翠葉，暗自清香。

「元元為什麼不能相信我一次？」

「如果元元等我，我就會早些回來。」

「元元快給我生個兒子，等兒子長大了，我就蓄鬍鬚扮嚴父。」

「元元，讓為夫抱一抱好不好？」

「我揹著元元出去，元元想去哪裡，我揹到哪裡。」說著伸手畫過琳怡的鬢角，嘴角的笑容越來越深。「元元說好不好？」

「元元不知道，妳喜歡就是我喜歡。妳叫著順耳，心中高興，我也會高興。」

「元元，無論我去了哪裡，我都會等著妳……無論何時，此約無改。」

無論何時，此約無改。

她一直以為，她先愛上他，卻不知道她才是那個冷漠的無心人。他以為殺了成琰是他傻，其實，卻不知道傻的人是她。

第三百二十八章

謀反失敗之後，二王爺逃出京城，大周朝上下都在等著整件事最終的消息，地方官員們燒香拜佛，求著二王爺千萬不要逃到自己管轄的地面，否則就要面臨重要的選擇，究竟是將二王爺放走還是將二王爺捉住？

朝廷的公文一遍遍地下來，第一道旨意是見到叛軍一黨一律斬殺，地方官員才布好兵力，第二道旨意立即就發下來，反抗之叛軍格殺勿論。一律斬殺和反抗格殺，這兩道旨意可以說是截然相反。二王爺畢竟是皇上的親兒子，萬一不小心傷了二王爺性命，項上人頭恐是難保，不殺是死罪，殺說不得也會變成死罪。

好在這樣膽戰心驚的日子沒有過太久，京郊發現二王爺一黨行蹤，護軍營的周元祈奉命找到二王爺的時候，二王爺已自縊身亡，周元祈和皇上派來的禁軍護衛，連夜將二王爺的屍身運回京城。

二王爺一死，整個謀反案也該塵埃落定了。大家才鬆一口氣，沒想到整個謀反案卻有了轉機，官員們還沒反應過來到底發生了什麼，那些在平叛中立過大功的官員一夜之間下了大牢，董長茂被副將奪軍權，押送回京受審。五王爺花園中被搜出埋著兵甲武器上百件，五王妃娘家莊子上囤有各種武器。

接下來的發展更讓所有人始料未及，被抓起的官員承認了陷害皇后娘娘和二王爺。圍攻陪都之事並不是二王爺所為，而是五王爺陷害。皇上派人去京城打聽情況，那官員謊報京城動亂，皇后娘娘和二王爺扯反旗清君側，皇上一怒之下才會下令攻打京城，擁護二王爺的官員不想就這樣死於奸臣之手，奮起反抗，誰知道這樣一鬧頓時不可收拾，皇上去陪都時，在京城留守的官員也證實了這一點。二王爺要去陪都面聖，一出城就差點死於非命，這一場仗打得逼不得已，平叛的軍隊說要屠城，京中的武將也混淆視聽，故意出城迎戰。其實在京中，二王爺能調動的兵力有限。

一場轟轟烈烈的叛亂大戲，戲中的主角是皇上和二王爺，五王爺一黨平叛排除異己，立下不世之功。

這時候，皇上尋找已久的上清院道士成琰終於找到，成琰早已經解開二王爭儲的讖言，無奈五王爺威脅他將讖言的解釋換作二王爺謀反，擇五王爺繼承皇位才是天命。成琰不肯，五王爺才會對他下殺手，他是僥倖逃生，好不容易才輾轉回到皇上身邊。

二王爭儲，牽連甚廣，查實之後，皇上下了殺令，一時之間又無數人頭落地。五王爺和王妃被圈禁，淑妃賜死，惠妃褫奪封號降為貴人，淑妃娘娘母家被抄家，國丈被斬殺鬧市，女眷徒刑。

這只是第一輪處置，董長茂等人還被押在天牢裡，到底會是什麼罪名誰也說不準。與之有牽連的官員全都戰戰兢兢。

京中死了許多官員，一時之間空缺無數，從前致仕的官員名單被提起來，不管是休養還是守孝的，只要沒有過錯，一律重新任用。

劉承隸升為吏部尚書，廣平侯陳允遠復原職。這個消息卻沒能讓廣平侯府和康郡王府熱鬧起來。

康郡王府門前一片冷清，宗室營中議論紛紛，都在等報喪。自從上次聽說康郡王妃小產出血之後，再沒有任何消息傳出來。

康郡王府大門緊閉，連御醫也留在府中不敢挪動一步，想必是康郡王妃的情形一直凶險，照這樣想，離報喪也不遠了。

琳怡覺得肚子裡的孩子比暉哥還要乖巧，她陪著周十九，孩子也安安靜靜地陪著她。要不是暉哥揮著手來抓她，她感覺就要化作一尊石像。

床上的人她都快要不認識了，臉龐消瘦，下頷蓄起了鬍鬚，卻依舊遮掩不住他的英俊，只是看起來老成許多，真的像他所說的，嚴父。

自從上次周十九昏死過去，她就再也沒有給他修剪過鬍鬚。他想要知曉蓄鬚的模樣，如今有大把時間，她就幫他實現願望，免得將來再生遺憾。

眼看著鬍鬚慢慢長起來，至少證明他還在她身邊。

細想之下還有好多事沒有做，周十九買來琴瑟，她端著架子從來沒有和他一起彈過，還有那盤殘棋，每一次都是才擺上就有人來打擾。琳怡拿起帕子細細地給周十九擦臉。周十九的生辰還沒過，她還欠他一碗陽春麵。

他平日裡最愛吃的陽春麵，現在他卻碰也不碰。

琳怡放下帕子，捧著香氣四溢的麵條在周十九跟前。「不是我親手下的，但是很好吃，要不要嚐一嚐？」

張風子給周十九看過傷口之後，她才知曉，去殺二王爺的侍衛在刀尖上抹了毒，如今血止住了，毒卻不好清乾淨，周十九的傷口腫起來，身上發著高燒，總算是燒退了，不知道什麼時候能醒過來。

張風子神情閃爍，她心中已知最壞的結果。

這樣不聲不響地躺著，到底還能支撐幾日？她不是沒有學過醫脈，並不是不清楚，可她心裡總是覺得能將周十九叫醒，說說他想聽的話，做碗他想吃的麵條，他就能起來接過她手裡的碗，笑著說：「加了臊子很香。」

想到這個，琳怡就想笑，笑得眼淚流在嘴邊，學著周十九的模樣。「加了臊子很香。」

床上的人卻依舊一動不動。

過了好一會兒，小蕭氏上前將琳怡手中的麵條拿開，將琳怡拉到軟榻坐下，拿起鞏嬤嬤手中的粥，勸說琳怡。「吃些粥，妳不顧著自己，還有肚子裡的孩子。」

琳怡頷首。這些話她是勸過琳霜的，就算傷心也要顧著孩子。

這段日子她假裝鎮定，應付著前來打聽消息的人，府中大門緊閉，平日裡只允許一個下人出去採買，還在清華寺請了道士坐鎮，只說怕外面來的煞氣沖進府中，對她和孩子不利。小蕭氏早就來府中幫忙，幫她傳遞外面的消息。

眼看著琳怡吃了些飯食，小蕭氏才嘆氣道：「也不知道還能瞞上幾日，要不是叛亂的事鬧得人心惶惶，我們早就遮掩不住。」

周十九向朝廷遞交的奏本都是府中幕僚寫好遞上去的，這裡面到底發生什麼事，相信皇上再清楚不過。

「總會有法子的，只要郡王爺傷勢轉好，朝廷那邊怎麼都好交代。」

話剛說到這裡，玲瓏走進來道：「祈大太太來了。」

玲瓏說的是蔣氏。

這兩日蔣氏來了幾次，琳怡都守著周十九不曾見。

小蕭氏嘆口氣。「不如我去看看，讓她回去等消息。」

琳怡搖搖頭。周元祈帶人找到了二王爺，又看到二王爺自縊，蔣氏說不得是有什麼話想說。

「她信得過，不如請進來說話，宗室營那邊還要她幫忙周旋。」

小蕭氏吩咐下人將簾子上好，房門緊閉，只帶蔣氏一人進屋。

第三百二十九章

蔣氏見到小蕭氏就紅了眼睛，上前給小蕭氏行了禮，連忙問琳怡的情形。「現在怎麼樣？可有好轉？我聽說郡王爺也急得病倒了，這可怎麼辦才好？是不是生暉哥時落下的病根，張御醫怎麼說？」

小蕭氏一句也答不上來，只是滿臉傷心。

蔣氏只覺得心裡越來越涼。「不行和郡王爺說說，孩子保不住也要讓大人平安啊！」說著話，鞏嬤嬤掀開了軟簾，玲瓏上前推開隔扇門，走進屋內又是套間，琳怡身邊的兩個丫鬟一左一右地守在那裡，見到蔣氏蹲身行了禮。

掀開最後一道簾子，屋子裡飄出一股刺鼻的藥味，蔣氏向屋子裡望去，頓時怔愣在那裡，琳怡好端端地站在炕邊等著她。

蔣氏又驚又喜，看到床上的周十九，臉色頓時又變得異常難看，似是丟了魂魄般，怔怔地走過去拉住琳怡的手，深吸一口氣。「這……這是怎麼回事……」

小蕭氏忍不住抽噎，琳怡也強忍著才沒掉下眼淚。「不是我小產，是郡王爺受了傷。」

蔣氏想起康郡王遞上的摺子。「那……我聽元祈說……康郡王還遞了摺子……」

琳怡將蔣氏讓在旁邊坐下，吩咐丫鬟將套間的簾子落好。「是我讓府裡的幕僚模仿郡王爺的筆跡寫的。」

蔣氏抽了一口涼氣。「萬一讓外面人知曉……」

周十九好不容易才佈置了今日的局面，她不能讓三王爺一黨察覺，一切努力便都付諸東流。沒有真憑實據，皇上如何肯信三王爺包藏禍心？她只有賭一賭，皇上會默許此事。

蔣氏道：「那可是欺君之罪。」

琳怡搖搖頭。「郡王爺現在沒有醒過來，不代表寫奏摺的時候就是這般。」她早就已經想好，而且幕僚代筆本就是尋常事。

蔣氏好半天才從驚詫中回過神。「郡王爺怎麼會受傷……張御醫又怎麼說？」說著一臉的急切和害怕。「元祈回家一句話也不肯說，這些日子只要想想康郡王府的情形，我就心驚肉跳，吃不好睡不安穩，如今看到……這般樣子，我更是……一刻也坐不住了。」說著關切地看琳怡。「妳……」眼淚也掉下來。「我早知道，一定過來幫忙。」

蔣氏掉了眼淚，琳怡也忍不住小聲哽咽，好半天才穩住心緒。「二王爺的事怎麼樣？十五叔有沒有和妳說？」

蔣氏搖頭。「我聽說他帶人將二王爺圍住，二王爺被逼得沒法子才走了絕路。我公公問他當日情形，他只說沒料到二王爺會這般，皇上本已經下令要親自審問二王爺，凡是帶去的官兵都不准下殺手……我公公氣得不得了，直罵元祈做事不穩當，若是早和二王爺說出實情，二王爺也不會自縊。元祈也沒有爭辯，讓我公公足足訓斥了一晚，說元祈背了一身血債，早晚是要還給皇上。」

蔣氏說到這裡，神情黯然。「公公這話才說……二王爺被陷害的事就水落石出……現在元祈到家就鑽進房中，連我也不肯說話。聽說皇上知曉實情之後，很是後悔，正讓人查二王爺如何慘死，那晚圍住二王爺的官兵，只怕個個都要被朝廷盤問，尤其是元祈帶的護軍營，本是不該在京郊的。」

二王爺到底有沒有死，周元祈這個知曉實情的人卻閉口不提，難不成是真的出了意外？二王爺萬念俱灰、自縊身亡？如果是這樣，現在他們做的一切都沒有了意義。

蔣氏用帕子擦擦眼角。「二王爺謀反時我們跟著害怕，現在二王爺的罪名洗脫了，我們還要跟著擔心，這樣的日子什麼時候到頭？」

「總會好的。」琳怡抬起頭看向套間。「郡王爺的傷會好的，京中也會安穩下來。」她一直相信周十九能醒過來，今天、明天或者後天，就在她眨眼之間，周十九就會睜開透亮的眼睛，笑著叫她的名字。

從前並不在意的事，現在卻成了奢望。

守在周十九身邊的時候，聞著張風子熨燙周十九傷口時刺鼻的焦糊味道，眼看著周十九被蒸騰的煙霧淹沒，她心如刀割。這些日子守在周十九跟前，她卻漸漸明白，只要度過這些難關，他們夫妻總會有相見的一天。

不論何時，總歸是有的。

只要想想這個，她就會有面對一切的勇氣。

「老夫人、老夫人。」

外面傳來急切的聲音。

小蕭氏臉色一變，迎了出去，蔣氏也站起身來隔著簾子向外張望。

小蕭氏擋住門口，周老夫人卻來勢洶洶。「多少天了也不讓我見一面，妳們這是要急死我不成？」老夫人顫抖著手。「元澈呢？元澈在哪裡？」

小蕭氏忙道：「親家老夫人您要擔待些，張御醫說了要琳怡靜養，郡王爺不放心在裡面陪著，就是我也不敢進去，您瞧瞧門口都是在清華寺求的符，是保琳怡母子平安的。」

老夫人重重地將枴杖落在地上。「今日我非要看看琳怡不可，親家夫人也不必再攔著。」

周老夫人向前走，小蕭氏急著去擋，卻被申嬤嬤拉個正著。「親家夫人，您就讓我們老夫人瞧瞧吧，老夫人這幾日吃不下睡不著，心中牽掛著郡王妃，讓人來尋郡王爺卻又請不到，這才會過來。」

說話間，周老夫人已經挑開簾子，似是橘紅在外面擋住了門。

周老夫人冷笑一聲。「還反了妳們不成？」

抬起腳來就要踢過去，橘紅跪行一步將周老夫人的腿抱住。「老夫人，您就聽張御醫的……不要進去了吧！」

眼見就要進屋，周老夫人哪肯放鬆？

蔣氏皺起眉頭，連忙看琳怡。「妳進套間裡，我去擋擋。」

周十九在府中卻好幾日沒有任何消息，周老夫人怎麼會沒有懷疑？外面越是攔著，她越是要進來瞧一瞧。

琳怡站起身，向前走幾步推開了門，門緩緩打開，琳怡對上周老夫人的眼睛。外面所有人都怔住了。

周老夫人驚訝地看著琳怡，好半天說不出話。

琳怡給周老夫人請了安，身子虛得還有些搖搖欲墜，讓人攙扶著才能站穩。「讓嬸娘擔憂，我已經好多了。」

周老夫人回過神來，慈祥、關切地看著琳怡。「祖宗保佑，只要你們母子平安，我也就放心了。」說著頓了頓。「元澈呢？」

琳怡吩咐人將套間的隔扇關好，輕聲道：「郡王爺幾日幾夜沒有合眼，好不容易吃了些藥才安睡下。」

周老夫人不動聲色地看向琳怡，半晌才鬆口氣。「你們兩個沒事就好。」說著看向小蕭氏。

小蕭氏緊張地握著帕子。「您說這話就見外了，都是自家的孩子。」

周老夫人頷首，讓申嬤嬤攙扶著。「你們好生歇著，等元澈好些了我再過來，」走了兩步，「就要親家太太多勞累些。」

猛然回頭囑咐琳怡。「別下床走動，保胎要緊。」

琳怡應了一聲。

小蕭氏也鬆口氣，將周老夫人送出門。

琳怡回到套間，蔣氏忙走過來。「都在一個院子裡，現在是將她穩住了，她若是天天都來，妳怎麼能吃得消？」

琳怡搖搖頭。她最多是沒有讓周老夫人進內室，大家住在一起，怎麼可能遮掩得那麼嚴實，什麼都打聽不出來？就算是將第二進院子圍成鐵桶，周老夫人也能看出端倪，周老夫人大張旗鼓地來看周十九，就是已經弄了明白。

琳怡將話和蔣氏說了。

蔣氏皺起眉頭。「那可怎麼辦？」

琳怡道：「這是康郡王府，我還能遮掩兩日，若是郡王爺就醒過來一切自然不用說，可若是郡王爺……」

現在她才覺得，原來生死是那麼難開口。

蔣氏點頭，拉起琳怡。「郡王爺一定會安然無恙。」

琳怡用袖子遮掩著將眼淚擦了，蔣氏將琳怡拉過來輕拍著安慰，可是說到最後聲音也哽咽起來。小蕭氏站在一旁直嘆氣，吩咐下人將簾子放下，自己也去旁邊抹淚。

整個屋子都是一片愁雲慘霧。

申嬤嬤跟著周老夫人回到第三進院子，進了門接過丫鬟手裡的茶碗送到周老夫人手裡。「奴婢越想越不對，郡王妃差點小產，怎麼還能讓人攙扶著走出來？按理說大人、孩子都保住了，該是喜事，怎麼所有人眼睛都是紅紅的。郡王妃是從來都不信道士的，怎麼能這樣聽道士的話？整件事處處透著蹊蹺。」

周老夫人將茶杯放下，抬起眼睛看申嬤嬤。「琳怡以為迎出來我就能不懷疑，一句元澈睡著了就將我打發了，便是演戲她也不如請來的女先人……」

申嬤嬤低下頭去。「那……」

周老夫人病了一場本已經沒有了力氣，而今卻一下子精神起來，目光閃爍地看申嬤嬤一眼。

「元澈出事了，琳怡所謂的小產是替元澈遮掩。」

申嬤嬤睜大了眼睛。「郡王妃怎麼敢……」

周老夫人冷笑一聲。「還有什麼她不敢做的。騙了滿京城的人，卻騙不了我。」

申嬤嬤不明白。「郡王爺病了大可直接請郎中來，何必這樣大動干戈？」

周老夫人微閉上眼睛。「那就要仔細查查，琳怡這齣戲是什麼時候開演的，也就能知曉元澈怕誰知道實情。」

第三百三十章

皇帝一邊要追查謀反案一邊要處理朝政，漸漸覺得體力不支，很快就病倒了。早朝又一次停下來，朝廷就像一下子收緊口的袋子，再也打聽不出任何消息。

皇后娘娘雖從冷宮搬回景仁宮，卻依舊被禁足在宮中，宮裡只有德妃娘娘侍奉皇帝左右。一下子失了兩子，無論是誰都會深受打擊，還好有三王爺一家進宮探望。

皇帝看著孫兒在乳母懷裡揮著小手，漸漸露出笑容，一旁的德妃娘娘看出端倪，笑著看向三王妃，三王妃忙將孩子接過來送到皇帝懷裡。

皇帝端著架子，動也不敢亂動，孩子軟綿綿的小手扯著皇帝的衣襟，微張著嘴巴看著皇帝，皇帝輕輕顛了他兩下，他立即笑起來。只要看著小孩子就會莫名其妙地心軟，皇帝抬起頭看三王爺。「如今你做了父親，就要收斂收斂往日的性子，不可再胡鬧了。」

三王爺忙跪下聽訓。

皇帝今日心情很好，沒有想要訓斥的意思，抬抬手讓三王爺起身，聲音平板。「你的哥哥和弟弟……鬧出手足相殘的事來，你有沒有摻和其中？」

三王爺本已起身，聽得這話又跪下來。「兒臣決計不敢如此。」

皇帝嘆口氣，將孩子還給三王妃，向三王爺伸出手來，三王爺忙起身服侍著皇帝靠在引枕上。「我知道你雖然荒唐閒散，但是本性良善，該不會做出這種事。」說著頓了頓。「年紀不小了也該收收心，別整日待在王府裡，朕老了……你也該幫幫朕……」微合上眼睛，一下子又蒼老了許多似的。

三王爺不敢違逆皇帝的意思，忙跪下來道：「兒臣知曉了。」

皇帝揮了揮手。「去吧，明日早些來南書房，奏摺……已經堆成山了，拿出幾本要緊的商議吧！」

三王爺抬起頭，臉上表情恭謹肅然，沒有半點驚喜的神色。

待到三王爺和三王妃離開，皇帝才又長吁一口氣，德妃娘娘拿起美人拳給皇帝捶腿，皇帝如自言自語。「老三聰明，只是對政務並不上心，從前朕是看不上他這點，現在想想倒比他的兄弟強……至少不會盼著他的君父立即就死了。」

德妃娘娘臉色一變，忙道：「皇上千萬不要這樣想。」

皇帝這時候睜開眼睛，目光中都是怒氣。「那要讓朕如何？朕只恨沒有早日看清楚！」

一塊玉牌丟出去摔在地上，清脆的聲音響動，那玉牌頓時裂開來。

德妃娘娘慌忙彎腰撿起來。這玉牌還是皇子們都在宮中時，皇上生辰，幾個皇子一起雕出來送給皇上的，雖然做工粗糙，可是皇上十分喜歡，這些年一直握在手中從不曾換過，現在丟在地上，是徹底心涼了。

玉牌摔成兩半再也不能還原，就算再後悔，終究要明白人死不能復生的道理，二王爺蒙冤而死，將是皇帝心中最大的痛楚，否則皇帝的身子也不會就這樣垮下來。

德妃娘娘坐在炕上安撫著皇帝的怒氣，皇帝就像一個壞脾氣的孩子，要知道怎麼順著他的意思，才能得到他的喜歡和信任，反之，若是逆著他的意思，就算是為了他好，他也會生氣、膩煩，早晚要發脾氣。就像如今的皇后娘娘，從來都是忠言逆耳，又落得什麼下場。

皇帝睡著了，德妃娘娘臉上漸漸浮起一絲笑意。

三王爺回到府中換好衣服，徑直去了西園子裡的書房。

林正青和周大老爺早已經等在那裡。

三王爺滿面喜色，伸手拉起林正青。「正青果然高見，父皇見了孩子心中高興，讓我明日起進南書房處理政務。」

周大老爺和林正青聽得這話，臉上都露出喜色。

周大老爺道：「若論謀略，誰也及不上正青。」

三王爺笑道：「自從正青來幫忙，一切都順利多了。正青的眼界寬，一語必言中結果，我看與其是費盡心思解讖，倒不如聽正青出謀劃策，有時候我都懷疑，正青是不是能預見將來。」

三王爺話音剛落，林正青立即跪下來，行大禮。「微臣參見皇上，吾皇萬歲、萬歲、萬萬歲。」

若是一語預見將來，三王爺定能登基為帝。

周大老爺也忙跪下參拜。

三王爺忙說不可，卻沒有真的去扶林正青。籌謀了這麼久，終於要見到曙光，如今二哥已死，五弟被圈禁，再沒有出挑的皇子能承繼大統，否則父皇也不會命他協理朝政。

林正青和周大老爺起身，大家各自落坐。

三王爺嘆口氣。「只可惜康郡王還沒有上衙，護軍營中少了人，總覺得心中不安。」說起康郡王，周大老爺難免憂心。「一連好幾日，康郡王連封密函也無，王爺讓人去打聽康郡王府卻大門緊閉，真的只是為了康郡王妃保胎？剛才我還和正青商議，這樣拖著恐怕不妥，現下正是關鍵時刻，一步也不能行錯，當務之急要摸清底細，才好接著行事。」

三王爺輕輕轉動著手中的把件，看向林正青。

林正青道：「三王爺為何不提拔副將？護軍營何其重要，總不能因康郡王抱恙，主位空虛。既然三王爺進養心殿議政，想必會看到參奏此事的奏摺，王爺只要遞給皇上御覽，要嘛宣康郡王覲見，要嘛命人暫時接管護軍營，就算康郡王有失，也不會出差錯。」

這樣一來，既能探出康郡王府虛實，又可為自己留下後路。

三王爺皺著眉頭思量。「康郡王跟著本王已久，本王不能不念其中情分，再說逼死二王爺，他是首功一件，我豈能卸磨殺驢？這樣恐會讓跟著我的人寒心。」

周大老爺忙道：「此乃權宜之計，三王爺順利登基，自然不會少了康郡王的功勞。」說著話音一轉。「還有件事……當真是不吐不快。」

三王爺本欲取茶，手生生頓住。

周大老爺看向林正青。「這些事你最清楚，還是你來說。」

林正青思量片刻開口道：「康郡王府過於安靜，我總是有些放心不下，於是想起康郡王殺那真成琰的事來。」當時三王爺和幕僚商議，怕周元澈和廣平侯府牽扯太多，心中難免傾向皇后黨，特意促成周元澈去殺真成琰，周元澈順利辦成此事，三王爺也就因此多了些信任。

三王爺不知曉其中是否還有什麼隱情，靜靜地聽林正青說話。

「我是怕康郡王會有異心，收買了真成琰身邊的道士，故意透露給成琰康郡王要殺他之事，成琰心中一怕，想方設法要脅康郡王保他性命，康郡王豈能被人要脅？一怒之下殺了成琰。我想借此事，不但能為王爺將來謀劃一步，還能讓康郡王從此死心塌地跟著王爺，不過現在想想，反倒不能由此判定康郡王的忠心。」這件事他沒有和任何人說起，他收買小道士，讓小道士假借真庵託夢，向成琰說及轉世輪迴、逆天改命之話，並提起陳氏。周元澈聽到這些話定然分心，要嘛殺了成琰，要嘛不殺成琰和三王爺反目。

不管是哪種結果，對他來說都十分有利。

三王爺敗了，他尚有陳家可攀附；三王爺勝了，將來殺成琰的功勞不免要落在他頭上，若是還能讓康郡王和廣平侯府生出隔閡，那是百利無一害之事。

三王爺站起身踱步到窗前思量。「這樣一說，你們的擔憂不無道理，」半晌轉身道：「就照你們說的辦，康郡王府的事要仔細打聽才好。」

周大老爺和林正青答應一聲下去。

三王爺這才將桌子上的茶端在手中。自從康郡王府大門緊閉，他就起了疑心，只是這種話不好由他說起，不免會亂了軍心，現在是關鍵時刻，不能出任何差錯。現在由周大老爺和林正青口中說出最好不過，若是康郡王沒有二心，他尚要依仗於他，便可輕易將罪責推給周、林兩人。

三王爺想到這裡，將管事叫過來。「仔細去探聽康郡王府的情形，尤其是周家的老宅那邊，康郡王和他嬸娘素來不和，說不得會有消息透出來。」

管事的剛要走，三王爺又吩咐。「還有周元祈和陳家二房。」

管事的答應一聲下去安排。

屋子裡安靜下來，三王爺看著牆上掛著的父子圖。子承父業，他離寶座現在只有一步之遙。

第三百三十一章

琳怡將暉哥抱在懷裡，暉哥站在她腿上一跳一跳地咿咿呀呀，琳怡在暉哥耳邊教他。「父親，父親。」

暉哥轉過頭看琳怡的嘴，似是在認真地學著。

這幾日，不管是乳母還是她，只要有了時間就教暉哥說話。暉哥開口說話不算早，宗室營裡有許多孩子在這個月分上已經能吐兩個字。

琳怡的努力總算也沒有白費，暉哥彷彿也有了那個意思，偶爾會張開嘴喊一聲：「唔，唔，唔。」

她全當是「父」的發音，只是不像而已，不知道周十九能不能聽得懂。

「對，是父親。」

暉哥拍手笑起來。

暉哥已經長了六顆小牙，高興起來會笑得露出牙齒，不似周十九笑得那麼靦覥。

琳怡將暉哥放在炕上，暉哥就會走到周十九身邊，用小手碰一下，然後再走回窗邊，如此來回往返。

廚房送來米粥，琳怡接過去要餵周十九，暉哥這時候掙脫乳母的手往炕邊走去，琳怡生怕暉哥不小心碰到周十九的傷口，提了裙子上炕就要抱暉哥，暉哥卻在周十九跟前停了下來，不知在看什麼。

好半天，喊出一個含糊的字。「父……父……」

多少天了，這是琳怡第一次感覺到欣喜。

琳怡抱起暉哥放在懷裡，暉哥小小的身子挪開，琳怡看向床上的周十九，依舊沈沈地睡在那裡，並沒有因暉哥的喊叫而清醒。

琳怡拉起周十九的手。「你好好睡，睡好了就起來，我會撐著這個家，不讓它輕易就倒下。」

乳母抱走暉哥，琳怡擰了帕子給周十九擦臉，剛忙完，鞏嬤嬤急著進屋道：「恐怕遮掩不住了，二太太來看老夫人和您了。」

郭氏來了，老夫人定會將真正的情形告訴郭氏，她卻又不能將郭氏關在康郡王府中。

鞏嬤嬤焦急得不知道怎麼辦才好，琳怡神情反而舒緩。「不用著急，嬤嬤只要將郭氏擋在門外，不讓她親眼看到我和郡王爺就好。」

郭氏向來謹慎，不會輕易就惹禍上身。

鞏嬤嬤低聲道：「萬一真被說出去……」

「放心。」琳怡抬起頭看鞏嬤嬤。「嬤嬤只要不讓她生疑就好。這些年郭氏都是高臺看戲，明哲保身。」

看著琳怡不慌不忙，鞏嬤嬤也漸漸冷靜下來，擦擦眼睛去安排下人守好門，等到郭氏來看琳怡，鞏嬤嬤只是將平日裡拒絕周老夫人的話說了一遍。

郭氏掉了兩滴眼淚就出府去了。

翟嬤嬤回來覆命。「奴婢還當攔不住。」

郭氏能在老宅管家，自然是有幾分本事，否則怎能讓周元景夫妻早早就撒手人寰？

內宅的事都還好說，最重要的是朝廷的風吹草動。

第二天，衙門裡來人帶了文書來，要周十九交出護軍營的大印。

這下小蕭氏可慌起來。「這怎麼是好？」

琳怡看著周十九越發消瘦的臉，吩咐翟嬤嬤。「讓府中幕僚去看看，果然是朝廷的文書，就交了吧！」

小蕭氏驚訝地睜大眼睛。「這……這……不如將妳父親叫來商議？」

琳怡搖頭。「父親進出康郡王府，會更讓外面生疑。郡王爺因照顧我病倒在家，總不能讓朝廷要職空缺，朝廷要回大印也是合情合理，母親不必驚慌。」

護軍營的大印順順利利地交出去。

新參領走馬上任，不少武將感覺到變動，悄悄來見康郡王，卻都被拒之門外。大家開始覺得康郡王妃小產這場變故十分不尋常。

眾人正議論此事，宮中更大的消息吸引了所有人的注意。

皇上的病越來越重，已經從南書房挪去了養心殿，所有奏摺都交由三王爺處置，三王爺乾脆在宮中住下，白天處理朝政，晚上床前侍奉皇上。

皇上病重至此，三王爺雖然未被立為儲君，卻極有可能直接登基為帝。

一切都順理成章地發展，三王爺卻總覺得有些事讓他放心不下。

南書房裡沒有了旁人，林正青快走幾步在三王爺身邊。「不是康郡王妃小產，而是康郡王受了傷。」

三王爺眼睛微睜。

林正青道：「五王爺派出去殺二王爺的那隊人馬屍首在京郊發現了，康郡王卻說眼看著五王爺的護衛往通州去追……」

三王爺心裡一沈，冷汗頓時濕了鬢角。也就是說，康郡王可能已經告密，皇上知曉了他爭儲之心。

林正青面露緊張。「康郡王在家養病的摺子是皇上親批的，若是皇上不知曉，卻怎麼會這樣安排？」

那為何皇上沒有對他身邊的人動手，反而會將朝政交給他？三王爺仔細思量，這些日子到底有什麼蛛絲馬跡，想來想去卻一無所獲。

林正青道：「康郡王傷重昏迷不醒，且二王爺已經自縊身亡，皇上想必還沒來得及瞭解前因後果。」

三王爺一眼看向林正青。「你說該怎麼辦？」

「不能賭。」林正青看了一眼書案上的奏摺。「現在王爺只差一紙詔書。」

皇上病成這般，還有誰能承繼大統？可畢竟他身下還有幾個弟弟，他是不能賭，眼見到手的皇位就這樣失去，好在護軍營換了他的心腹，這紙詔書他不一定拿不到手。「拿我的玉牌，去侍衛處請領侍衛內大臣來南書房。」

皇帝畢竟老了，身邊的人到底是什麼心思他已經不知曉，事不宜遲，是贏是輸就在今晚。

不一會兒工夫，領侍衛內大臣被請過來，安道成等人也相繼聚在南書房。

三王爺看向林正青，如今就差一紙詔書。「狀元郎動筆，可百無一失。」

第三百三十二章

德妃娘娘侍奉皇上睡下，便將宮人都遣開。「讓皇上好生安歇，你們去吧，我留在這裡守著。」

宮人們聽命退下去。

不一會兒工夫，宮內的侍衛換了一隊。

三王爺恰好這時候來養心殿侍奉皇上吃藥。

德妃娘娘手指略微顫抖，還是從宮人手中接過托盤，跟著三王爺一起進了內室。

皇帝正好醒過來，看到床前的三王爺微微一笑。

三王爺坐在錦杌上，伸出手來將薄被給皇上蓋好。「父皇覺得如何？身子可見好了？」

皇帝看一眼窗外，床前立著幾株石筍，遠遠看去就像藏了幾個人似的。又有宮人揭著軟簾進來奉茶，三王爺奉茶過去，皇帝搖搖手。「朕剛才夢見你二哥，他向朕抱屈……」說著嘆口氣。「他為人秉直、剛正，又肯勤奮好學，將來登基定是個好皇帝，這一點朕一直都看在眼裡，只是你知道朕為何不喜歡他？」

三王爺搖頭。

皇帝道：「只因忠言逆耳。你二哥性子最執拗，話不懂得婉轉說才好聽，不像你五弟隨和、懂得用人。作為一國之君，最要緊的是會知人善用，我怕你二哥處置不好臣子之間的關係。」說著又看向德妃。「再有你五弟和你大哥都是五月初八生，我喜愛你大哥，可惜他早早就夭折了，於是你五弟總是比你們幾個多份寵愛。」

聽起來皇帝只是在閒話家常，德妃娘娘卻攥緊手帕。

皇帝嘆口氣。「這些話都是老生常談，朕並不是沒有說過，只怕你們平日裡並不在意。朕守著先祖打下的江山，從坐在龍椅上開始，就知道一生不能隨興，一切都要為整個國家思量，不可全然倚重任何一個人，更不可篤信身邊之人，所以皇帝要稱『孤』、要稱『寡』。朕這輩子負了許多人，他們為大周朝立下不世之功，旁人不知曉，朕心中卻清楚得很，就似皇后母家全家被處斬，那是為了保朕能穩坐龍椅；就似皇后，為何一直受盡委屈，那是朕對她心中有愧，對她猜忌。疑心生暗鬼，朕一直不肯相信，常家幾十條人命，她就會一笑了之。枕邊人的恩怨情仇是最難化解，明知睡在她身邊安穩，夜裡醒來的時候卻又害怕，一切不過是一場空。越到老年越是擔心，年輕時的努力會付之一炬，手上沾的血越多越是謹慎，生怕辜負這些條人命……」說著，仔細地看三王爺。「這權柄朕不是不想交……朕是怕看錯了人，將來沒臉去面對先祖，於是朕在你二哥和五弟中間徘徊。朕多麼期望能有個人兼備你二哥和五弟的優點，朕仔細看過身下所有的皇子，卻獨獨看漏了你，你看似對一切都不上心，只想做個逍遙的王爺，卻不知你性子穩重、天生聰穎、知人善用，」皇帝說到這裡喘口氣。「卻可惜終究走錯了路……」

三王爺身子一抖，目光開始變化起來。

皇帝滿臉期盼。「若是你現在還想做一個逍遙王爺，就徑直走出宮去，再也不要回來。」

三王爺握緊了手，臉上浮起一絲笑容。「父皇為何不將江山交給兒臣，兒臣必定勤政愛民，必定會給大周朝一個盛世。」

皇帝沒有驚訝。「你做事有欠磊落、包藏禍心，處心積慮坐上皇位，將來只會玩弄權謀，不能一心為國為民。這一點，你們都不及你二哥。」

三王爺眼睛一深。「父皇忘了，二哥已經被父皇逼死，父皇膝下子嗣，唯有兒子還算出息。」說著去拿矮桌上的藥。「父皇思慮太重，對龍體不利，還是吃下藥好生安歇。」

三王爺拿著藥碗逼近皇帝。

皇帝伸出手來，將藥碗打落在地，臉上沒有了半點和藹的表情，厲喝一聲：「喪心病狂！朕不允，你還要弒君不成?!」

三王爺霍然站起身，退後兩步，等著門外的侍衛闖進來，可大殿裡始終靜寂無聲，三王爺開始慌張地四處張望，德妃娘娘也嚇得僵立在地。

床後的帳幔晃動，走出兩個人來。

三王爺抬眼看過去，是應該被禁足景仁宮的皇后，和「自縊身亡」的二王爺。皇后面沈如水，二王爺皺著眉頭露出兄長的威嚴，直直地望著三王爺。「三弟，我還以為你和五弟不同，沒想到你用心更深。」

三王爺胸口一熱，不知怎麼突然笑起來，緊接著，一柄鋼刀就架在三王爺脖子上，三王爺的笑聲戛然而止，臉色立時蒼白。

皇帝淡淡地看三王爺一眼。「你能換了我的護軍參領，我也能換了領侍衛內大臣。」

聽得這話，三王爺的氣勢一下子垮了下來。

皇后娘娘走到德妃身邊。「皇上一直善待妳，妳卻串通三王爺謀害皇上。」

「善待？」德妃聲音一挑。「我是被太后娘娘選進宮的，皇后娘娘可記得，那時候妳與皇上感情正篤，妳的孩子掉了，我的孩子就成了皇上的眼中釘肉中刺，大家都知曉皇上不喜歡大皇子，於是下人也會怠慢，才讓大皇子患上了絞腸痧，皇上口口聲聲說對五王爺好是因我的兒子，我的兒子何時被那樣寵愛過？」說著又哭又笑。「我這一生只能裝作賢良，其實不過就是個笑話罷了，我的兒子也成了旁人受寵的藉口……每當五王爺過生辰，大家都是歡聲笑語，有誰會顧及病重在床的我？皇后娘娘您說，皇上是不是善待了我，又是不是善待了妳？」

養心殿的笑聲，讓殿外捧著詔書等候的林正青一陣心驚，門口的侍衛仍舊當作沒聽到的樣子，林正青心中的喜悅漸漸化作了忐忑，握緊手中的詔書盒子，轉身向臺階下走去。

迎面上來一個人，身側的佩劍被他手指輕叩著發出清澈的響聲，如同林正青慌跳不停的心。

林正青開始步步後退。那人嘴邊閒適的笑容，讓他倉皇震驚。

康郡王周元澈為何會在這裡？

周元澈除了比往日消瘦些，穿著海棠色五爪行龍官袍，頭戴九蟒金冠，目光熠熠卻淡淡地瞧著他，似是半點不將他看在眼裡，上了臺階徑直從他身邊經過，兩邊的侍衛忙上前推開養心殿殿門，低頭候在一旁。

周元澈這是在告訴他，在這場宮變中，他不過是個無名之輩。林正青手背青筋浮起，凶狠地看向周元澈。周元澈已經背對著他，他能看到的不過是周元澈官服上欲騰飛的蛟龍。

不知想到了什麼，周元澈轉過身來，那雙如同箭鏃般鋒利的目光落在林正青臉上，恍然一笑，就如同箭鏃上點燃的火焰，漸漸擴大，耀眼得讓人難以直視。

眉眼威嚴固然讓人害怕，笑容卻也能震懾人心。

「成琰所說的那些話是你安排，這我早就已經知曉。」周元澈笑著道。「只是有句話還尚未來得及和你說。」

現在說這個，無非是奚落他罷了。林正青臉上浮起奇異的笑容，成者王侯敗者賊，既然敗了就要認命，有時候棋差一著不過是運數罷了。

「我要謝謝你，沒有你，我不能讓她打開心結，殺成琰是個不錯的法子。」

林正青睜大了眼睛。原來周元澈早就投靠了二王爺，早就料定會有今日。怒氣、不甘一下子灌進他的腦子，他拿起手中的詔書盒子就向周元澈砸去。

盒子猛然被修長的手指抓住，周元澈淡淡的笑容中恍惚帶了些許諷刺。林正青用盡了力氣要將盒子奪回來，兩隻手都用上，那盒子仍舊紋絲未動，再次用力，只覺得手上一輕，他仰頭摔了出去。

身體落在地面上，沿著臺階滾下去，他親耳聽到骨頭斷裂的聲響。

前世死在亂軍刀下，他發誓來生定報此仇，卻未想仍舊死在周元澈手中……林正青微微抬起頭，眼看著周元澈邁步進入養心殿中，那背影亦如前世。

林正青向旁邊望去。只是這一世，再沒有人和他一起死在這裡。不知怎麼，林正青反而鬆了口氣，鮮血卻藉此從他口鼻中淌了出來。

終曲

周十九一夜未歸，宮中沒有半點消息傳出來。這樣靜寂倒是讓人心中踏實，若是三王爺宮變成功，定然不會這樣安靜。換作半個月前，她還要以為三王爺坐上皇位才是周十九功成之時。

琳怡起身梳洗完，走到套間裡去看暉哥。

才將暉哥抱起，鞏嬤嬤進來道：「老夫人來了，說這次一定要見到郡王爺。」

鞏嬤嬤的話音剛落，外面就傳來一陣腳步聲。

琳怡不慌不忙地放下暉哥，眼看著周老夫人徑直去了套間。

掀開軟簾，炕上空無一人，周老夫人驚訝地四處尋找，看到琳怡走過來，立即道：「外面的傳言妳可聽到了？元澈重傷是不是真的？」

琳怡將老夫人讓到暖炕上坐下，鬆口氣道：「是真的，多虧了張御醫才能將郡王爺的傷治好，郡王爺昨晚就進了宮，想必也快回來了。」

琳怡微笑著，臉色已經不似前幾日那般晦暗，提起周元澈，眉宇中透著喜氣。

周老夫人的手忍不住一抖。「為什麼現在才告訴我？」

琳怡起身親手給老夫人泡了茶，緩緩地道：「因為時機未到，恐怕壞了郡王爺的大事，也是等到郡王爺醒了過來，才將消息放去外面。」

周老夫人聽出弦外之音，抬起眼睛看向琳怡，琳怡笑著與周老夫人對視。「嬸娘放心，二嫂不是輕浮的人，上次出府之後並沒有亂說。郡王爺受傷的消息，是我們故意放出去的。」

郭氏沒有聽她的話將消息放出去，反而和琳怡串通。周老夫人只覺得熱血上頭，想要說什麼，卻哆嗦著手不能言語。

琳怡不疾不徐地道：「嬸娘太過關切康郡王府，老宅子那邊的情形，嬸娘還不知曉，否則如何能有大哥和大嫂的事？若是有您在家，決計不會如此，您就從沒想過這個？」為了謀算旁人搬來康郡王府，最終卻落得喪子的下場。

周元景夫妻到底是死在誰的手裡，周老夫人該想清楚，她不想替郭氏擔下這筆血債。

周老夫人看著琳怡那雙閃爍的眼睛，想到元景的慘死、郭氏掌家，霎時整個身體如置冰窖。

申嬤嬤臉色也變得十分難看。

周老夫人想扶著申嬤嬤起身，但腳下一軟，重新跌回椅子中。

周老夫人本來脹得通紅的臉，一下子又變得蒼白。郭氏膽小、唯唯諾諾的樣子彷彿就在她眼前，她怎麼也沒有想到郭氏……

申嬤嬤和身邊的丫鬟一左一右攙扶起周老夫人。

周老夫人走幾步，整個人忽然之間倒了下去。

屋子裡頓時亂起來。

下人慌忙請來郎中，折騰了好一陣，周老夫人才緩過一口氣，下人抬來肩輿將周老夫人搬回第三進院子休息。

「老夫人要回祖宅。」鞏嬤嬤低聲稟告。「正讓人收拾東西，明日一早就走，還遣人去祖宅讓二老爺和二太太來接呢。」

話已經講清楚，周老夫人是沒臉再住在康郡王府。再說周元景的事還沒弄清楚，周老夫人也是急於要一個結果。

周老夫人也該回去祖宅，是享受天倫之樂還是鬧得家宅不寧，從此之後都和康郡王府無關。

琳怡正想著，外院的管事來傳話。「郡王爺要回來了。」

琳怡站起身，換上湖色荷花褙子，穿了件紅狐氅衣去迎周十九。

走過抄手走廊，下了臺階是一條花牆夾道，一直走到園門口。

周十九也正過了垂花門走過來，看到她，那雙如墨的眼睛便多了幾分光華，嘴角一彎露出優雅的笑容。

天寶三十年「奪儲之亂」，所有犯官均被處斬，國姓爺一家未能倖免，三王爺被圈禁後觸柱而亡，此後仍有官員陸續因此入獄，直到年底皇帝駕崩，整個風波才告結束。

二王爺承繼皇位，次年改年號「建興」，新帝登基，奉先皇常皇后為太后。

建興元年，康郡王晉封為康王，康王次子賜名恒。

當年，松陽居士寫了本《天寶雜記》，除了記錄天寶年間二王之亂，還提及康王夫妻情篤和好，琴瑟相調，傳為佳話。

——全書完

文創風 072

復貴盈門 7 完

國家圖書館出版品預行編目資料

復貴盈門 / 雲霓著. --
初版. -- 臺北市 : 狗屋, 民101.12-
冊 ; 公分. --（文創風）
ISBN 978-986-328-016-3（第7冊 : 平裝）. --

857.7　　　101023145

著作者	雲霓
編輯	戴傳欣
校對	黃薇霓　林若馨
發行所	狗屋出版社有限公司
地址	台北市104中山區龍江路71巷15號1樓
電話	02-2776-5889～0
發行字號	局版台業字845號
法律顧問	蕭雄淋律師
總經銷	知遠文化事業有限公司
電話	02-2664-8800
初版	102年3月
國際書碼	ISBN-13　978-986-328-016-3
原著書名	《 复贵盈门 》，由起点女生网（http://www.qdmm.com/）授權出版

定價250元

狗屋劃撥帳號：19001626

網址：love.doghouse.com.tw　E-mail：love@doghouse.com.tw